因为爱所以爱

李建军 著

国际文化出版公司
·北京·

图书在版编目（CIP）数据

因为爱所以爱 / 李建军著. — 北京：国际文化出版公司，2020.4（2022.4 重印）
ISBN 978-7-5125-1191-0

Ⅰ.①因… Ⅱ.①李… Ⅲ.①散文集－中国－当代 Ⅳ.①I267

中国版本图书馆 CIP 数据核字（2020）第 024127 号

因为爱所以爱

作　　者	李建军
责任编辑	赵　辉
封面设计	鸿儒文轩
出版发行	国际文化出版公司
经　　销	全国新华书店
印　　刷	三河市华东印刷有限公司
开　　本	880 毫米 ×1230 毫米　32 开 10.375 印张　　　　210 千字
版　　次	2020 年 4 月第 1 版 2022 年 4 月第 2 次印刷
书　　号	ISBN 978-7-5125-1191-0
定　　价	48.00 元

国际文化出版公司
北京朝阳区东土城路乙 9 号　　　邮编：100013
总编室：（010）64271551　　　传真：（010）64271578
销售热线：（010）64271187
传　真：（010）64271187-800
E-mail：icpc@95777.sina.net

目 录

卷一 思 乡

思 乡 　　　　　　　　　　003

童年的夏天　　　　　　　006

学 画 　　　　　　　　　　010

那年高考　　　　　　　　015

赶 会 　　　　　　　　　　021

炒 面 　　　　　　　　　　029

制 酒 　　　　　　　　　　033

怀念郝炜　　　　　　　　037

卷二 动物情缘

半日情缘　　　　　　　　047

大黄小黄　　　　　　　　058

小花，你在哪里　　　　　083

别把养狗当儿戏　　　　　104

老人与流浪猫　　　　　　111

二　黑	115
小区里的刺猬	119
望　潮	122
滩　虎	126
海蛎子	131
虾皮透鲜	135
附:《海错拾趣》创作谈	139

卷三　飞扬与梦想

因为爱，所以爱	143
飞扬与梦想	150
琐屑与厚重	157
涤荡灵魂的力作	162
顽皮少年演绎抗日传奇	167
青春的芬芳格外香	171
最是故乡情	183
三言两语	191
我与《海燕》	196

卷四　业余导购

晋中的大院	201
目标连岛	205
直挂云帆济沧海	209
业余导购	214

卷五　追 梦 者

羌文化的追梦者	221
像那海边的礁石	229
自由飞翔	234
小小志愿者	239
迎火而上的少年	243
传美组合	248
不差钱	253
血花红染好胭脂	257

卷一

思 乡

思　乡

　　昨天下午给父亲打电话，自然问起母亲的身体状况。父亲说，母亲的病又犯了，右手抬不动，连筷子都拿不起。我急了，问他带到医院看了没有。父亲说到社区小医院量了血压，挂了一瓶药水，血压高达二百四十。我十分担心，让父亲再观察情况，最好送她去区里的医院住院。

　　过后，我不放心，又打电话给离父母住得近的大妹，让她傍晚时再询问一下父亲，相机安排是否让母亲住院治疗。

　　母亲几年前的冬天得过一次中风，言语、行动上都留下了后遗症，几乎每年都要住院一段时间。去年有一次也是血压骤升，头晕异常，在医院里住了半个多月。

　　母亲年轻时身体很好，吃苦耐劳，干活顶上一个男劳力。她二十岁时生了我，我是长子，还有两个妹妹。生儿育女，她没少吃苦，但身体的元气没伤。糟糕的是一次计生手术，给她做手术的是两个实习新手，造成她大出血，昏迷不醒，输了一千三百毫升的血，才保住性命，但自此元气大伤。五十来岁时，她患上了糖尿病，以后就成了药罐子。外公在世时，她尚能和父亲一起照料，六年前外公去世后，她的身体每况愈下，基本上靠父亲照顾她了。

十五年前，我在新浦买了套三楼的二手房，把父母和外公接到城里住，我也能早晚去看看他们。外公去世前一年，因为他不能爬楼了，父母便带他回到蟹脐沟老家住了一年多，直到外公以九十六岁高龄仙逝，他们料理完外公的丧事，才又回到新浦。

母亲脑梗中风后，腿脚不便，上下楼很是费劲；她又是个怕寂寞的人，总想到热闹的地方去，我便寻思着把三楼的房子卖掉，换一套底楼的房子给他们住。就在这时候，大妹家购了套两居室房子，是一幢高楼的底层，估摸近几年不需去居住，便简单装修了一下，让父母搬了过去。

长期住在女儿家，父母的心里总觉得不妥。今年春节期间，父母坚决地跟我说，他们打算把老家常年借住出去的老宅子（一年象征性地收三四百元）收回来，简单拾掇拾掇，他们要搬回去住！

我思量再三，对父母的想法表示赞同。毕竟叶落归根，老家有他们熟悉的人，熟悉的一切，而且老家离两个妹妹家只有十多公里的路途，并不算远。于是，刚过了正月十五，老宅子的整修就开始了。父母按捺不住，几乎每天都要骑着电动三轮车去老家一趟。来回二十多公里的路途颠簸,加上近日倒春寒的天气,这不,母亲折腾得病了。

我到上海工作五年了,差不多每月回家两趟,来去匆匆,跟父母见面的时间寥寥无几。我深感愧疚,总想有一天,能回到家乡,和父母一起住在老宅子里,读书写作,养鸡养狗,种花种菜,为父母做一日三餐。那该是多么幸福的生活啊。

童年的夏天

在上海，经历过这个城市一百四十年来最热的一个夏天，气温连续四十多天都在38度以上。网络上出现"蹂躏热"一词，意思是高温已经变成一头变态的怪兽，反反复复、肆无忌惮、随心所欲地折磨人蹂躏人。

接着，新闻里又出现"热射病"一词。一了解，热射病就是中暑最严重的一种类型。长这么大，光知道中暑一说，岂料中暑里还有战斗机，叫热射病！

在这样的高温下，住在没有空调的房间里，确实是不堪蹂躏难以忍受的。与我同在一个屋檐下的涛兄，就遇上了麻烦——他房间里的空调突然不制冷了。情急之下，他连忙上网查找维修电话，可打了多个电话，对方都说业务繁忙，当天不能上门维修。涛兄坚持不懈，继续拨打电话，终于联系上一个可以当天上门的维修人员，这才松了口气。维修工上门后，打开室外机箱，换了个起动电容，约莫五分钟时间，空调就运转正常了。但这五分钟的收费却不含糊，上门费一百五，换一个电容一百五，一共三百元！涛兄说，我已经作好打算，今天要是修不好空调，晚上只好到街对面的宾馆开个房间过夜了。没有空调，这一夜哪还能睡觉啊！

自然联想到童年的夏天。没有空调，甚至从未听说过"空调"这个词，但夏天却是童年最快乐的季节。

故乡有一条山涧，它的源头在北云台山上，一到夏天，雨水渐多，溪流淙淙，凉爽宜人，是人们避暑纳凉的好去处。

盛夏酷暑，庄户人在早上和下午都要干活，中午吃了晌饭，才有工夫到涧沟洗个澡，再就近找个阴凉处，眯上一会儿。

孩子们却没有睡午觉的习惯，在山涧里嬉闹，也不过瘾，于是顺着溪流朝大河里游。大河里山水与咸水交汇，叫两合水，盛产鱼虾螃蟹，尤其是一拃长的大草虾，最爱潜伏在岸坡的浅水处，逮起来不需要什么网具，两手在水底摸索，快速围拢，就总能抓获一两只，一个晌里，逮个两三斤玩儿似的；徒手抓鱼比摸草虾要难得多，动作敏捷的，也常逮到鲫鱼、鲈鱼、沙光鱼等；有时脚下踩到硬物，顺手摸过去，多是一只巴掌大的河蚌或张牙舞爪的螃蟹。

大河里水深，家里管得紧的，便有大人寻过来，喝令自家的小孩从河里乖乖地爬上来。我外婆就属于管得紧的家长，常跑到大河堆上，把我吆喝回去。

不让下河，我就跑到后山上粘知了。粘知了要准备一根长竹竿，最好还有一团面筋。做面筋要用面粉，得避开大人偷偷地做，一般很难搞到。那就找替代品，一种是松树胶，一种是自制粘网。松树胶就是松树枝干上冒出的油脂，山上有的是，但黏度不够；自制粘网也简单，用一根芦柴折成三角形，绑在竹竿的梢头上，到处去搅蜘蛛网，等三角形上的蜘蛛网缠得足够多了，就可以拿着它粘知了了。

在后山的树林里，那种褐色的、声音不太嘹亮的普通知了，我是没有兴趣的。我要捉的是那种草绿色的、声音伶俐、特别机灵的"小鹟鸰"，还有那种体形硕大、身上黄黄绿绿、"哇呜哇呜"叫声激越的"花虎"知了。只有捉到这样的知了，才有资格在小伙伴面前炫耀。

我在后山上遇到过一次险情。那天，我赤着脚在树林里游荡，追寻一只声音高亢的"花虎"。这只知了太狡猾了，总是在我的粘网快要靠近它的时候便"哇呜"一声逃之夭夭，不一会儿，又在另一棵大树上得意扬扬地引吭高歌。我一心想把它捉拿归案，求胜心切，哪还顾得上脚下的磕磕绊绊。忽然，我感觉到一只脚下滑溜溜的异常柔软，低头一看，我的妈呀，那是一条手腕粗的花斑蛇！我吓得魂都没了，撒腿就跑。那天回到家，我惊魂未定，不敢跟大人说，但只老实了几天，又忍不住朝山上跑。上山除了粘知了，还能摘到山桃、山梨、山楂和野草莓等好吃的，对我的诱惑实在太大了。

到了晚上，全村的男女老少，差不多都要到涧沟里冲凉，洗去一身的汗渍，冲走一天的疲劳，然后，在靠近涧边的一块两亩地大小的天然平整的石坡上乘凉。

石坡上还残留着骄阳的余温,不用担心阴气伤身,还有灸疗的效果。人们自动分成几处,或坐或倚或躺,或讲古论今,或家长里短,还有那扎堆一处的大姑娘小媳妇,时而叽叽喳喳,时而一惊一乍地尖叫或嬉笑,让人浮想联翩。

偶尔,人群里会有几声寻人的呼唤,可能是不经意间,某个小伙子或某个姑娘小媳妇暂时"失踪、失联"了。

我们这帮毛头小子是闲不住的,十几个人分着两派玩捉迷藏,正反两方由猜拳确定,正方负责"守家"和追逐反方,反方则左冲右突、四处藏匿,并在正方防守空虚时争抢"回家"。"家"通常是村中那块三四庹长的长条石,离大石坡几十米,视野开阔,易守难攻,反方不管从哪个方位奔袭过来,只要一只手触到这块长条石上,就算胜利"归家"了。

在黑暗的掩护下,孩子们总要捣鼓点事情,有爬到人家树上摘桃子的,也有凫水过河,到生产队的瓜地里偷瓜的。有一次,我和两个小伙伴摸进瓜地,每人怀里抱着几只酥瓜或香瓜,已经踩着水返回,却还是被看瓜棚里的老五舅发现了。他一边高喊捉贼,一边顺着河岸追过来。我们仨急中生智,爬上岸后各奔东西,分散跑开,最后一个也没被抓住。

但这两只酥瓜是不敢拿回家的,得找个没人的地方大快朵颐。

也就在那个月夜,在小村那个僻静的角落里,我看到了令人目瞪口呆、血脉偾张的一幕:一男一女,两个年轻赤裸的肉体缠绕在一起……

那一夜,我懵懵懂懂地走过了童年。

学　画

上初一那年寒假，父亲对我说，他们单位食堂有位老师傅，姓孙，七十多岁，是个高人，会画画，尤其是画蝴蝶，画得跟真的一模一样。他问我想不想跟孙师傅学画画。我毫不犹豫地答应：想学。

那是"文革"后刚恢复高考的第一年，我刚上初中，学习上没什么压力，听说要学画画，很是兴奋和好奇。

这天一大早，父亲骑着自行车，把我带去他们的单位。从我家居住的蟹脐沟村到父亲的单位，大约十公里路，因为是由东向西，地势升高，这中间有两个长长的上坡路。父亲骑不动了，我就跳下车，跟着车跑，或在后面推一把。虽然天寒地冻，但一路颠跑，到了父亲的单位，我已是大汗淋漓。

父亲的单位是个运输企业。他从市体委调到这里，一是图离家近，二是想到这里开大货车。父亲当兵时，在汽车连做过驾驶员，算是老司机了；那时开大货车是个吃香喝辣的行当，比起在体委这样的清水衙门，要实惠得多。但刚调来这一年，单位里的车辆有限，一直安排不上，领导就让他去管理后勤总务这一块，食堂在他的管理范围。

父亲把我带到食堂，见到一位系着围裙的高个子老人，说："孙师傅，我把儿子带来了。听说要跟你学画，他就头插迷罐里了。给您老添麻烦，实在不好意思。"接着，父亲对我说："给孙爹磕个头，孙爹是大画家，跟他好好学！"

我刚要跪下，孙爹一把拉住我，对父亲说："不用不用，现在不兴这个，只要孩子想学，就放心交给我吧。"

我这时才细看孙爹，他身材高大硬朗，慈眉善目，看不出是个七八十岁的人。只是他身上那件油拉拉的围裙，让人无法跟画家联系到一起。

食堂只有两个人，孙爹和一个三四十岁的女工，负责单位上百人的中餐，还有部分驾驶员的早餐和晚餐。整个上午，孙爹他们都很忙碌，择菜、做饭、炒菜，父亲还过来做了一阵帮手。直到下午三点来钟，一切收拾停当，孙爹才解了围裙坐下来，泡了壶茶，然后教我画画。

教画之前，孙爹跟我说了一番话，大意如下：别听你爸瞎扯，我不是画家，就是个厨子，这不退休好些年了，还一直不闲着。画画我是跟师父学的，齐白石画虾，黄胄画驴，徐悲鸿画马，张大千画荷花……我跟师父学的是画蝴蝶，也只会画画蝴蝶。

我那时没见过世面，孤陋寡闻，只看过村里人家堂屋里贴着猛虎下山、松鹤延年之类的年画。此时心想，光会画蝴蝶怎么行？别人要你画个老虎画个松鹤都不会，哪能算个画家？

孙爹仿佛看透我的心思，说："画蝴蝶这一项，学上几天，就能画出个模样了。但这玩意种类繁多，五颜六色，千姿百态，要想画好，不是件容易事！"

他打开食堂休息间的一个壁柜，从里面拿出笔墨纸张。第一步，教我勾画蝴蝶的轮廓。先画个8字形状，像一个完整带壳的花生，这是蝴蝶的身子；接着，在身子两侧，画四片"花瓣"，便是蝴蝶的翅膀……就这几笔，便能画出形态各异的蝴蝶。万变不离其宗。

那天，随父亲回家。他问，今天跟孙爹学得咋样？

我不想把自己的某种失望说出来，转换话题说，孙爹都这么老了，怎么还出来当厨子？

父亲瞅了我一眼，说你以为这单位食堂的厨子想干就能干呀？这也要本事！有本事走遍天下，没本事寸步难行。

我不明白，父亲说的这个本事，是指孙爹的厨艺呢还是别的什么？大人的世界，我搞不懂，也不想搞懂。

接下来几天，继续学画蝴蝶的各种姿态，或大或小，或长或短，或飞或立，变化无穷。孙爹又教我给这些蝴蝶上色，用水彩颜料调出各种色彩，每一只蝴蝶的翅膀和身子只上一种底色。这些色彩单调的"半拉子"蝴蝶，看起来显得有些呆板。

学了上色之后，孙爹取出一张素描纸，让我画上十几只姿态各异的"半拉子"蝴蝶。还叫我准备几支粗细不等的羊毫笔，醮上浓墨后，晾干，带来备用。

再接下来，给蝴蝶的翅膀和身子画上斑纹并上粉。孙爹说，这是画蝴蝶的关键所在。

画好轮廓，上了底色后，蝴蝶身上的斑纹和绒绒的鳞粉，是用秃头毛笔醮着黑烟灰描上去的。秃头毛笔，是将醮了墨后晾干的羊毫笔剪去笔尖，稍稍掸开，然后根据斑纹的粗细，选取使用。取烟灰最为讲究，用一块红瓦片，放在松树枝燃烧的火头上熏烤，松树枝要半干半鲜的那种，这样熏出的烟灰为上品；当然，急等用的话，也可将瓦片放到煤油灯上，熏出烟灰。

"半拉子"的蝴蝶轮廓描上烟灰粉，立马变得逼真起来，栩栩如生。

我学画的兴致大增。那天下午，父亲过来，看到素描纸上我已经描了烟灰的那些蝴蝶，他有些不相信，用手指头摸了摸，竟粘了些"蝴蝶灰"。他惊讶道："咦，跟真的一样，这是你画的吗？"

孙爹接过话，笑眯眯地说："是他画的，这孩子是块料！"

画了蝴蝶，孙爹又教我画花草，主要是兰草菊花等。一张画，上方是蝴蝶，下方是花草。那高高低低的花草，清香淡雅，空灵幽静，衬托蝴蝶的华美和艳丽。

在孙爹的指点下，我终于画了一张完整的蝴蝶图。孙爹在上面题了款：蝶恋花，建军十二岁学画。他让我把画拿回家，挂到墙上。

那天是周六，孙爹家在市区，他第二天休息，下午要坐单位的通勤车回家。我没有等父亲下班,也自己提前往家赶。我的书包里卷着那张自己画的蝴蝶图,心里甭提多高兴了,巴不得路上碰到个熟人,把画拿出来显摆显摆。

我步行了五六里路,还真碰上个乡邻,是本村的一位远房老表,开一辆手扶拖拉机,"突突突"地驶到我身边。他显然早看到我了,把车慢下来,喊道:"建军,上车!"

我紧赶几步,伸手去抓驾驶座后面的车架,想从座位旁边上车。哪知车子正在下坡路上,尚有较快的速度,我这一把没有抓牢,一个趔趄摔倒在地,手扶拖拉机的后轮从我右胳膊上压了过去……

幸亏当时穿的是棉衣,幸亏拖拉机是空载,我只是轻度骨折。但胳膊上打了石膏,学画是学不成。而且很快就要过年了,父亲单位一派繁忙。父亲对我说,他把我受伤的事告诉了孙爹,孙爹很是心疼和惋惜。不过孙爹说,他这一招画蝴蝶的技法,大概也教给我了,往后要想画好,还得靠自己多多练习。

春节后,父亲又说,孙爹节后就不来上班了,单位食堂换了新的厨子。孙爹年岁大了,是该歇歇了。

再后来,学业开始紧张起来,学画已成奢想,我再也没有见过孙爹。那张蝴蝶画习作,起先挂在墙上,后来不知什么时候就无影无踪了。

孙爹,大名孙松林。

那年高考

1981年,我参加高考。那时,我不满十六岁。

先说说中学和小学的事。我是在云山中学读的初中和高中,初中两年,高中两年,一共读了四年中学。云山是一个公社,辖区是北云台山一溜山根的五个大队,我家住在最东头靠近海边的黄崖大队第四生产队。

我的小学就是在黄崖小学读的。小学上了五年半,原因是入学时是春季,毕业是在1977年夏季。具体是在哪一个年级上了三个学期,记不清了。应该是在五年级吧,那一年伟人去世,又闹地震,乱哄哄的。一年级时,全年级只有十一个学生,与二年级和五年级并在一个教室上课,所谓复式教学。记得当时五年级只有一名学生,是我一年级同学何希才的哥哥。推算一下,他生于三年自然灾害期间,全大队都人丁不旺,一个年级就他一棵独苗不难理解。还好，我们这十一个学生一直没有掉队，到四年级时，又从灌云四队那边来了一个插班女生，叫张铁荣，个子不高，长着一双美丽的大眼睛，跟我们一道小学毕业，又一起到云山中学读初中。

云山中学在公社驻地李庄大队与白果树大队交界处，一个叫堰头庄的地方，离我家十多里路。我们黄崖的学生都是早出晚归，步行上下学；中午饭是各自从家里带来的，放到学校的小食堂里馏一馏，好歹对付一顿。

我上中学时，是云山中学的鼎盛时期，初一有两个班，每个班有三四十个学生。我虽然年龄偏小，但从初一入学开始，就做一班的班长，上高中后，两班合并，仍然做班长。至今，中学的同学见面，他们仍喊我老班长。那一年，国家恢复了中断十年的高考，让我们这些农村孩子看到了希望。为了摆脱面朝黄土背朝天的命运，大家的学习劲头空前高涨。初一时，我的学习成绩排在年级的前几名，摇摆不定，与我相当的同学有三五个。到了初二，我有如神助，突然发力，成绩直线上升，尤其下学期的几次考试，都是全年级第一。

1979年夏天，全市城市中学的初二学生不毕业，升初三，农村中学则是初二毕业，参加中考。中考前，我面临两个选择：一是上高中，以后考大学；二是直接报考中专。以我当时的成绩，考中专应该是十拿九稳，脱离农村指日可待；如果上高中，还有两年才能毕业参加高考，这期间存在变数，能不能考上大学谁也不敢保证。就在我和家长都很纠结的时候，云山中学的贺校长专门找我和我的父母，鼓励我在云山中学继续上高中，将来参加高考，一举考上本科大学，为学校争光，为自己争脸。贺校长的意思是，我是云山中学几年来学习成绩最优秀的一棵好苗子，现在就去考个中专太可惜了。云山在这两年的高考中，无一应届生考上本科院校的，被称"剃了光头"，下一步要摘掉"光头"帽子，就看我的了。再说，我初中毕业时还不满十四周岁，读两年高中，也还是低龄考生，那时候三十来岁考大学的大有人在。

我和父母被贺校长这一说，感觉飘乎乎的，仿佛两年后考上大学志在必得。那一年中考，我轻松自如，毫无压力，果然考出了好成绩：300分总分，我考了280多分，在全市农村中学名列前茅。那时还没有实行市管县，虽说全市只有宿城、中云、朝阳、锦屏、新坝等十来所农村中学，能考出拔尖的成绩实属不易。那年中专的录取分数线是230多分，我们有五六个同学考上了中专，其中两个女生考入部队的卫生学校。

我的自学能力特别强，进入高中后，课本上的内容早早地就学完了，总是想方设法找课外书自学，成绩一直领先，就是现在所谓的"学霸"吧。两年高中，终日苦读，时光荏苒，如白驹过隙，四十年后的今天，对那两年的记忆最为潦草，少有鲜活的细节。不过，与现今的高中生相比，感觉还是要轻松些。不知如今的高中生三四十年后对他们当下的生活会有怎样的记忆。

中学四年，对我影响最大的是语文老师兼班主任张老师。张老师是海州师范毕业，后来又在教育学院进修过，开始教我们初中的语文课，后来一直跟班教我们的高中语文。我语文成绩优秀，又迷上写作，与张老师有关。初中毕业那年暑假，张老师给我看了他写在稿纸上的一篇小说，写的是一个酷爱读书的农村青年，梦想成为工农兵大学生，却因家庭成分的原因屡屡碰壁，最后因绝望喝农药自杀。张老师说，这篇小说主人公的原型是他的亲哥哥。读了这篇"伤痕文学"，我若有所悟，原来写小说并不神秘，我也可以试一试。于是，那个假期里，我也写了一篇"小说"，具体写的什么，已忘得一干二净。

那时候流行一句话：学好数理化，走遍天下都不怕。我们那一届高中班，全都学的理科，所以参加高考也都是考理科。

那年6月，高中毕业，回家准备高考。此时离高考还有半个多月时间，我一人在家复习功课，有时也会出去跟人玩耍一会。我的玩伴是同一生产队的晓君，他比我大两岁，在云山中学比我高一届，上一年参加高考失利，他的家境较好，家里让他到市区的延安中学复读一年。他那一届，云山中学是文理科两个毕业班，他是学文科的，历史地理学得不错，似乎古今中外、天南海北无所不知。跟他聊起来，我便懊悔自己学的是枯燥无味的理科。

高考的考场，全都设在市区，晓君在市区读了一年书，当然熟门熟路。高考前一天，晓君领着我，在考场附近的旅馆住了下来，两人住在一个房间。面临人生的巨大挑战，两个少年都很紧张很兴奋，几乎彻夜无眠。加上时值盛夏，夜间蚊虫叮咬、闷热难捱，只好开着吊扇吹了一通宵。第二天一早起床后，我头昏脑涨，上吐下泻，感冒发烧。但高考又不能耽搁，我稀里糊涂进了考场。

对我而言，1981年的高考，就像一场梦，迷迷糊糊，混混沌沌。那年高考的所有试题，我只记得一道作文题，叫《毁树容易种树难》，我怎么写的记不清了，应该没有跑题，否则100分的语文考卷，不会考了将近90分；数学考得最差，120分的试卷，只考了70多分，暴露了我平时基础打得不牢。理科考七门课程：政治、语文、数学、物理、化学、英语和生物。其中英语以50分计入总分，生物是30分，七门课的总分是600分，我考了415分。那年江苏省本科的理科录取分数线是425分，为全国最高，我差了10分，被省内一所中专学校录取。这所学校有个叫"港口机械"的专业，我在"盲人摸象"似的填报志愿时，在最后一栏填写了该校该专业。

云山中学那一届毕业生，我的高考成绩最好，本科和大专仍然"剃了光头"，考上中专的只有我一人。到别校复读的往届生，也只有三四个考上了中专，晓君是其中之一，他考上本市的警察学校。

我的高考成绩不理想，没能给学校"争光"，也没能为自己"争脸"，很觉惭愧，但贺校长和父母倒没有埋怨我。贺校长说，你读两年高中，跟城里读三年高中的学生一起高考，这个成绩已经不错了！再说咱们学校的师资力量就这样子，也怨不得你。我父母觉得，两年前我就可以去上中专的，如今还是上中专，白读了两年书；不过他们要求不高，孩子能脱离农村，毕业后分配工作，成为"国家干部"，这就满足了。

我其实心有不甘，想复读一年再考，但想到父母的艰辛和不易,想到还有两个妹妹在读书,我还是放弃了复读的念头。我想,家乡是个港口城市,好歹学一个跟"港口"沾边的专业,以后回到家乡,总归能派上用场吧。

赶　会

一

那时候，一年里最热闹的事，莫过于去墟沟赶会。

三月二十，墟沟庙会。印象中墟沟没有庙呀，这庙会因何起源？那时从没有探究过，直到写这篇小文时，上网一搜，才知道墟沟原有一处观音堂，堂里供奉观音菩萨及送生奶奶。相传送生奶奶的生日是三月二十，于是这一天成了一年一度的庙会。但观音堂在二十世纪五十年代就被改为墟沟中学的宿舍，难怪我小时候根本不知道墟沟街还有一处庙堂。

那时候，大人们常念叨：三月三，朝阳（娘娘庙）会；三月二十，墟沟会；四月八，海州白虎山会……朝阳相对较远，海州似乎遥不可及，只有墟沟离我们云山公社最近。而且，墟沟会正会那天，各大队的小学校乃至云山中学都会约定俗成地放一天假，专门让师生们去赶会。

实际上，离正会那天尚有一个星期，一些心急的商户就忙着摆摊设点了；而周边乡镇那些盼了一年的年轻人，也等不及了，开始三五成群地往墟沟跑。一般到了正会的前三天，所有的商户都各就各位，从海棠路拐到中山路，再一直往西至平山，绵延十几里。这时，赶会的人也已爆满，可以用人头攒动、人山人海、水泄不通这些词来形容。

那时候的庙会不叫庙会，叫"物资交流大会"。摆摊设点卖"物资"的，有国营、集体的百货公司，供销社，生产厂家，也有小商小贩和自产自销的农户；有本区本市的，也有外县外市的，甚至还有山东河南安徽等外省的。所售"物资"，大至农用机械、家具家电，如手扶拖拉机、大衣橱、八仙桌、收音机、自行车等，小到油盐酱醋、针头线脑，也有农家的鸡鱼肉蛋、杂粮菜蔬；另外，还辟有牲畜专区，交易猪牛羊、马骡驴等等。

赶会的人，当然以墟沟周边乡镇的农民渔民为主。云山、宿城、高公岛、板桥、中云、朝阳、云台乃至圩丰、四队等地，多数人步行，能骑上自行车的不多，最拉风的是坐着手扶拖拉机来的，碰到步行的熟人，必定大呼小叫，示意高出一等；从连岛过来的，需坐船渡海，至连云港码头，再朝墟沟赶；从猴嘴、新浦、海州过来的，可乘坐汽车公司的"大会专车"，直达平山。

记得十来岁时，我跟本村的小伙伴一起步行去赶会。我们兜里揣了几块钱，都是自己上山挖药材卖了攒下的，便俨然是个小富翁了，买小人书、练习本，吃糖葫芦串、板浦凉粉，中午还到墟沟电影院对面的饭馆里吃一碗杂烩面，真是过足了瘾。

那些赶会的年轻人，买东西并非主要目的，主要是去看人的，在人山人海里寻找目标，说不定就能碰个投缘的、一见钟情的。我家邻居有个大姐姐，长得清纯美丽、高挑出众，赶会时与一个城里小伙子对上眼了，那个小伙子骑着自行车，一直跟着她追到村里。那辆自行车可是新崭崭的大凤凰啊，手腕上还戴着亮锃锃的上海表！原来小伙子在国营渔业公司的渔轮上班，钱不少挣，但船员这个行当在城里不易找对象，他就盯住了咱们这位美丽村姑。后来，他又托媒人上门说合，终成一段姻缘。

正会后一天，是留给那些真正买主的。这一天，就是通常意义上的"大甩卖"。那些买主大多已数次过来侦察，对卖主的销售情况了如指掌，他们知道，尤其是那些自产自销的卖主，一般不会把剩货往回拉的，于是，他们就等着那最后的时间节点下手："卖还是不卖？大哥，你总不会把这点剩货往家拖吧？"卖主一咬牙，忍痛道："卖！卖！给钱就卖！"

我们村里有个徐大扣，做事有股狠劲。正会后一天傍晚，他从墟沟回来，小平车上拖了张八仙桌，肯定是"捡漏"而归。有村人上去问道："大扣哥，这张八仙桌几钱捡的？"大扣昂首回答："五毛钱拾个漏！五毛钱还是我硬塞给他的。"听者

"哎哟"一声,"我那个天啦!我前晌打过价,就这一模一样的桌子,少于十块钱他死活不卖!"

二

九十年代初,我从市级机关下派到海州区某街道办事处扶贫,担任主任助理,具体来说,就是协助一位副主任分管街道企业。那时,街道里也就几家小化工厂,还有两家规模很小的工贸公司,我整天尾在副主任老仲后面,从这家小化工厂转悠到那一家工贸公司。

有一天,老仲问我,白虎山大会快到日子了,你要不要弄个位置?

我一时没听明白,白虎山大会就是农历四月八白虎山庙会,是海赣沭灌地区最负盛名、规模最大的传统庙会,我要弄个位置干吗?我又不去摆摊设点做买卖。

老仲见我疑惑,说,白虎山大会的摊位太抢手了,你真的不懂?

我说,我还真的不懂。管它抢手不抢手,我又不做买卖,弄它干吗?

老仲笑了,说,看来你还真是不懂。你不做买卖,可以让给别人呀。不过好位置有限,大家都在争,打破头了争!一场会下来,一个好摊位有挣上万甚至好几万的。

啊!有这等好事?我来了兴趣。那时我一个月的工资也就三四百元,听说庙会上摆个摊,几天时间就能成万元户,哪能不动心？

我问，什么样的地段是好位置？

老仲说，当然是幸福桥两边，那是中心位置。大会占用的主干道在我们办事处的地盘上，人家才给我们几个好位置。你说一声要不要？过这村没那店，十八主等着哩！

我连忙说，要要要，在幸福桥两边随便给我留一个。多少钱一个位置？

老仲说，那好，我帮你留一个。摊位费是好地段一天一百五，差一点的一天一百，五天会期，好地段一共七百五，定下来就要交钱。

哦，摊位费不少呀，这钱交给谁？

当然是交给大会指挥部。别吭哧了，有人出几倍的钱也不一定拿到好位置。

我回到家，跟家人一合计，七百五的摊位费，是我两个月的工资，风险不大，可以承受。不过要是自己摆摊做买卖，就要考虑做什么以及进货资金问题了。

那时，我住在市中心的青年路，楼下有一家卖服装的小店，生意做得不错。店主是从沭阳农村过来的姐弟俩，都才二十来岁，我常带年幼的女儿在楼下玩耍，有时拐到小店里歇歇脚，跟店主姐弟便熟套起来。那天，我把想在庙会上做买卖的事跟姐弟俩一说，姐弟俩便瞪大眼睛，连连叫好。

那弟弟说，李哥你还有这关系啊，我们早就想去弄个好地段，找不到路子，你帮我们也搞一个呗……

姐姐瞪了弟弟一眼，打断他的话说，李哥也只有这一个好位置,哪能那么容易再找一个,你别给人家添麻烦!

我想了想说,再找个好位置比较难,但没关系,我这个可以让给你们,我没有经验,好位置在我这可能派不上好用场,白瞎了。我第一次练手,地段差一点没关系。不过,我很想听听你们的建议,做什么买卖合适?

姐弟俩连声表示感谢,说像这样的庙会,就是卖服装最合适。但姐姐还是婉言谢绝我把好位置让给他们,还说卖服装的话,进货很重要,他们最近就要到上海和常熟的服装市场去进货,可以带我一起去。

我心想,这还真是找对人了,有这姐弟俩带一带,我这第一次买卖应该能上路子。

我又想,我小妹此时正在墟沟一家商场的服装柜台上班,便打电话征求她的意见。小妹说,现在正值春夏之交,夏季服装非常好卖;上海的服装不仅时尚,而且价廉物美,最好到上海去进货。我问她,赶会那几天,能不能过来帮我卖服装?小妹说,我想办法请假,应该没有问题。我再叫大姐(我大妹)请几天假,到时候一起去给你帮帮手。我说那当然更好。

落实完这些事,我跟老仲说,赶紧去交钱吧,好地段给我一个,再另订一个一般化的。

老仲有些惊讶地说,你不简单呀,一个不够,一出手就要两个?

我说,帮一个亲戚订的,你帮我掌掌眼。

到大会指挥部交钱的时候,幸福桥东那个好摊位的订户,我写了楼下小店那姐姐的名字,那个差一点的,我自己留下了。

老仲说，嘿，你这事做的……早跟我说呀，再给你想想办法嘛。

我说，这不一天能省五十块钱嘛，五五二百五……

老仲乐了，还真是……省了个二百五！

不过说实话，老仲帮我选的一百块钱一天的摊位不差，也在幸福桥的东边，距离那个好位置也就二三百米。

接下来，便是筹钱，自家攒下的，又跟亲朋好友凑了些，一共筹了一万块钱，跟随姐弟俩坐通宵大巴到上海服装城进了货。姐弟俩很有些意外，说李哥你蛮有眼光的，进的货时兴大方，还特会砍价，你是不是以前做过生意，跟我们留了一手呀？

那一阵鼓励机关干部下海经商，扶贫这段时间，我没少跟街道企业的小老板打交道，还真冒出过下海的念头。经姐弟俩这一说，我笑道，以前从没做过生意，这次跟你们好好学习，练练手，哪天真的跳下海，不至于被一口呛着。

大会指挥部通知，四月初二那一天，就可以在摊位上搭棚子了。姐弟俩前两年都上会卖过服装，这些准备工作他们都是驾轻就熟。因为我把好位置让给了他们，那弟弟感激之余，执意帮我弄材料搭帆布棚子；姐姐则教我如何摆放展示服装，如何叫卖，以吸引更多人的眼球。

白虎山大会如何盛况空前，如何热闹非凡，就不多说了。从四月初五到初八正会那几天，幸福路上人山人海，人流如织。我的两个妹妹专门请了假过来帮忙，我是每天下了班过去，晚上就睡在棚子里值夜。四月八那天，正好是星期天，我和妻子也都到摊位上忙乎。那天，我居然见到了十多个老家云山的同学和村邻，他们看到我在庙会上叫卖服装，大多甚感惊讶。有人问我，是不是机关干部不做了，下海做生意了？我有些尴尬，一时支吾着不知如何回答。站在旁边的妻子打了个圆场，说是小妹租的摊位，我们来给她帮忙的。

上会这几天，我在棚子里值夜，夜夜睡不好；两个妹妹声音嘶哑，疲惫不堪。我们的辛苦换来的是服装的热卖，到第三天，进的货就差不多卖完了，幸亏那弟弟又去上海进货，也帮我们补了一批，到正会那天，又一售而空。

后来盘点，平生第一次做买卖，净赚六千多元，真是大赚了！

炒　面

去年农历六月,天气大热,在北京与陈武兄小聚。两人聊得投机,不觉到了半夜,就在他的住处过了一宿。第二天一早,陈武神秘地说,早餐我请你吃样稀罕东西。我很好奇,什么稀罕东西,还神神秘秘的?

陈武笑而不答,拉开床头边的一个小橱,从里面拿出两个罐子,一个是瓷的,一个是铁皮茶叶罐。这时才笑眯眯地说,打开看看。

我把瓷罐的盖子一揭,顿时闻到一股异香;再一看,还真是多年未见的稀罕东西:炒面!

我笑了,这不是炒面嘛,是有些年头没吃了。你在北京,怎么会有这个?

陈武得意地说,这是半个月前他在小区附近的一家小店里加工的。那天,他散步时无意中走进这家小店,店主加工炒面时散发的香味让他为之一振,待他弄清炒面还可以通过机器加工之后,便毫不犹豫地让店主帮他加工了几斤。刚才瓷罐里的炒面,就是那天加工的,属于比较传统的那种小麦炒面。后来,根据店主的推荐,他又要了一种混合性炒面,原料包括荞麦、黄豆、黑豆、花生、芝麻,甚至还有核桃仁和枸杞子——在我看来,这样的炒面已经是奢侈品了。

陈武说,两样你都尝尝,立等可取。

我笑道,奢侈品就不尝了,你留着慢慢享用吧,就给我来碗那种纯的炒面。

陈武拿来碗筷,我自己动手,从瓷罐里舀了几勺,加糖,一边冲开水一边搅和,一碗香喷喷的炒面就做好了。

这炒面吃到嘴里,细糯香甜,温软可口,还真是从前的滋味。

陈武也喝了一碗。我们边吃边聊,不由勾起许多往昔的记忆。

我们小时候,平时是吃不到炒面的,只有在农历六月六这一天,才家家户户吃炒面。这一天,是童年里弥漫着香甜气息的节日。

把"吃炒面"视为节日,当然与那个年代物质匮乏有关。但六月六,正是夏收大忙过后、新麦上桌的时节,农家忙乎了一季,炒上一大锅新麦面,庆祝丰收的喜悦,自我犒劳一番,也是理所应当。这节日的由来,大概与此有关吧。

也听老辈人讲过,这六月六吃炒面的风俗,源于一个古代的传说。那时候，家乡那一带年年闹洪水。人们为了对付洪灾去修堤筑坝，往往要离家多日，风餐露宿。盛夏季节，修坝的人带上馒头等干粮，放不了几天就馊了。有个叫善姑的女人就想出了吃炒面的办法，方便食用，又易于储存，解决了吃饭难的问题。

还有人说，当时，善姑的丈夫因为在河工上吃了馊饭，又吐又拉，好险丧命，善姑闻讯赶到，和了碗炒面，一勺勺喂给丈夫吃，丈夫的腹泻终于止住了，命也保住了。后来人们纷纷效仿，六月六吃炒面，既大饱口福，又祛除湿热，可保一夏天不拉肚子。

新麦收到家，磨成面粉，六月六一大早，我家必定要炒上一大锅。执掌大锅铲的是外婆，外公或母亲坐在矮凳上，朝灶底续柴火；火头不能太小，也不能太旺，用冬天搂回来的干松毛烧火最好。这种大锅炒出来的炒面色泽金黄，麦香扑鼻。

这一大锅炒面，全家人可美美地早上吃一顿，中晌吃一顿。剩下一些，外婆用布袋装好，扎紧，偶尔会拿出来，放一点糖和猪油，和一小碗给我接晌、解馋，那可是童年里难得的点心啊。

陈武说，他家是个大家庭，孩子多，炒一锅不够，得炒两锅。第一锅是给孩子们吃的，纯麦面；第二锅是大人吃的，会掺些麦麸或荞麦面，吃起来有些"渣渣"的，自然没有纯麦面好吃。大家大口，日子过得紧巴，得精打细算、细水长流啊。

除了吃炒面，六月六还有个说法，叫"晒衣节"或"晒伏"。民谚云："六月六，人晒衣裳龙晒袍"，"六月六，家家晒红绿"。据说这是一年中太阳最猛的日子,红红绿绿的衣服被褥、丝绸棉布经过暴晒,一年到头不被虫蛀;家中储藏的稻谷、麦子、豆子等,"晒伏"后就不会返潮发霉;在古代,连皇帝的龙袍、皇宫内的銮驾,这一天也要拿出来晒一晒。

如今,六月六的习俗已经被大多数人遗忘。谁还在乎一碗炒面?谁还专等那一天去晒衣裳?

陈武说,两年前,他倒是过了一次"炒面节"。那天,他突然接到老母亲的一个电话。年已八旬的老母吞吞吐吐地说,小三,我做错了一件事……陈武疑惑道,老妈,做错了什么事呀?母亲说,今天是六月六,我炒了点炒面,人老了,不中用,连炒面都炒煳了……陈武一听笑了,我当什么错事的,炒面糊了好吃呀,我去吃,我喜欢吃!

讲到这里,我看到陈武的眼里分明闪着泪花。看来,一碗炒面,让他想念远在家乡的老母亲了。

制　酒

赵士祥，人称赵员外，居花果山飞泉村，家有茶园十几亩，擅制茶，亦擅制酒。家中楼房三层，四五百平方米，坛坛罐罐堆放不少，皆装自酿酒类。

我与士祥相识于二十世纪八十年代中期，那时，他在港城已有诗名。几年后，李惊涛撰文《霉干菜与野山椒》，力推客居港城的浙江才子张亦辉和他这个本土诗人，此文在本地文坛至今让人津津乐道。多年来，士祥远离喧闹，居乡野、饮山泉、观美景，人生豁达，文笔越发精粹。据说他家里各类征文比赛的获奖证书堆了一大摞，达一百二三十本。

诗文雅趣，这里按下不表，单说他的制酒轶事。

有一年暑天，已在杭州高校任教的惊涛放假回来，报社成章请客，邀陈武、士祥和我作陪。席间，士祥从包里掏出三个饮料瓶，说里面装的是自酿果酒，两瓶给惊涛带走，一瓶由席上众人分享。

众人喝了白酒，都想尝尝果酒的滋味。士祥将一瓶果酒分倒四份，给各人品尝。此酒呈玫瑰红色，纯净透明。众人抿尝之后，感觉醇味柔韧，绵甜悠长，皆赞。

士祥说，这酒是他用自家院子里长的樱桃酿造；酿制过程中，除了加入少量冰糖以提高酒精度，别无其他添加物，酒精度大致在十五至二十度，可放开量喝。我们说这一点也不够喝的呀。士祥抱歉道，樱桃酒酿得不多，这次也就给各位过过嘴，大家得空到我家去，至少有十几种自制酒类可供品尝，届时可真正开怀畅饮。众人想想也是，如今这樱桃多贵呀，几十块钱一斤买了尝个鲜，谁舍得拿来酿酒？

我心里惦记着士祥的美酒，想找个机会到他府上去品赏。但时日如白驹过隙，一晃过了两三年，竟没有如愿。记得有一次约了陈武一起去，已经开车到了花果山景区管委会附近，离士祥家也就里把路，但再朝里看，路上的车子已堵得溜溜满满。想必这节假日里，士祥家的家庭旅馆一定顾客盈门、生意兴隆，还是不打扰为好，于是又调转车头返回。

去年秋，诗人鲁克从北京回东海省亲，后几日，到市区会朋友。他与士祥交谊深厚，士祥家的乡村别墅客房众多，又紧靠景区，秋色宜人，空气清新，他尤喜下榻于此。赵员外之雅号，就是他叫出来的。众人一听，皆说贴切。虽说飞泉村离市区十多公里，但有赵员外驾驶摩托车纵横驰骋，各场宴请，他俩都准时赴约。

这一天，朋友们又一次聚到一起，有诗人老山泉（张成杰）、孔灏等。士祥带来三种自制酒助兴，一种是葡萄酒，一种是山楂酒，还有一种酒色呈微黄，是何物酿制，他秘而不宣。我喝了一小杯，感觉入口后有一股淡淡清香，顺滑绵柔，酒精度应在三十度左右。我猜想是青杏或杏梅酿制，也有人猜了山芋、苹果、山桃、柿子等，皆不对。

看来这群人里只有鲁克知道秘密，他说这是赵员外的独家专利产品，到底由何物酿造，大家尽可放宽了猜。于是众人来了兴趣，有猜木瓜、黄瓜、冬瓜、南瓜、烧瓜等，有猜莴苣、春笋、萝卜、荸荠、棒瓢子（玉米芯）等等，但还是不对。

我想起少年时见过的一种酒，叫楝枣酒，是苦楝树的果实造的酒，不用尝，闻了就有一种恶苦之味。那个年代粮食匮乏，山芋干酿的酒都是奢侈品，以苦楝枣制酒解馋，当然不足为奇。我这时候提起楝枣酒，为的是刺激一下大家的想象。也就是说，可以用来制酒的"邪乎"东西多了去了，只怕你想象力跟不上。

鲁克笑道，当时老赵让我猜，你们说的这些，我大致也猜过，老赵说他多数做过试验，他家的酒坛里装了不少。不过大家都没有猜中，在座的诗人们，你们的想象力跑哪去了？

众人嘻嘻哈哈，皆说酒喝多了，头脑迟钝，怕是再猜也猜不中，大伙等不及了，快公布谜底吧。

鲁克问士祥：员外，你说，这谜底公不公开？

士祥眯眯带笑且充满自信道：但说无妨。

于是揭了谜底：茶！这酒由赵家自产的花果山云雾茶酿制，是谓茶酒！

怀念郝炜

3月19日中午，突然接到好友何尤之的电话，他吞吞吐吐地说，你的好朋友郝炜出事了，生命垂危。他是在一个博客里看到的消息，让我也上网看一下。

我震惊，头脑里一片空白。因手提电脑放在办公室，便揪着心匆匆赶过去上网。打开尤之发过来的网址，是"沈阳秋泥"转"龙之心"的博文：告博友，吉林作家郝炜生命垂危！

2月25日晚8时许，郝炜在回家途中，走在斑马线上，被一辆出租车撞倒。120拉到医院后，一直昏迷不醒。至3月10日，病情急转，发生大面积脑梗，甚至侵入脑干，瞳孔已经有些放大，依靠呼吸机、注射蛋白维持生命。医生说，事情似乎不可逆转……

龙之心和沈阳秋泥发文祈祷，愿上天垂怜英才，助郝炜渡此难关!

看过博文,看着郝炜微笑慈和的照片,我的泪水不自觉地流出来,与他相处时的情形历历在目……

我和郝炜是1986年相识的。当时,连云港刚刚被国家批准为首批十四个沿海开放城市之一,向全国广纳贤才,郝炜就是这个时候被招贤,从东北名城吉林举家来到连云港的。他原是《江城日报》的记者,到连云港后,在市电台做编辑工作。

那年我刚二十出头,狂热地迷上了文学。郝炜长我八岁,已是一个小有名气的青年作家。在一个不大的城市里,我们很自然地聚到一起。也许是气味相投、今世有缘,我们很快成了胜似兄弟的好朋友。

我单身一人住在单位宿舍,离郝炜家的南小区住处不远。如果哪天不想在食堂吃饭,我就会去他家改善一下伙食。当然,那时候的伙食远没有如今这般丰富,好像粮票还在使用,但郝炜和嫂子老于(嫂子那时还不到三十岁,郝兄总喊她老于,我们也习以为常,想必这是他们夫妻间的爱称吧)却总能整出几个荤素上桌,让我清汤寡水的肠胃过一把瘾。

不久,在矿专任教的张亦辉也时常坐到郝家的饭桌上。一大盆菜蔬端上桌,蘸着他家自制的东北大酱,三兄弟总要喝上两杯,然后便漫无边际地扯谈。谈沈从文、汪曾祺、林斤澜,谈贾平凹、阿城、何立伟,谈马原、洪峰、残雪,谈余华的《十八岁出门远行》、苏童的《桑园留念》、格非的《迷舟》,还有孙甘露、杨争光、黄石、吕新……当然也会扯到海明威、马尔克斯、博尔赫斯、普鲁斯特、卡夫卡……

郝炜那时已在一些名刊上发表小说，他的构思灵巧、文字诗情画意、清新优美，且出手又快，在格子纸上一遍成稿，干净利索，让我和亦辉由衷佩服。

郝炜待朋友真诚宽厚，对家庭担当慈爱，实为做人之楷模。嫂子那时候在淮大（现淮海工学院）上班，离家路途较远，路边皆荒滩野地，郝炜便天天骑着自行车接送她。两人亲亲然如热恋初婚。郝炜的小内弟，随姐姐一家来连云港。郝炜对他关爱备至，费尽周折，给他找工作上班，其殷殷之情，让人赞叹！

与我们交谈时，郝炜常常流露出浓浓的思乡之情。他说他的根在东北，他的创作之源在东北，总有一天，他还要回家乡去。没想到，这一天来得太快，1988年秋天，他就带着家人迁回了吉林。

郝炜离开连云港后，我和亦辉的失落感持续了很长一段时间。有一次，我跟亦辉说，我在街上看到一个人，长得很像郝炜。亦辉说，是有这么个人，我也看到过，好像就住在南小区这一带。于是两人约好，傍晚时分，在南小区的西边路口，专门等那个人出现。还真让我们等到了，那个人来了，个头不高，脑袋不小，大脑门儿，戴眼镜儿……这些与郝炜的特征基本一致。但这个人当然不是郝炜，他的脸上没有那种眯眯的微笑，亦辉说的"弥陀佛一样的微笑"。面相心生，那种微笑是内心世界的自然流露，只属于我们的郝大哥！

一去十年，十年沉寂。1998年前后，郝炜的名字突然在大江南北、长城内外遍地开花，他的中短篇小说在《人民文学》《北京文学》《青年文学》《作家》等大刊频频亮相,并入选《小说选刊》《小说月报》及各种年选,把小伙伴们一下子惊呆了。一时间,我和惊涛、亦辉等文友常拿着载有郝炜新作的刊物奔走相告、津津乐道,我们为有这样一个朋友感到自豪和骄傲。

2001年冬,我到黑龙江省牡丹江市出差,虽时间紧张,但我知道这是个机会,我要想办法去一趟吉林,去看看分别十三年的郝大哥。

因为事先有诸多不确定因素,我没有提前告诉郝炜,就坐上火车,从牡丹江、延吉、敦化一线,到达吉林市。我直奔《江城日报》社,突然出现在郝炜面前。

我们惊喜,我们相拥,我们感叹,我们的眼里闪着泪花。郝炜没有变,我们的友谊没有变,十三年未见,兄弟情深仿佛昨天!我在吉林住了两天,郝炜带我去松花江边看雾凇,去丰满水库看水墨画般的远山雪景,去向阳屯吃东北大餐……

自然聊到他的小说。他告诉我,他的小说创作正处于一个高峰期,但单位这时候突然给他压了担子,让他担任广告中心的主任。这是个重担子,事关单位的经济命脉,任务艰巨,小说的写作只得放一放了。我说这太可惜了呀,你差一步就大红大紫了,这个时候做这个主任干吗?他笑笑说,小说啥时候拾起来都能写的,人家领导看得起咱,信任咱,又是以前的老上级,待咱不薄,你说我能撂挑子?再说咱也要证明一下自己,不光能写小说,经济方面也照样搞得好!

我想是的,不管干什么,只要是郝炜认准的事,他一定会干得出众，干得精彩！

岁月匆匆，一晃又过了七八年。这些年，我虽然以写纪实稿件谋生，但国内的主要文学期刊我从没有断过关注，我一直没有看到郝炜的名字。难道他做了广告主任，就再也不写小说呢？不会的！我知道，对文学的热爱已经渗入他的骨髓他的生命，他又写得那么好，他一定不会放弃的。

果然，到了2009年，我在《人民文学》上一下子看到他的两个短篇《卖果》和《盘鹰》，宝刀不老，出手不凡啊！接着，又在《上海文学》《作家》《山花》等多家刊物上看到他的小说，比当年显得更加沉着和老练。记得我当时正好和陈武去杭州找惊涛、亦辉，我们不约而同地谈起郝炜，我们感觉到他的创作高峰期再次来临，犹如火山爆发而且可能冲击全国最高奖项。

感谢网络，让我们的联系变得方便快捷。2011年初，郝炜的散文集《酿葡萄酒的心情》在网上热销，并由此引出"轻散文"这一概念。我上网一搜，看到他的新浪博客，赶紧加为好友，于是他的最新动态，就都在我的眼皮底下了。我还经常翻阅他往日的博文，那些精彩的小说和散文，让我如食甘饴，如品佳茗。

不久，我从博客上得知他携嫂子到深圳、香港等地旅游，回来时还去了杭州，受到惊涛和亦辉的盛情接待。我甚感遗憾，发了个信息，问他怎么不到连云港来看看。他回我信息道：你嫂子没钱啦，我们也打算去看看你的，可是把钱花光了，苏杭的丝绸太好了，你嫂子买了衣服围巾又买被褥（给宝贝儿子），一下子花光了，哈哈。她说下次去，到时少不了给你添麻烦。

2012年底，我突然看到郝炜患脑出血的消息。好在他此时已出院，还写起"住院的经历"，想必治疗效果尚佳。我给他留言：没想到兄的身体出现如此状况！前些日子陈武说在济南开会见到你了，说起你的身体，我很忧心。之前在晶林（《连云港文学》编辑）处拿到你捎给我的两本书（《匿名》和《酿葡萄酒心情》），我放在床头，都看完了，很喜欢。最近我在写一些小散文，正想把看书时的感想和对你的想念写一写。刚看到你的这个博文，心里酸酸的。千言万语，归结一句话：兄多保重！明年开春去看你。

留言中提到陈武说的情况，是他在济南《当代小说》开会时，与郝炜同住一室，得知郝炜身患糖尿病，需每天自己注射胰岛素。开会回来后，陈武把这事告诉我，我心里就特别牵挂。但糖尿病是慢性病，唯有期盼他平时多注意多保重了。

2013年3月，我到北京办点事情，打算从北京再乘车去吉林。临行前，我与住在松原市的刘放联系，他让我到长春打电话给他，两人一起去，他也好多年没见郝炜了。到北京后，我拨通了郝炜的电话。没想到巧了，这几天他正在北京给儿子搬家，我不用去吉林就能看到他了。

两人都很激动，约定第二天上午见面。那天郝炜早早地就到地铁口等我，我从另一个地铁口出来，便直奔他所在的小区大门口，岂料这小区另有大门，在另一条街上，我俩走岔道了，来回折腾了个把小时才见上面。

看到大病初愈的兄长，说话动作还有些迟缓，我握住他的手，潸然落泪。郝炜的眼圈也红了，拍拍我的手说，没关系，脑袋没受影响，好使着了，小说还照写。

中午他请我到酒店，两人还喝了点啤酒。分别时，他执意送我到地铁口，直到我走远，在拐角处回望，他还朝我挥手示意。

后来，他在博客里给我留言：哥们，北京一面我也很激动，我眼巴巴地看着你走进地铁站，直到看不见你的身影还在望。时间越久，怀念越长。

没想到，这一次见面，竟成永诀！

2014年一开年，看到的都是喜事，他的长篇小说《匿名》获吉林省政府长白山文艺奖，《过着别人的日子》在作家社出版发行，中篇小说《磐石往事》在《人民文学》第三期发表。我正充满期待，去品读他的大作，却传来他生命垂危的噩讯！

我祈求苍天开眼，奇迹降临，让他逃过此劫。我给惊涛、刘放发纸条，愿朋友们一起为他祈祷。但噩耗还是传来：3月22日凌晨，郝炜的心脏停止了跳动。

再也见不到你了，我敬爱的兄长！我泪水长流，向着遥远的北方跪拜！

斯人已逝，但他美好的文字长留人间！

卷二

动物情缘

半日情缘

这是我与一条狗的情缘。

这段缘分只有短短的半天时间。

上午九点多钟,我在教学楼参加一个培训班的开班仪式,结束后回办公室。在一幢学生宿舍楼附近,看到了这条瘦瘦的黄狗。

它走得很慢,显得疲惫而凄惶,像是在路边的草丛里寻找食物。这是一条体型偏小的中华田园犬,俗称土狗,城市里很少有人把它当宠物狗养。看它周围并没有人跟着,身上也没有项圈、狗牌之类的标识,我心想,这是条流浪狗。

这三四年,在校园里行走,流浪猫每天可见,三五成群,盘踞一方,有人定时定点投食,过着自由而散漫的生活,但流浪狗却是第一次见到。校园是禁犬的,偌大的地方,竟没有流浪狗的立足之处。流浪狗被污名化了,什么狂犬病、狗瘟、细小病毒等等,让许多人心生恐惧,避之不及。网传哈尔滨某大学为了迎接校庆,竟将学校家属院一户居民收养的七条流浪狗全部毒杀……其实,在上海、北京这样的大城市,狂犬病已绝迹二三十年了,狗瘟、细小更不会传染给人类;美国是养犬大国,在十年前就宣布消除了由狗引起的人类狂犬病。前几天,看到一条暖心的消息,天津师范大学保卫处专门建了一个"爱心园",收养校园内的流浪狗,并接受师生们前来认养。然而,这只是个例外。

确定这是条流浪狗之后,我下意识地蹦出个想法:救助这条狗,想法儿带它回去,收养它!其实我家里已经有三条狗了,一条比熊,一条泰迪,一条串串,串串由父母帮我们养着。但我在上海一直没有养狗。

我吹了声口哨,想引起它的注意。——在家遛狗时,除了唤狗的名字,我也常吹口哨。

它果然停住了,怯怯地望着我。我走过去,想靠近它,摸摸它的头,传达我对它的善意。但它显然被伤害过,很怕人,警觉地向后退了退。我没有去追它,我知道,我们之间的信任还没有建立,这时候只要一追,它就会跑得无影无踪。

我唤了一声:"大黄,别怕,别怕……"

它似乎听懂,站住了。

我一边招手,一边接近它。它踌躇着朝我靠过来,但隔着一段距离。

据说狗能感知人之善意。尤其是家里养狗的人,身上特有的气息,别的狗能闻出来。这条被我脱口唤作"大黄"的狗,看来感觉到了我的善意。

前边不远处,是校园最大的食堂。我想,大黄刚才一路上低头觅食,肯定是饿坏了,得给它弄点吃的;通过食物引诱,应该更容易接近它。但我早晨出门时,身上只揣了个手机,没带校园卡,一个钢镚也没有,到了食堂也没办法……先过去再说吧。

"大黄,跟我走,给你弄吃的。"我招呼着它,朝食堂方向走。曾经看过一篇文章,说养狗之后,主人先要给狗起个名字,多唤它几遍。狗知道自己有了名字,也就知道从此有了归属,有了主人,有了家。

大黄懂我的话,不紧不慢地跟在我身后。这时,路上的人多起来,我担心有人逗弄它,把它吓跑。但大黄显得很机智,灵巧地绕开路人,一直跟着我。

食堂南侧的路旁,是狭长的草坪。我慢悠悠地走在路上,大黄走在草坪上,摇着尾巴。看上去,这俨然是一个温馨的遛狗场景。

到了食堂南门口,我停下脚步。大黄也停下来,眼巴巴地望着我。我想,这里人来人往,进进出出,大黄随时都会被惊扰,得先零距离接近它,把它稳住,再进食堂。

"大黄,乖,别怕……"我摸到它的头,轻轻地、轻轻地摩挲……

它趴了下来,任由我抚摸。我知道,它能一直跟着我,让我抚摸,说明它认准我了,也说明它身处绝境,迫切需要求助于人。

深秋的阳光暖意融融，草坪干净柔软。大黄瘦削的身体微微颤抖，由趴着变成侧卧，头和身子蜷缩在一起，显得那么忧伤无助。从刚才它小便时还没有跷腿的动作来看，它还是条未成年狗，最多只有八九个月的"狗龄"。它浑身的毛发柔顺熨帖，呈深黄颜色，只有额头和嘴巴是深褐色的，除了身上瘦骨伶仃，看不出长时间流浪的痕迹。

大黄，你这是怎么呢？你是被主人有意抛弃的，还是不小心自己走失的？你是不是太累了，太饿了？这校园外面，便是繁华的街市、大上海著名的商圈。可以想象，在闹市里流浪，你不知遭遇过多少呵斥、驱赶和追逐，甚至死亡的威胁；在某些人的眼里，你就是一盘菜，他们想方设法捉住你，扒你的皮吃你的肉；有的歹人兜里随时装着毒弩，见到流浪狗就射杀，再卖到狗肉馆供人食用……

你又是怎么躲过门卫的视线，溜进校园的？一旦让保安发现，你肯定会被驱逐；如果不幸遇到个心狠手辣的，那更惨了！——闵行区某体育公园有个保安，将一条黑色流浪狗扔到游泳池里，不停地用竹竿击打取乐，不让它爬上来，最后导致小黑狗精疲力竭沉池溺亡。这段视频被传到网上，引得群情激愤，数百人赶往这个公园给小黑狗讨公道……

我正蹲在路边安抚大黄，走过来两位面貌和善的中年女性。其中一位问："这狗怎么了，看这样子，它好像很伤心呀？"我告诉她，这是条流浪狗。她说："狗狗就是不会说话，它这是在哭呀，肯定是想它的主人了……唉，主人都把你丢弃了,还想他干吗?"

另一位说:"看它可怜,你把它收留得了。"

"我家哪能养狗,我家那一位不喜欢狗,不许我养狗。"

她俩一声叹息,走了。本想让她们帮忙看住大黄,我抓紧时间到食堂去……还好,又来一位,金发碧眼,应该是个留学生,她上来就大大咧咧地抚摸大黄,根本不在意它身上是否干净,是否有虱子跳蚤,还一把搂住它,开心地逗它挠它。大黄也兴奋起来,在草地上打起滚,甚至仰着肚皮让她抓挠,这可是狗狗最柔弱的地方啊,只暴露给它最亲近的人。金发美女一看就是个"狗粉",玩起来酣畅淋漓,但来去一阵风,闪身便走人。

大黄怅然若失,安静下来。我拍拍它,说:"大黄,在这不要动,我去找吃的。"

大黄目不转睛地望着我,眼神里有一种默契。

我赶紧跑进食堂,问正在收拾餐盘的服务员,有没有吃剩的饭菜。服务员目光诧异,不解地看着我。我连忙说是给流浪狗找点吃的。她指了指垃圾桶,说都倒进去了。我只好自己进到服务台,好不容易找了个冷馒头,赶快又跑出来。

大黄没有乱跑,坐到食堂对面等着我。它的眼里清澈无瑕,充满期待,让我的心刹那间融化。我连忙把馒头掰开,放在草地上,唤它过来吃。可大黄嗅了嗅,并没有吃。看来,它流浪之前多半是吃狗粮的,这馒头又干又硬,闻上去没滋没味,它当然不吃。还有一种可能,它现在特别口渴,最缺的是水。

我又跑到食堂，想灌点水，可找了一圈也没找到盛水的东西。正巧碰到个熟人，我跟她借了几元零钱，到窗口买了两根火腿肠。

吃起火腿肠，大黄狼吞虎咽，三两口就没了。两根火腿肠不够它打牙祭的，离填饱肚皮还差得远。不过，火腿肠盐分高，又有防腐剂，会增加肾脏负担，并不适合犬类食用，这会儿权且给它充充饥吧。

吃了东西，大黄好像立马恢复了元气。我灵机一动，到食堂里找了个塑料袋，灌了半袋自来水来。果然，我撑开塑料袋，大黄便迫不及待地过来喝水，看来真是渴坏了。

这个时候，我有足够的信心把大黄带回去了。我住在校园外一个临街的小区里，一套老式的两室一厅，是单位几年前租下来的，安排我和一位同事居住。虽然我和同事各居一室，但狗领回去，要放在客厅里养，肯定会影响到他的生活，他会不会抱怨我？如果因为养狗影响了同事关系，传到单位领导的耳朵里，领导对我会有看法的，这不得不考虑啊。但此刻我顾不了那么多了，只要大黄一路跟着我，跟我回到宿舍，它就跟我有缘！

我拍了拍大黄："我们回家吧！"

从食堂走到校门，这段距离有三四百米，行人不多，没有什么干扰，大黄一路紧跟着我。到了校门口，有个保安跑过来对我说："校园里不让遛狗。"我说："这是流浪狗，这不正把它带走嘛。"保安嘀咕道："流浪狗？流浪狗啥时候溜进来的？"

出了校门，马路边商铺林立，人头攒动，声音嘈杂，我怕大黄万一受到惊扰,想抱着它走。但大黄见我要去抱它,竟然惊恐地躲开了。这时候我当然急不得,更不能把它惹急了。"狗急跳墙",它要是跑起来,还真不容易追上;要是跑到马路上,车流滚滚,非常危险。

从校门口到我居住的小区,有里把路,我走得小心翼翼,不时停下来招呼它。大黄也很谨慎,与我保持着三五米的距离,但始终跟着我。

小区的大门中间,有一道挡机动车的自动栏杆,两边是人行道。门旁站着两个保安和几个闲人,都有些面熟。大黄走到这里,有些犹豫不决,不敢朝里走。我拍拍它:"大黄,不怕,马上就到家了。"又对保安说:"这是条流浪狗,我刚捡的。"

有个保安说:"就是个小土狗嘛,有啥好养的。"

另一个保安坏笑道:"呵呵,马上天冷了,杀了吃狗肉,大补。"

大黄似乎感觉出他俩的不怀好意,冲着他们吠了两声,直往小区里面跑。我赶紧追过去,喊住它。我住的那幢高楼离小区大门最近,朝南一拐就是,我住六楼。走到电梯口,大黄越发显得紧张,不敢跨进打开的电梯门。我只好抱起它,一直到了家门口,才把它放下来。

"大黄,咱们到家了。"关上房门,我长长地松口气,我们成功了!

刚才抱着大黄的时候,它那无限依赖的眼神,深深地触动了我。我知道,一旦收养它,就意味着长久的责任,意味着大量时间和精力的投入,意味着永不放弃!因为狗是有感情和尊严的，它尤其受不了主人的再一次遗弃再一次伤害。台湾有位作家曾经写过这样一个故事：有条狗被主人开车送到几十里外的地方遗弃，它历经艰险找回家来，主人又把它装进麻袋，开车送走。狗预感到自己的命运，哀哭不已。后来等主人打开麻袋，发现血流一地，狗已经咬舌自尽……

我找了条大毛巾，铺在客厅一角，又倒了一碗水放在边上，示意大黄在家好好待着，我得上班去了。我寻思着，晚上下班后，先去找一家宠物店，买袋狗粮和牵引绳；明后天，找机会带它去洗个澡，做个检查，再驱虫、打防疫针。

中午，我心里牵挂着大黄，刚准备回宿舍，单位领导喊住我，让我随他一起去接待客户。我当然推辞不得，更不能说家里有条狗在等着我而拂了领导的面子。直到下午两点多，接待结束，我匆匆赶回宿舍。

大黄可怜巴巴地等着我，让我心疼不已。我知道它饿了，可我没有时间去找宠物店买狗粮，只好带着它到附近的小超市买包火腿肠。是的，我不忍心把它孤单地关在屋里，我让它跟着我，哪怕只是短短的一会儿。它真的很乖，进超市时，我怕人家忌讳，没有带它进去，它就坐在门外，一动不动地等着。超市收银员看它那样子，都啧啧称奇。

回到小区，我未等上楼，就赶紧喂了它两根火腿肠。大黄抖起精神，在小区里奔跑起来。我们这幢楼的前后左右各有一个小花园，北侧这片较大，长着密密的小树林，狗能钻进去，人却不能。大黄跑了一圈后，钻进这片林子，跟我捉起迷藏。我唤了好一会儿，它才钻出来，随我走进楼洞。谁知这一次它还是不肯进电梯，我干脆领着它从楼梯爬上楼。

大黄终究是条狗，而且是条"少年狗"，正值顽皮阶段。我开门进屋，唤它进来，它迟疑了片刻，却又扭头跑开了。我连忙顺着楼梯追赶下楼，它竟又钻到小树林里，进进退退，跟我玩起"拉锯战"。我突然想起，刚才匆忙下楼，房门没有关，手机没有带，而我马上还得去上班，还有这样那样的各种琐事等着我……大黄，我没时间跟你捉迷藏，你在这等会儿，我先上楼去关门，拿手机，再来收拾你……

大黄似乎看出我有些愠怒，愣怔地坐在小树林里。我心想，它会跟着我上楼，或者，会坐在这里等着我的。我家养了三条狗，我对狗的习性非常了解，我胸有成竹。

可是，等我再下楼，也就两三分钟时间，大黄不见了！

我一边呼唤，一边绕着楼找了一圈，没有找到！

我焦急地跑到传达室，询问保安。有个保安含糊其词地说，刚才好像看到有条黄狗，跟着一个骑电动车的人出了大门。

我急问："出大门，往哪边去了？"

保安白了我一眼："这我哪知道。"

我连忙跑出大门，左右寻觅，但哪里还有大黄的踪影？

摆在我面前有三种选择：顺着门口的番禺路往北找，就是我领大黄回来的路；往南，是刚才去超市的方向，往前二三百米，有条岔路，再往前几百米，是个十字路口；马路对面，则是另一个小区。

我稍一停顿，便选择了第一条路径——顺着大街往北找。

但一路小跑到了校门口,到了番禺路与淮海西路的交叉口……没有!

拐回头,往南。回到小区门口时,我特意跑进小区望了望,又询问保安……没有!

继续往南,先顺着岔路深入一公里左右,又遇多条岔路、农贸市场、小公园等等,只好粗略搜寻一遍……没有!

再回头往南,至番禺路与虹桥路交叉口。人海茫茫,车流滚滚。我已是气喘吁吁、汗流浃背、两眼昏花……还是没有!

怀着残存的希望,到对面的小区找,到遇见它的校园里找……仍然没有!

大黄,你在哪里?

难道,我们只有这半天的缘分吗?

片刻的疏忽,带给我无尽的懊悔。我太自信太大意太相信狗的能力了。我们相处的时间毕竟太短,或许,它还没有找到家的感觉;而且,出了小区大门,周边的环境太过复杂,随随便便一个惊扰就会改变它的方向。

大黄,流浪在街头,你的命运将是多么凶险!只有百分之二十的流浪狗会被人收养,其余百分之四十将被送上餐桌,百分之四十会因车祸、疾病、饥饿、寒冷等而过早死亡。

我祈求,你能有那百分之二十的好命。

我不甘心,利用清晨、晚上、周末继续找,扩大范围找,在朋友圈、QQ 群频发大黄的照片……一个月,两个月,到写这篇文章时,三个月了,我还在找。找狗成了我生活的一部分,我的习惯,我的下意识,我会一直找下去!

我忘不了大黄那忧伤的眼神,总是幻想着在校园里再次遇见它;或许有一天,它会坐在小树林旁等着我……

2017年1月4日于徐汇

大黄小黄

一

大黄和小黄，都是流浪狗，都长着一身黄毛，官称中华田园犬，更多地被唤着土狗或草狗。

最早见到大黄，大约是在前年秋天。那是一天深夜，我在小区里遛狗。——晚上不管什么时候回到家，我都要把宠物狗小白带到小区里遛一圈，即便是深更半夜。小白有个习惯，从来不在家里大小便，所以早上要遛一趟，晚上还得遛一趟，要不它会憋出毛病的。

突然，小白"汪汪"叫起来，猛地往前跑。我追过去一看，原来它是遇到同类了，一条中等个头的黄狗，难怪它这么兴奋。这个时候,没有人跟着、牵着,一条土狗,还在外面游荡,我马上想到,这是一条流浪狗。我怕它身上不干净,会有跳蚤、虱子之类,便连忙吆喝小白离开它。小白却不以为然,在家圈了一天,好不容易出来一趟,碰到个同类,当然要打个招呼。它摇着尾巴,跟黄狗又嗅又蹭,甚是亲热。黄狗翘着一条腿撒尿,也是条公狗,个头较之比熊犬小白要大许多,但对同为雄性的小白,显得包容而友善。

后来早晚遛狗时,常碰见这条黄狗。在我家前排楼东侧的路边或南侧的冬青树丛旁边,它要么不声不响地趴在那里,要么夹着尾巴游荡。小白看到它,还是很兴奋,朝它身上跳。它躲闪不及,任由小白闹腾。

在小区里遛狗,线路固定,小白又是温顺的小型犬,我一般不用绳子牵着。两狗纠缠时,我把小白抱走,才能将它们分开。黄狗会跟着我们走一段路,目送着我们走远。但仅此而已,它从不主动靠近我们,似乎有些胆怯和自卑。

小区里养狗的人,常在早晚遛狗时碰到一起,以狗会友,自称狗友,彼此不知姓甚名谁,但都能唤出各自狗的名字。于是,在狗友圈里,我被唤作小白爸。我因此也结识了皮皮爸妈、大白爸妈、豆丁妈、布什妈和豆豆、球球的爸妈。实际上我们已经把家里的小狗视为家庭的一员,一个不会说话的孩子,所以对这样的称呼,没有谁觉得不妥。

皮皮是一条养了七八年的京巴串串。皮皮爸妈的年龄与我相仿,也年届半百,家住小区最南边的一排楼。我们碰到一起,经常会交流一些"狗事"。有天皮皮妈告诉我,这条黄狗实际上是有主的狗，狗主人就住在我家前排东边那幢楼。此人三十多岁，在本市的电力系统上班，他老婆在南京做酒店高管，有个孩子上初中。黄狗原是流浪狗，常在一家饭馆门口找食吃，被他带了回来，平时就关在他家楼底的自行车库里。车库只有三四个平方，没有窗户，狗关在里面如同坐牢。此人每天早出晚归，从不遛狗，偶尔抓一把狗粮、倒一碗水给狗。狗在车库里大小便，他也懒得去清理，后来干脆弄块石头支在门口，留一个能让狗进出的缝隙，黄狗这才得以自由进出，经常出现在这附近。

狗仗人势，这话不假。黄狗虽然有主，但主人对它不管不问，形同虚设，它何来仗倚？所以在别的狗面前，它显得孤独、自卑，甚至胆怯。

我心里纳闷，此人对狗几乎不管不问，当初为什么收养它呢？

二

去年春天，我发现在黄狗的身边，又多了一只小黄狗。两狗出入同行，形同父子。我自然而然地把原来那条唤着大黄，把后来这条体形小的唤着小黄。

起初，我以为小黄也是那人收养的。后来听狗友说，小黄是流浪狗，可能是流浪到小区里，遇到了大黄，便从此傍上了大黄，滞留在小区里不走了。有时，它在大黄家的车库里过夜，与大黄相互取暖，但可能大黄的主人并不喜欢它，也没打算收留它，常把它赶出车库，所以多数时候，它在皮皮家那幢楼的某个楼洞里过夜。皮皮妈等狗友会拿些狗粮或剩菜剩饭喂它。时间长了，皮皮家楼下，就成了它的栖息地。

小黄也是公狗，大约一岁狗龄，相当于人类的六七岁。不知什么原因，自从碰到"少年狗"小黄，小白就见异思迁，不再理会大黄。每次看见小黄，离得老远，它就撒腿跑过去，扑到它身上，且兴奋得大声吠叫，似乎把小黄当成一条发情期的母狗。

我追过去，赶紧把小白抱开。但离了一二百米，只要一放手，它还是扭头往小黄跟前跑，害得我只好追回来，再次强行把它抱走。反复几次，我不再迁就，好一顿呵斥，小白才有所收敛。

我觉得好笑，小黄是条公狗，体形比小白略小，哪点吸引了小白？莫非小白是狗中异类，似人类中的双性恋者？

我在上海工作，离家五百多公里，一般半个月坐大巴回家一趟，单程需六七个小时，多是周五夜里到家，周日下午返沪。平常，每天都由妻子去遛狗，我回到家，遛狗这项任务自然落到我身上。不管回家多晚，只要没有下雨下雪，我都要把小白带下楼遛一圈。狗是特别有规律的动物，一旦形成规律，就很难改变。我每次回家，小白似有先知先觉，早趴在门口等着。听到我开门的声音，它欢叫不已，门一开，便直朝我怀里蹦。我要是不把它抱在怀里安抚一下，它就会一个劲地蹦个不停。此后，我在家里不管走到哪，它都会跟到哪，一直要等我把它带下楼，让它撒个欢，才会安静下来。

一个周五的深夜，我带小白下楼，它撒腿就跑。我紧跟着，果然见它朝最南边那幢楼跑去。我用手电一照，看到小黄正蜷缩在楼下的一间自行车库门旁，身下有块红色的塑胶垫子，边上有两只小碗，一只盛了水，另一只空着。我猜想，这一定是哪位狗友拿来垫子，让小黄有了个窝。

第二天早上，我特意抓了几把狗粮，又用饮料瓶灌满水，准备带给小黄。经过东边的小路时，我看到大黄，感觉大黄明显瘦了，精神也不如从前。小白不似原先那样亲近它，站下来摇了摇尾巴，便径直朝小黄那儿跑。我从兜里掏了把狗粮，放到路边，唤大黄来吃。大黄有些迟疑地走过来，吃得小心翼翼。剩下的狗粮，我掏到小黄的碗里，小家伙吃相生猛，狼吞虎咽，一会儿就吃光了。

此后，我遛狗时，经常给大黄小黄带点狗粮和水。大黄不常碰面，小黄却常见。接触多了，小黄显得非常友好，我摸摸它的头，它就高兴地直摇尾巴；跟小白玩耍，它也渐渐变得主动且活泼。

三

去年6月中旬，我从网上看到一个信息：为了创建全国卫生城市，家乡公安部门部署了为期十五天的城区养犬管理集中整治行动，并列出二十二种城区禁养犬种，首当其冲的竟然是中华田园犬（土狗），另外还有秋田犬、德国牧羊犬等；所有养犬户要在6月20日至25日六天内将自家的狗带到指定地点注射狂犬疫苗，再领证发牌。

我感到莫名其妙，伴随中华民族几千年的土狗招谁了惹谁了？凭什么要禁养？"忠犬八公"秋田犬，那么忠诚恋主，憨态温和，凭什么要禁养？

我最担心的是大黄和小黄，它们是土狗，在禁养之列；它们又是流浪狗，依照通告，凡未在公安机关登记，未获得犬只免疫证明并在公共场所不采取装袋、装笼、束链、戴嘴套等安全防范措施的犬只，视为野犬，一律予以捕杀。

我当即将信息转发给豆豆妈。豆豆妈四十来岁，漂亮、开朗、善良。她家养了四条狗，除了豆豆外，还有乐乐、球球和小黑，只有球球是品种狗，其余三条是土狗和串串。听说她家的狗都是别人丢弃被她收养的，为此，她跟反对养狗的丈夫多次争吵，甚至闹过离婚，但还是坚持住了，丈夫也被她改造成功，基本接近于"爱狗人士"了。前年冬天，她看中小白穿的一件狗衣服，托我帮她在网上买两件同款的，我才知道她姓夏，还留了电话，加了微信。遛狗的时候，只要碰上，小白跟她家的四条狗尚能和平相处，我们总要站在一旁聊上几句。我知道她对大黄小黄很关心，也经常给它们喂食。

豆豆妈很快回复我，说"禁狗令"她已知道了，她和豆丁妈、布什妈、皮皮妈几个人都很着急，都在想办法如何去安置大黄和小黄。她还告诉我，大黄最近受伤了，可能是被人打的，躲在冬青树丛下面，不能走了，被刘姐（布什妈）看到。她和刘姐一起把它送到宠物医院，打了两针，又送回车库。现在它的后腿仍然站不起来，喂它狗粮也不肯吃，看来伤得很重。

我问，大黄的主人不带它去看病吗？刚把这行字发出去我就后悔了，这不是明知故问嘛。果然，豆豆妈说，它的主人根本就不问事，刘姐专门上楼找到他家，那人说他忙，没工夫带狗去看病，还说什么"猪皮狗骨头"（意思是说猪皮和狗骨头最经得起折腾），狗受点伤算什么，自然会好的。唉，这样的主人，你拿他咋办？他能让大黄睡在车库里，给它点吃的，就阿弥陀佛了。我说，只要他给大黄有个住处，我们来养吧！尽它吃，能吃多少呢？

周末，我从上海回家，遛狗时看见小黄，给它喂了狗粮。它吃得挺欢，浑然不知危险将至。

豆豆妈和刘姐不约而至。她们告诉我，大黄和小黄的处境堪忧，得赶快给它们办狗证和狗牌。当然，最好给小黄找个主家，先看看小区里常碰面的这几个狗友能不能收养它。

我们合计了一下，感觉颇有难处：小夏（豆豆妈）家四条狗，都养在四楼的家中，已经"狗满为患"，不能再扩大队伍了；豆丁家有两条狗，豆丁妈还要帮女儿照看花店，不想再增加负担；皮皮妈刚添了孙女，儿媳妇正在家坐月子，最近连皮皮都照顾不过来；我家，除了小白，还有年初收养的一条泰迪幼犬，名叫汉斯，另有一条串串小贝，体型较大，送在我父母那里好几年了……

只有刘姐家条件尚好。刘姐家的京巴狗布什，是小布什当选美国总统那年（2001年）抱养的。此时"布什"这名字十分火爆，她家便随口把京巴狗取了此名，到上年底，已养了十五个年头,合狗龄近八十岁。年底的一天,年迈的布什突然口鼻出血,送到宠物医院抢救,没有救活。刘姐伤心地哭了好几天,至今过去半年,只要一提起布什,她仍流泪不止。刘姐家的自行车库比较大,有个朝南的窗户,宽敞明亮,养条狗应该不成问题。但没想到刘姐却一口回绝。她说,布什死后,她伤心异常,至今难以自拔,已经没有心力再养狗了;另外,还有几个月,她就要做奶奶了,要照顾小孩,家人不愿意让她养狗。不过,她可以照看一下大黄小黄,给它们喂食,但没办法给它们一个家。

我说,如果能给小黄办好狗证狗牌,还让它像现在这样待在小区里,行不行?

刘姐和小夏几乎异口同声地说,不行!小黄在小区里流浪,其实很不安全。皮皮家那幢楼上有个女人,每次看到它都要驱赶,甚至说要打110报警,让警察把它逮走。她要真这么做,小黄恐怕很快就要在小区里消失。

我们在议论小黄的时候,它已经把我带来的狗粮吃光了,安静地趴在塑胶垫上,目不转睛地盯着我们。狗的眼睛永远像童眸一样清澈,是这个世界上最纯净的眼睛。它一定听出来,我们此刻正在议论的事情与它有关。

四

随刘姐到车库,看到大黄时,我大吃一惊。半个多月没见,大黄瘦得皮包骨头,脱了形!它身上的黄毛蓬松杂乱,像枯草一样，没有一丝光泽。

刘姐说，大约半个月前的那天下半夜，她突然听到南边的窗外传来几声凄厉的狗叫，还有一个男人的呵斥谩骂声，然后复归平静。她家住在我家的前排楼，南边是一个土丘，上面栽满了花草灌木，再朝南那幢楼的楼下，就是小黄的栖身地。她当时猜想，可能是小黄被人打了，第二天一早就去查看，但见小黄并无异常，不像受伤的样子。那么，深夜惨叫的难道是大黄？就在这时，她隐隐地听见狗的呻吟声，于是四下寻找，在土丘西侧的灌木丛中，果然发现了大黄。她唤了几声，大黄眼巴巴地望着她，还趴着不动。刘姐不敢去抱，找了根木棍捅了几下，才把大黄捅起来。大黄的前腿尚好，后腿直打晃，走几步就趴下了。

刘姐连忙给大黄的主人打电话，想让他带大黄去宠物医院看病。但那人说，他在外面忙着了，没时间带狗去看病！一条草狗，哪有这么娇惯？不管它，死不了！无奈之下，刘姐只好打电话找小夏帮忙。小夏将家里一个便携式狗笼子拎来，把大黄抱到狗笼里，接着回家开来轿车，带上刘姐和大黄一起去了宠物医院。

保祥宠物医院的老板刘保祥，我比较熟悉。前年十月，小白突发后肢无力，沙发跳不上去，楼梯不能爬，在保祥医院治疗了半个多月，终于痊愈。刘姐和小夏家的狗也都在这里看过病。刘老板看过大黄后，说这狗内伤严重，可能还有别的重症，能不能保住命难说，先给它打几天消炎针吧。接着又说，你俩救流浪狗，献爱心，那我也献一点爱心，平常打这一针收费五十,今天只收你们三十!

但是,在保祥医院打了三天的针,大黄的状况并没有明显好转。小夏和刘姐急了,又把它带到另一家宠物医院。该院医生认为,大黄被打致内伤,但主要是关节毛病。这一次治疗和药费,花了二百多元。此后,刘姐一直坚持给大黄喂药,十多天后,大黄的后腿能走动了。但不太吃食,打不起精神,且迅速消瘦。

这间半地下的车库没有窗户,闷热潮湿,常年亮着一盏白炽灯。刘姐在靠着里墙的地上铺了块木板,又找一块纸箱板放在上面,大黄就蜷缩在那里。我见它浑身颤抖,就上去摸摸它的头,又在它身上摸了摸。没想到,只轻轻一摸,大黄身上的毛就掉下来一绺!

大黄一直望着我,就像一个身陷绝境的孩子期盼着拯救,令我心疼不已。

我对刘姐说,看来,大黄的情况非常糟糕,咱们一定要想办法救它!

刘姐为难地说,怎么救呀?它的主人不管不问,小夏家的车被她老公出差开走了,你平常又不在家,让我一个人怎么救?我不敢抱它,没办法送它去医院,只好给它喂点药,听天由命吧。

我说,趁周末这两天,我带它去保祥医院,看它到底什么毛病。如果只是被打伤,应该能看好的。

我开了车过来,把大黄抱上车。它还是蜷着身子,浑身发抖。我抚摸它说,别怕,大黄,这是带你去看病!乖孩子,别怕!

到了保祥医院，刘老板跟我打了个招呼，叫手下人给大黄打针。我连忙过去，请他亲自给大黄看病。

刘老板说，这条狗我查过，估计是内伤和肝脏方面的毛病。我这里没有机器，你可以带到别的地方查一下。不过看这种情况，也有可能是犬瘟。

听说大黄有可能患了犬瘟，我大吃一惊，连忙问：如果是犬瘟，后果会怎样？犬瘟会不会传染，会不会对小区的其他狗有影响？

看来刘老板对此司空见惯，他不慌不忙地说，犬瘟当然会传染，要严禁与其他狗接触！但犬瘟也不是不能治，我这里的治愈率就很高。不过丑话说在前面，谁也没有绝对把握。

我很担心，为自家的狗，小夏家的几条狗以及小黄、皮皮担心，毕竟我和小夏与大黄接触较多，小黄和皮皮常跟它直接接触。但刘老板说，犬瘟并不通过人类传染，你们家的狗只要最近没跟大黄接触，应该没什么问题。

刘老板突然笑了，说看把你紧张的，我这里就可以检查犬瘟和细小病毒，两项检查加起来一百二十。我知道这是条流浪狗，你也是献爱心的。我给你减免，两项收你五十，查不查？

我连声感谢，说查查查！

只等了十几分钟，检查结果就出来了，并没有查出犬瘟和细小病毒感染。我松了口气，正谢天谢地，但刘老板说，这两种病都有潜伏期，现在没检查出来，不等于完全排除，还有可能在潜伏期里，最好过几天再来查一遍。

这可咋办？我又慌了神，明天下午我就要回上海，下次检查谁带它来？虽说刘姐一直照看大黄，但从来不碰它，不会单独带它来看病的；小夏家里好几条狗，要是告诉她大黄有犬瘟嫌疑，她会不会很忌讳，从此不再接触大黄？

刘老板见我有些恍惚，拍拍我肩膀说，死马当活马医吧！今天给它打两针，如果见好，再来继续打针。

回到小区，我把大黄直接送到车库，但发现车库的门锁上了。我打电话给刘姐，她很快赶了过来。她说大黄的主人有个上初中的儿子，上下学骑的电瓶车要放在车库里，所以车库门不能总敞着。我说这样大黄不是进出不方便吗，整天关着咋行？刘姐说，主家给她配了把车库钥匙，她得空就把大黄放出来遛遛。

车库没有窗户，关上门便密不透风，有一股呛人的霉味和尿骚味；一盏白炽灯整天亮着，屋顶和四周的墙壁上黑压压一片大蚊子……在这样的环境里，大黄能不生病吗？

我对刘姐说，你能不能跟主人说一下，既然电瓶车白天不放在车库里，还是留条门缝，让大黄自由出入。还有这盏灯，别整天亮着，二十四小时在这灯泡下面，不跟受刑一样吗？免疫力下降，不生病才怪了！

刘姐有些不悦，她说主人要关门我有啥办法，我可不能随便把人家的门大敞，少了东西可说不清。再说土狗也没那么娇苗，咋亮个灯就会生病？

我本想问她，你每天都开着灯睡觉吗？但转念一想，大黄亏得有她照看，她要是撒手不管，这事就麻烦了。于是，到嘴边的话又咽了回去。

五

第二天上午,我开车到派出所,询问如何给宠物犬办证。派出所的人伸手一指说,出门向左一百米,到那里去办。

我一看,往东不远处的路边,摆着两张桌子,人们排着一个长队,或抱或牵着宠物狗。走过去一问,果然都是来办证的。只要把家里的狗牵过来,填写一张表格,把犬只的品种及主人的身份信息填好,交十五元钱,现场给狗打一针狂犬疫苗,领一份防疫证明,下周就可以到派出所领取狗牌。

我向负责秩序的辅警询问,我家有两条狗,一条幼犬刚打过"犬五联"疫苗,还需要过来打针吗?辅警说,要是刚打过疫苗,就不用再打了,不过表要填,钱也要交;没有交过钱,没盖上戳子,就不发狗牌。

没想到,十五块钱就能把狗证搞定,还真便宜!

这时,我看到排队的人群里,有几个人牵着土狗,也就是明文禁养的中华田园犬,这些狗能办证吗?我没有声张,凑过去想看个究竟。

不一会儿,就排到一条土狗。主人坐下来填表,问:我这条狗填什么品种?

工作人员瞅了瞅她手里牵着的狗,答:填"京巴狗",或者"泰迪"。

狗主人填好表,交了十五元钱,给狗打了针疫苗,顺利领到一张防疫证。

我心里的一块石头落了地！

周一，我给小夏打了个电话，先报喜后报忧。先告诉她昨天办狗证的事："规定"看起来很严，但执行得宽松，土狗可以登记为"京巴"或"泰迪"，大黄小黄完全可以办证！

小夏也很高兴，说这可是好事啊，千万别夜长梦多，我今天就去找刘姐和豆丁妈，赶紧把大黄小黄的证办了。

接着，我把前天带大黄看病的事告诉了她。我说，刘老板怀疑大黄可能得了犬瘟，前天没检出来，要再查一次才能排除……你家狗多，一定要注意！

没想到，小夏并没有我预想的那样紧张。她说，我家豆豆有一年生病，又呕又拉，血都拉出来了，路也不能走了，刘老板说它得了犬瘟，建议我放弃。我把车开下去几十里，把豆豆丢在了荒郊野外。回到车上，我眼泪哗哗流，哭得岔了气。不行，我过不去！无论如何过不去！我跑下车，又把豆豆抱了回来！我要救它！后来，我天天带它去打针、吃药，花了两三千元，终于救过来了！……是的，就是豆豆呀，我家那条最老的狗！生病那年它七八岁，现在是十几岁的老狗了。

我说这就好，生怕你听说大黄可能患了犬瘟，就不敢接近它了。

小夏说，前天不是没查出什么嘛，没什么可怕的！你放心，这两天我再带它去查查。

我舒了口气，连忙说，给大黄看病的钱不能让你一个人承担，我赞助一点。

小夏说，不用了李大哥，花不了几个钱，等查过再说吧。

我说别客气了，一会儿我发个红包，你一定要收下。

我又想起大黄家车库里昼夜亮灯这件事，觉得让小夏提醒一下刘姐比较合适。我担忧道，这件事虽小，但看出来刘姐对大黄的关心还不够好。关灯！一定要关灯！

小夏叹了口气说，刘姐对大黄比对布什差远了，这大家都能看出来。不过大黄还得指望她，不能急，得好好跟她说。

过了几天，小夏发来微信，说皮皮妈、豆丁妈分别给大黄小黄办了证（小夏自家要为四条狗办证，不能再多办），狗牌也拿到了，已经系在大黄小黄的脖子上。豆丁妈找人把小黄收养了，是她原先的一个工友，在火车站那边开了间小吃铺，前天就把小黄送过去了。大黄的情况还是不好，这几天它的主人不知从哪儿弄了只小泰迪回来，也拴在车库里，又拉又尿，还叫个不停。搞不清这个人是咋回事，土狗都养不好，还想养泰迪？

不管怎么说，小黄有了着落，这是个好消息。

六

又是一个周末，我遛狗经过皮皮家楼下，看到墙根还放着两只小碗，小白跑过去，嗅了又嗅，然后怅然而去。它是不是在寻思，小伙伴哪里去了？

我惦记着小黄，跟小夏要了豆丁妈的电话，打了过去。豆丁妈说小黄送走十多天了，她也没去看过。今天她仍然没空，我要去的话,她可以告诉我怎么走。

我没费多少工夫,就在火车站西边找到了这家小吃铺。铺子有两排房子,圈在一个小院里,从外面看,不像是个营业场所。临街的院门敞开着,我走进去,感觉空无一人,连喊几声"有人吗",才从屋里走出一个五十来岁的妇人。

妇人疑惑地望着我说,你找谁呀。

我手里拎了个塑料袋,里面装了几包狗粮。我扬了扬手说,是豆丁妈告诉我这个地方,我来看小黄的。

"豆丁妈"是狗友之间的称呼,她的尊姓大名还真不知道。出了狗友圈,这么叫她,别人能懂吗?

妇人果然愣怔了一下,但很快反应过来,噢,我知道了,你来看小黄狗的。

我连连点头,你就是老板娘吧?我是豆丁妈一个小区的邻居,跟她一样,家里也养狗。小黄在小区里,大伙都喜欢它,这不是怪想它的,过来看看。

妇人说,小黄在后院,我带你去看。

她一边走一边告诉我,这个小吃铺基本上不营业了,只是每天中午有一帮农民工固定在这吃饭,就等着拆迁了。

说话时,就到了后院,靠院墙砌着一排更低矮的房子,在外面看不出来。有几只鸡在院中走动。小黄被拴在小房子里,用一根米把长的绳子,扣在一台磅秤上。地上有些积水,小黄趴在磅秤上,边上放了只空碗,显得很是凄惶。

我感觉小黄瘦了许多,上去摸了摸它的头。它显然认出我,不叫也不动,身子抖得厉害。

我对老板娘说，这么小的院子，还拴着它干吗？在小区里，它从来不乱跑的。

她说，放它出来，就把院子里的几只鸡追得乱蹦乱跳，鸡食都吃不成。

我问她平时给小黄吃什么，怎么不盛碗水给它喝？狗可以一天不喂食，水却不能断。

她说，还能缺它吃喝？剩菜剩饭多的是。地上不都是水嘛，渴了它就喝了。

我心里不是滋味，耐着性子说，地上的积水太脏了，你倒碗干净水给它喝。另外，剩菜里盐分太多，狗吃多了不好，我买了狗粮来，平时尽量喂它狗粮。放心，小黄吃的狗粮以后我包了。

老板娘说，她以前没养过狗，给狗吃剩菜剩饭咋就不行呀？大家不都是这样养狗么？

我无言以对。临走时，还是忍不住叮嘱她，磅秤上的铁板又硬又冷，你找个布垫子或者旧衣服铺上，给它弄个窝！

回来的路上，我心里很不舒服，给豆丁妈打了个电话。我说小黄放在这样的人家，或许还不如让它在小区里流浪。

豆丁妈也急了，她本以为这个小吃铺有个院子，适合养狗，而且前工友说过想养条狗，她才把小黄送去。她哪里想到，小黄虽说有了"家"，却仍未脱离苦海！

七

更让我揪心的,是大黄。

那天,我到车库去看大黄,发现车库门紧闭。我敲了敲门,唤了几声"大黄,大黄",却没有一丝动静。打电话给刘姐,她说,大黄今天被主人带上楼洗澡了。我说这真是太阳从西边出了,难道他良心发现呢?刘姐说,指望他良心发现,没门!他不是养了只小泰迪么,昨天不知怎么挣脱了绳子,跑没影了,找不到了,合该小家伙命大,到谁家都比在他家强!这些天车库被小泰迪糟蹋的,到处屎尿,骚臭冲天,大黄身上都被熏得臭烘烘的。我对他说,你把大黄带去洗个澡,我趁这空当把你家车库打扫一下。你说他这么有钱的人,脖子上戴着手指粗的金链子,可带大黄到店里洗个澡都舍不得!这不,他把大黄带上楼了,说自己给它洗。

我又问,大黄最近咋样?刘姐说,小夏带大黄去打过几针,感觉比前段时间好些,最近吃得也多了。我说,看来治疗还是有效果的。刘姐说,是呀,你今天要是有时间,再带它去打两针吧。我说,我也是这么想的。

大黄的主人家住在六层楼的顶层。我按响门铃。里面有人问,谁呀?干什么的?我说是后排楼的邻居,准备把大黄带去打针的。

给我开门的是个四十来岁的瘦高男人,皱着眉头,一脸的不高兴,脖子上戴了根指头粗的金链子,想必他就是大黄的主人。

客厅里乌烟瘴气,一张麻将桌旁坐了三个人,沙发上还躺着两人,正在呼呼大睡。主人看来刚刚还在"鏖战",对我这个不速之客很不耐烦,指了指餐桌说,狗在桌底,给它洗过澡了,你带走吧!说完便急不可待地回到牌桌上。

大黄趴在餐桌底下,毛发湿漉漉的,显得非常虚弱。靠墙根有一团污物,看来是它刚才呕吐的。

狗洗澡后,身上要尽快吹干,否则容易受凉,也容易得皮肤病,这是常识,况且大黄还在重病中。我看不过去,把大黄抱出来,从厨房找了把扫帚,把呕吐物扫进垃圾袋。

我问主人,家里有电吹风吗?

主人皱着眉头说,有,在卫生间,自己去找。

我把大黄抱进卫生间,蹲在地上帮它吹风。大黄掉毛厉害,小小电吹风,如秋风扫落叶一般,吹掉了它身上的大半黄毛。卫生间的地板上,盥洗台上,还有我身上,落满了枯黄而无光泽的狗毛。

我把卫生间收拾了一下,将大黄抱下楼。我从心底里厌恶大黄的主人,不愿意与这样的邻居打交道,但为了大黄,就不能计较了!

炎热的夏季过去了,天气变得凉爽,大黄的状况明显好转。保祥医院的刘老板说,它已经从鬼门关闯过来了。但是,大黄似乎变得很忧郁很胆怯,除了跟刘姐亲近,对别的人和它的同类,都敬而远之、退避三舍。连我去摸摸它,它也是夹紧尾巴，浑身发抖。

在小区里，大黄与小黄曾经情同父子，形影不离。小黄被送走后，大黄越发孤单。

这天，我和小夏、刘姐、豆丁妈约好，一起去看看小黄。临走时，刘姐说家里有事，走不开。我忽然想到，把大黄带上，让它跟小黄见个面。小夏和豆丁妈连声叫好。

小黄还被拴在小屋子里。小吃铺后院的地势低洼，前两天下过雨，地面上的积水很多，小黄仍是孤苦伶仃地趴在磅秤上。

大黄和小黄的见面，并没有预想中的激动。我把大黄抱上磅秤时，小黄站了起来。两条狗都没有叫，也没有去舔舐对方，只是挨得紧紧地站在一起。小黄的身体抖得厉害，禁不住撒了泡尿。可怜的流浪狗，它们屡屡受难，变得胆小而孤僻。这样的情形，让我心里很不是滋味。

老板娘一直跟着我们，显得有些尴尬。我上次叮嘱她的事，她根本没有做。我问她，为啥还把小黄拴在小屋子里，放在院子里不行吗？

她说，前些天放它出来过，小东西鬼精，一会儿就跑没影了，害得我打着手电筒找了大半夜。后来听到院墙外有狗叫声，跑过去一看，这才找到它！幸亏它没有跑远，这边靠着火车站，人来人往，听说还有狗贩子专门偷狗，要让他们逮去，那就死定了！

老板娘这一说，令我们惶惶不安。小黄看似找了个家，但处境甚差。回来的路上，豆丁妈自责道，我找错了人，不该把小黄送到这里。

一阵沉默之后,我们商定,给小黄重新找家。

只过了几天,我接到小夏的电话。她欣喜地告诉我,豆丁妈把小黄接回来了,就让它住在自家车库里,再也不送人了!

我长长地舒了口气。我知道,以豆丁妈的为人,她会善待小黄的。

小黄,从此不流浪!

八

大黄病愈后,继续在车库栖身。每天早上,刘姐打开车库,给它喂一顿狗粮,有时也喂些剩菜剩饭,然后散放到小区里;傍晚,再唤它回来,关进车库。大黄很是乖巧,虽然行动自由,但从不贸然跑出小区;它的活动范围不大,多在刘姐家的前后楼之间,更多时候,它都趴在刘姐家的楼洞前。实际上,它已经认定刘姐是自己的主人。

刘姐早就跟我说过,她虽然喂养大黄,但总觉得流浪狗不太干净,心理上有所排斥,所以从来不愿去抱大黄,往后帮大黄洗澡之类的事情都要麻烦我。我说,土狗耐脏,大不了一个月洗一次澡,算不得麻烦;另外,大黄的狗粮、打防疫针这些事我也包了。刘姐客气了几句,说这样也好,大黄食量不大,狗粮吃不多少,我再搭配点剩饭剩菜。

大黄小黄都安顿下来。小区里,几乎所有的养狗户及物业公司的保安、保洁人员都认识它们,知道它们已经变成"有主的狗"。小黄比以前精神多了,吠叫起来都底气十足,豆丁家早上把它放出来,晚上关进车库,它总爱跑到皮皮家楼下——它的"老地方"。大黄却还是独来独往,自卑而胆怯,毕竟它的处境没有根本改变。看来每一条狗都很敏感,都有自尊。

今年4月的一天,我突然收到刘姐的一条短信:大黄的主人不要它了,好几天不让它进车库住。昨晚下雨,我打电话给他,想让他放大黄进车库,他说坚决不要了,坚决不给进,最后大黄在外面睡了一夜。今早,我对大黄说,你的主人不要你了,往后你就住在我家车库吧。它好像听懂了,乖乖进去了。以前叫它进我家车库,它还不愿意了,主人待它再不好,它都恋着那个窝。往后就我俩照顾它吧,你有时间的话,带它去洗个澡,打个防疫针,我负责喂它。其实我家布什走后,我不想再养狗了,家人也不许我再养狗。唉!谁让我心肠软呀,怕大黄流浪在外,太可怜了。

我回了条短信:太好了!他不养,咱们养!实际上大黄一直都是你在养!

比起大黄原先的主人,刘姐当然要好一百倍。看来,大黄真要过上好日子了。

此后,我每趟回家,对大黄的关注更多了。我说过,要带大黄去洗澡,要给它买狗粮,这些承诺当然要兑现。连妻子都揶揄我,你对大黄比对自家的狗还要好,自家的狗你都从没有带到宠物店洗过澡。我只好将她一军,我把大黄带回家里洗澡,行不?妻子说,拉倒吧,别再给我添乱!

我知道刘姐很忙,很少打扰她,有几次买了狗粮送去,才打电话找她。但每次与刘姐说起大黄，她竟然都是抱怨和懊悔。

刘姐说，自从去年十月添了孙子，她比以前忙多了。儿媳妇休完产假上班，孩子就交给她一个人照看，她整天忙得不可开交，哪有工夫再伺候狗？而且大黄很不省心，每到深更半夜，常常发出瘆人的惨叫声。以前没放在家里的车库，不知道它有这坏毛病。她家住在一楼，楼下就是车库，家里大人小孩半夜里常被它吵醒，实在受不了！大黄在楼下还总爱追人，说不定哪天咬到人了，出了事情，人家肯定要找她，这不是惹火上身、自找麻烦嘛！

我只好安慰她，大黄是土狗，说起来是最省心最好养的，不需要费神去伺候它……平时它见人躲着走，什么时候变得爱追人呢？是不是有内伤，半夜里痛得受不了，才这么惨叫？

我心里有种说不清的担忧。

果然，7月下旬的一天，刘姐发来一条短信：你能不能帮大黄找人领养，我实在没法养了。它天天在车库里大叫，夜里叫，白天也叫，太烦人了！前几天，我想请小夏出面，跟它的前主人说一说，还让它回去住，可小夏连个电话也不回！如果实在没人要，我只好把它扔了，扔得远远的！

我赶紧回复：我在上海，容我回去后想办法。大黄给你带来很多烦恼，但它只认你这个主人，只跟你亲近，扔了太可怜啊！

接着，我给她打电话，请她再忍耐一段时间，大家一起想办法。

其实，跟刘姐说这句话的时候，我很是心虚，心里并没有底。养狗不是件轻松的事，养了就要负责它一辈子，不能再让它成为流浪狗。尤其是土狗，很难找到领养的人。我有过一个闪念，想把大黄领回家，但很快又打消了这个念头，我不能再给妻子增加负担！

家里现在有三条狗，小白、汉斯，还有今年春收养的一条狐狸犬串串，名叫拉达。拉达是妻兄家一条狐狸犬下的崽，妻兄家住盐城，去年专程将幼犬送给家乡的老友志刚。今年春节后，志刚的八旬老母离世，离异多年的志刚要随胞妹去千里之外的北方城市生活，由于种种原因，拉达不能带过去，要托付个好人家。他思来想去，想到了我们这个"爱狗人家"，便再三请我妻子帮忙，把拉达送了过来。

我父母那里，倒是一个去处。他们这些年一直住在我家相邻的小区，"一碗汤的距离"，是我购买的一套位于三楼的住宅。但母亲突然中风，腿脚不便，不能爬楼，我只好请人把市郊的老宅子修缮一新，今年初，让他们搬回老宅子颐养天年。养了五年的串串小贝，也随他们回去了。老宅院当然宽敞，再养一条狗不成问题。但父母毕竟年事已高，把大黄送去，他们愿意吗？这样做合适吗？

只过了几天，刘姐又发来短信：不好意思，又打扰你了！你赶快找个人家把大黄领走吧！大黄在楼下看见人就叫，还追人！今天我孙子从床上掉下来，头上跌了个大包，大哭大闹，正好大黄也在楼下大叫，我家老头子很生气，坚决不让我再养它！

看来，刘姐这次真的狠下心了，不容我再犹豫再推诿再模棱两可了。

　　我回了条短信：刘姐，再坚持几天，等我回去！大黄的事，我一定会处理好！请放心！

2017 年 8 月于上海徐汇

小花，你在哪里

一

当我写下这个题目时，我的泪水止不住地流下来。为了一条狗，一条养了二十二天，不，只养了十八天的狗，我伤心不已。也许你会说我矫情，一个年过半百的大老爷们，至于吗？随你怎么说吧，你没养过狗，你没有把它当作家人，当作一个不会说话的孩子，你当然体会不到这种心情。

遇到它那天，是 2016 年 10 月 27 日，星期四，这个日子我会长久地记在脑海里。那天，我发了几张照片到微信朋友圈，对，就是这条小狗的照片。我现在常打开手机，久久地凝视这几张照片。

那天，一直阴雨绵绵。午后，我到徐家汇的一家商场买东西，往回走的时候，经过一幢写字楼。在写字楼外的门亭下面，我看到了一条狗。这是一条全身白色、背部有几块黄色花斑的小草狗，个头瘦小，身上的毛都被雨水淋湿了，正在瑟瑟发抖。

"你别跟着我了，我要上班了，我不能收留你，不能带你上楼。"说话的是个二十来岁的小伙子，看起来面善且有些腼腆。

身穿制服的保安伸出一脚，拦住了小狗。写字楼当然是不允许流浪狗进的。那狗便可怜巴巴地望着小伙子走进写字楼的门厅，走到等电梯的人群里……

原来，这是小伙子在路边刚遇上的一条流浪狗，不知怎么认准了他，竟然追着他走了两三里路，一直跟到他上班的地方。但是，小伙子很为难，显然没有能力把它带上楼。

眼前的这一幕，让我一阵心颤。我知道，流浪狗一般是怕人的，只有当它遇到危急情况时才会主动接近人并乞求人的帮助。我得去帮帮它。

我走过去，对保安说，这狗跟那小伙子有缘，可小伙子看起来确实没有能力救助它。保安摇了摇头，叹了口气说，这狗好可怜，你看它那眼睛，眼球都让人挖了。

这时，我已走到狗的跟前，这才吃惊地看到：小狗的左眼完全凹进去了，没有眼球，只看到眼眶里惨白且血红的肉色。

我的心突然像被刀割一样疼痛。

可怜的小狗，你这只眼睛呢？

这是哪个歹人、哪个虐待狂把你的眼球挖去了？

难道是可恶的主人见你失去一只眼睛，就狠心地把你抛弃了？

我蹲下来，摸了摸小狗的头，小狗乖巧地趴了下来，任由我抚摸。我感觉它的身子在不停地战抖。

我问保安："你以前见过这条狗吗？"

保安说："没见过。这肯定是流浪狗，谁会养一条瞎眼狗呀！"

我没有丝毫的犹豫："我来养吧，我把它抱走了。"

二

我抱起浑身湿漉漉、脏兮兮的小狗，心想，现在最要紧的是找家宠物医院，给它看眼睛。

这是一条母狗，虽然很瘦小，肚皮下的几个乳头却还饱满且有弹性。我家虽然养了两条狗，却都是公狗，从未养过母狗，不知这狗是刚生养过、尚在哺乳期，还是肚子里正怀着胎、尚未生育？那一只独眼里透出的柔弱和凄惶让我心颤不已。

这时，雨渐渐下得大了，我没有带伞，怀里又抱了条浑身发抖的小狗，正好不远处就是地铁站，我便抱着狗到地铁站里躲雨。

一位保安走过来说："你好，带狗不能坐地铁的。"

我说："我不坐地铁，只是来躲躲雨。这是我刚捡的流浪狗,一只眼被人挖掉了。"

保安凑近一看,惊讶道:"好可怜,谁这么狠呀,挖它的眼睛?"

我说:"我也才刚看到它,还不知道附近哪儿有宠物医院,得带它去看看。"

"是得找医生看看。"保安点点头,没再催我离开地铁站。

我掏出手机,一手抱着小狗,一手去搜索附近的宠物医院。

百度地图显示,离我最近的一家宠物医院约两公里远。外面下着雨,我只能打的过去。还好,有辆出租车见我抱着脏兮兮的小狗,没有拒载;小狗好像知道我是救它,显得很是乖巧,在我怀里一动不动,一声不吭,那一只独眼也一直默默地望着我,竟然有泪水流出来。

在天钥桥路一家宠物医院门口,出租车停了下来。我抱着狗冒雨跑了进去。

给狗看病的是一位年轻人。我焦急地告诉他,这是条流浪狗,左眼可能是被人挖了,不知会不会感染?会不会影响到右眼甚至危及生命?

年轻人让我把狗放在台上,拿着电筒仔细检查了一番,说:"狗的左眼确实失去了眼球,不过不是新伤,目前并没有感染,但如果长期暴露,还是容易感染的;当然,右眼受影响是肯定的,还不至于危及生命。"

"那怎么办?"

年轻人说:"既然失去了眼球,最好将这只眼睛缝合起来,就不容易感染了；不过，暂时也可以采取保守办法，经常给它上点眼药水，防止感染。"

我想了想，说："还是采取保守治疗吧，你先开一瓶眼药水，另外再看看它是否有其他毛病。"

年轻人摸了摸狗肚子，又掰开狗嘴端详了一阵，说："现在倒是看不出有什么毛病，你先带回去观察几天，有什么问题你再来，建议你要给它打疫苗，狂犬疫苗和预防犬瘟细小的疫苗都要打，还要体内体外驱虫。"

我还不放心，这就行了？没什么问题吗？……对，你再看看，这是生育过的母狗，还是正怀着小狗？

年轻人笑笑："没问题的。生没生育我看不出来，感觉它还只是一两岁的小狗。"接着又问，"你这狗叫什么名字？你的电话号码？我给它登个记。"

我松了口气，说："这狗是刚救的，还没起名字了……"

说这话时，我的脑海里突然蹦出了一个名字：小花！……是的，它是母犬，黄白相间，就叫它小花吧！不知怎的，那一瞬间，我无端地想起多年前的一部电影《小花》，想起那句著名的歌词：妹妹找哥泪花流……

我本想让他们给小花洗个澡，干干净净地带它回家。但年轻人说，他们这里没有给狗洗澡的业务，离这不远有家宠物店，可以到那里去洗。

临出门时，年轻人突然叫住我，说："等等，你这样抱着小花不方便，我给你找根遛狗绳子，牵着它走。"

我应了一声："你们这里有遛狗绳？多少钱一根？"

年轻人很快从里屋拿了根红色的遛狗绳,说:"不要钱,送给你。"

遛狗绳套在小花身上,正合适,它似乎一下子显得精神了许多。是的,套上狗绳,它就不是流浪狗了,它就是有主的狗了!

年轻人摸摸它的头,夸赞道:"小花,好漂亮哦!"

外面的雨下得小多了,我牵着小花到了宠物店。店里给狗洗澡的也是一位小伙子,听说小花是我刚捡的流浪狗,又见小花那只伤残的眼睛,也十分怜悯,给小花清洗和吹干时都很仔细用心;而小花面对热水喷头和吹风机,不惊不怕,清洁耳朵时,它也闭着眼睛一动不动……或许,它曾经也是主人的乖乖宝,主人常带它到宠物店洗澡?

我在店里买了一袋狗粮,打开来喂它。它显然饿坏了,狼吞虎咽,一碗狗粮,很快就一粒不剩。我怕一次喂得太多,把它撑着,未敢再喂。

宠物店的墙上贴着收费标价,小型犬洗澡一项,收费六十元,比我家乡要贵四五倍。想想这是上海,房价是家乡的十倍,门面房的房租也贵好几倍,这么一想,也就觉得合理了。

小伙子说:"对流浪狗和志愿者,本店半价优惠,只收三十元。"

虽然还是贵一些,却感觉到一种温暖。对待流浪狗,我觉得更多人选择了宽容和关爱。

三

从宠物店出来,雨差不多停了,我牵着小花走回宿舍。

小花虽是一条草狗,洗了澡之后,感觉焕然一新,招人喜欢。我牵着它,它一直跑在前面。很快,我们就到了徐家汇那幢写字楼前,也就是刚才看到小花的地方。

写字楼门口的保安还在那儿,看我牵着小花过来,惊讶道:"这就是刚才那只瞎眼狗吗?哎哟,这一收拾,精神多了!"

我问他,刚才这段时间,有人来找狗吗?

保安笑道:"这狗明显是被人遗弃的嘛,谁还会来找!"

我请他帮小花牵一下,掏出手机,在写字楼前给小花拍了几张照片。小花的模样儿很是神气。

回来的路上,我心里忽然有些忐忑:我牵一条狗回去,会不会影响到住在同宿舍的涛兄?

宿舍在番禺路乐山小区一幢高层楼的六楼,是两室一厅一厨一卫的房子。从四年前来上海,我一直住在这里。房子是单位租下来的,离办公室只需步行十分钟,免费提供给我和涛兄居住。涛兄家在杭州,平时也是单身一人在上海。在单位,他比我早来两年,算是元老级人物。这套房子的两间卧室,他住在带阳台的主卧,我住在稍小点的那间;一厅一厨一卫,则是两人共用。

小花带回去,总不能养在卧室里吧,但放在客厅里,势必要影响到涛兄。会不会引起他的反感?

可是,我如果不救它,不把它带回去,行吗?……这样一条草狗,尤其是瞎了一只眼的草狗,被人收留的可能性很小,长期流浪下去,可以说是死路一条!记得有个统计数据,只有百分之二十的流浪狗会幸运地被人收养,百分之四十会遭遇各种死:病死、饿死、被毒死、被车撞死、被人打死甚至虐待死……还有百分之四十则是被人捉去,上了某些人的餐桌!有些城市建有犬类收容(留检)所,但进了收容所的流浪狗据说只有一两周的活命时间,一两周内无人领养就要被无公害化处理——也是一个死!我救都救了,不能再眼睁睁看它去死吧!

先带回去,养一段时间再说吧。车到山前必有路,实在不行,还有退路——带回家里养!

从徐家汇走回宿舍,也就十多分钟。到小区门口,我特意在传达室外面停留了一会儿。传达室里坐着一男一女两个中年保安,我告诉他们,我又捡了条流浪狗回来,这狗有只眼瞎了,怪可怜的。女保安从传达室跑出来,一惊一乍:"哎呀!还真是,一只眼空的,眼珠叫谁挖了呀?"

我说:"不知是被人挖的还是咋的,医生说幸好没有感染,要是感染了,另一只眼也怕保不住,还咋活呀?……往后,我在小区里养狗、遛狗,请多关照。"

我说了个"又"字——"又"捡了条流浪狗,是这么一回事:就在十天前,我在校园往回走时,偶遇一条流浪狗,我唤了它一声,它竟一路跟着我从校园回到宿舍。那也是一条草狗,一身纯黄。那天,小黄狗随我进了小区时,此刻坐在传达室的那位男保安跟我说,"小草狗有啥好养的,马上天冷了,杀了吃狗肉,大补。"我知道他是开玩笑,心里却很是不快。在某些人眼里,土狗草狗天生低贱,就是他们的一盘菜。可惜,那条小黄狗跟我只有半天的缘分,我还没来得及去买来狗绳牵住它,一不小心,它就从六楼的宿舍顺着楼梯跑了,跑得无影无踪。这些天,我一直在附近的街道、小区和校园里寻找,一直懊悔自己的疏忽大意……

小黄没了,今天,小花又与我相遇,难道,这是上苍冥冥中的一种安排吗?

四

小花真是一条乖巧懂事的狗,乖巧得让人心疼。

回到宿舍后,我找了两个小碗,一个盛食,一个盛水,放在厨房的地上。看来,小花的吃食习惯应该用"抢食"来形容。我只要拿起狗粮袋子,它就仰着头等着;狗粮朝小碗里正倒着,它就等不及了,边倒边抢,风卷残云,一扫而光;它的肚子像个无底洞,倒一碗水给它,也是一口气喝个精光。

这是流浪时恶劣的环境所逼,还是在原先的主人家它就一直饥不择食?我不得而知。

宿舍是二十多年前建的楼房,客厅不大,放置冰箱和餐桌餐椅,就没多少空间了。我找了个纸箱,拆成纸板,又找了块旧床单,在靠近厨房的一个角落,给小花做了个窝。我把它抱到上面,说:"小花,这是你的窝,以后你就住在这里。"

小花听懂我的话，坐在窝里一动不动、目不转睛地望着我。

我摸着它的头，又说："爸爸不在家的时候，你不要乱跑，就在这等着。"自从我家几年前养了比熊犬小白，我和妻子就把家犬看成家庭的一员，自比"狗爸狗妈"，很是自然。

那天涛兄下班回来，一进门，就看到了小花，脸色有些诧异。我赶紧上前，简单跟他说了小花带回来的经过，着重强调它是一条"被人挖了一只眼"的残疾狗，以期得到他的同情。涛兄说了句"怪可怜的"，就没再多言。我连个招呼都没打，就把流浪狗捡回来，作为同在一个屋檐下的室友，人家心里不痛快，也是正常的。不过，我曾经跟涛兄交流过，他家多年前曾经养过狗，一条黑背（德国牧羊犬），一条京巴；黑背后来送人了，京巴被他老婆带出去遛狗时不慎跑丢了——他回忆起来，也甚为惋惜。我想，有过养狗经历的人，对可怜而乖巧的小花，应该不会太过排斥。

小花的确很省心，不给我惹麻烦。它从不在家里乱跑乱叫，不在家大小便；就是我住的房间，未经允许，它也从不"越雷池半步"。不过，看得出来，它很渴望和我亲近，只要我回到宿舍，它就在我身边蹭来蹭去，一步也不愿离开；我进了卧室，它就在房门口徘徊，不叫它进来，它就索性在房门口趴着……

自此，我每天的生活多了一项内容，就是遛狗。早上六点左右，准时起床，先带小花到楼下的小区里遛一圈。小花的大小便很有规律，一下楼，先在楼下的小树林里小便，然后到小区南边的灌木丛边大便。小区不大，十几分钟就转了一圈，再牵着它沿着小区门口的番禺路往南遛，拐到乐山路，到前面的一处小公园，那里面有人晨练，也有人遛狗。

傍晚下班后，我有时被事务耽搁，但不管多晚回到宿舍，也都要带小花下楼遛一遛。

遛狗时，我发现小花有个特别之处：遇到骑脚踏三轮车的人，或是看见流浪猫，它都会突然狂吠着猛追过去，有几次把我手里的遛狗绳都挣脱了。我琢磨，是不是它原先的主人经常骑一辆脚踏三轮车？抑或有个骑三轮车的人曾经深深地伤害过它？它跟流浪猫结下冤仇，是不是因为流浪的时候，与流浪猫争食抢食，拼死搏斗过？

有一次在小区里，小花汪汪地叫，领着我朝小区东北角的墙根跑。我上去一看，原来那里有一只灰白色的兔子，有个用木板搭成的小屋，兔子急急慌慌地朝小屋里钻。旁边有人告诉我，这只兔子两个眼睛都瞎了，是小区里一个好心人在此搭了小屋，把它养在这里，已经养了一两年了，小区里经常有人自发地带些蔬菜给它吃。小花可能感觉出兔子的悲苦和温良，后来见到它，再也不叫唤了。而我，也从这件事感知到小区居民的善意。

小花遛到哪里，都会引起别人的注意。一是因为小花是草狗，农村里养它看家护院，城里人很少当宠物狗养；二是小花的一只眼球没了，让人看了揪心，忍不住要问起缘由。很快，小区里几个经常遛狗的人都认识了小花。悲悯之心，人皆有之，大家对小花施以怜悯与同情，也免不了对我的善行赞许几句。

我来沪工作四五年,与本地的社区居民没打过交道,这次却因为小花有了交集。

五

龚阿姨是位六十来岁的退休女工,我叫她龚老师。她家住在小区最北边那幢多层老楼,家里有一条白色的母萨摩犬,名叫妞妞,不是很纯的那种,中等体型,性格温顺。每次遛狗时遇见,小花和妞妞都要凑到一起玩一会儿。母狗与公狗不同,我家小白遇到跟它体型相当的狗,不论公母,都要将前爪朝人家身上压,当然,也常常被对方反制,据说这个动作是意欲征服对方,向其宣示"这里我是老大"。妞妞的体重至少是小花的一倍,又是养了七八年的狗,但对"新居民"小花却很和善,小花朝它身上拱、冲着它汪汪叫,它都大度地温柔以待。妞妞还会打坐、跟人握手、作揖等动作,甚是可爱。我对小花说:"你看妞妞这么懂事,这么能干,你要好好学习。"

我向龚老师请教,附近哪里有宠物店?她一般到哪里买狗粮?最近天气转凉,马上就要立冬了,我还想给小花买件衣服。

龚老师告诉我,靠近虹桥路地铁站那边有个农贸市场,靠西头有一家宠物店,里面的东西价廉物美,她经常到那个市场买菜,狗粮也都在那家宠物店买。

傍晚一下班,我就牵着小花去找那个农贸市场。徒步十五分钟左右,在虹桥路和凯旋路的交叉口,朝虹桥公寓方向一拐,很快就找到了农贸市场,也找到了市场里唯一的宠物店。我在店里买了一包狗粮,又花三十块钱给小花买了一件花布衣服,当时就给它穿上了,大小正合适。小草狗打扮一下,也是漂亮的狗公主哟。

我到这家宠物店还有一个目的:找一个能够临时寄养的地方。那天在天钥桥路给小花洗澡的店,从里到外看上去都较高档,估计寄养收费不会低;新华路上有家宠物店,昨天有事路过那里,进去一打听,小型犬的寄养费都要一天一百元,我一盘算,如果周末回连云港,需将小花寄养三天,至少要花三百元!

这家店有寄养业务,小型犬的寄养费是一天六十元,确实比别的店低了许多。中年女老板瞅了瞅小花,说还可以便宜点,一天五十元。她介绍说,寄养时,一个笼子关一条狗,各自独立,不会出现争食打架现象;统一喂食店里的优质狗粮,当然也可以自带狗粮;保证每天半个小时的遛狗时间。但是,我随女老板到店里的一个角落,看到摞了几层的铁笼里关着的十几条寄养犬之后,立即觉得有些不安:那几只大狗看见我手里牵着的小花,冲着它极不友好地一阵狂吠;那几只泰迪、小鹿犬等小型犬吓得哆哆嗦嗦,眼睛里满是惊恐和无助……

第二天早晨遛狗时,我又碰到龚老师,跟她聊起宠物店的事情。听说我要到宠物店寄养小花,龚老师连忙说:"哎呀,花那钱干啥!不就是周末两三天嘛,你把小花放到我家好了。小花跟我家妞妞合得来,放在我家没关系的。"

龚老师说，她家住房在二楼，是两居室，虽然房子不大，但平时就她一个人住，女儿已经成家，住在宝山区，很少回来，小花放在她家，尽管放心。

如果能把小花放在龚老师家，我当然求之不得，这样小花就不遭罪、不用"关禁闭"了。不过，我每月要回家两三趟，有时还会到外地出差开会，一去好几天，这帮忙的事一次两次没问题，要总是麻烦人家，那肯定是不行的。如果龚老师能收点费用，我方可心安理得，哪怕是付给与宠物店同样的费用，我也选择放在她家。

我对龚老师说，放到宠物店，每天至少要五六十元，放到你家里，比寄养在宠物店不知要好多少，我当然放心；但请你帮忙一次两次可以，以后是要经常麻烦你的，应该付些费用给你才对。

龚老师说，我们都是养狗的，真心地喜爱狗，帮这点忙不算啥；遛狗嘛，一个是遛，两个也是遛，咋能收你的钱？

转眼到了11月4日，星期五，下午我要坐大巴回家，只能提前把小花送到龚老师家。我把小花的衣服穿好，又装了一袋狗粮，牵着它在小区里遛了一圈，下午两点，按约定到了龚老师家楼下。一会儿，龚老师下楼来，我将牵小花的狗绳交到她手里，摸着小花的脑袋说："到了龚奶奶家，你要听奶奶的话。过两天我就回来接你！"

小花见我要离开，显然很不情愿，使劲想挣开龚老师。我摆摆手，转身走开，只听小花在身后一阵叫唤。

星期天，坐了六个多小时的大巴回到上海，到宿舍放下行李，已经是晚上九点多钟。我打电话给龚老师，到她家楼下去接小花。因为这次她不肯收钱，我回家后，特意到水产品市场买了一斤家乡特产——上好的虾米，带来送给她。

小花肯定感知到我来了，龚老师放开门，它就叫唤起来，从楼上直冲下来，兴奋地扑到我怀里。龚老师随后下了楼，手里拿着遛狗绳和半袋狗粮。

龚老师见我送她一包虾米，有点意外，也有点惊喜，哎呀呀，这怎么好意思，收你的东西。我说，这是家乡的特产，大老远带来了，你要是不收下，我以后就不好再请你帮忙了。她这才高兴地收了下来。

龚老师说，小花蛮听话的，不过遛狗时真的是碰到骑三轮车的就追，我拉都拉不住，看来它的前主人真是个骑三轮车的……还有，小花还会护食哦，你家的狗粮，它不让妞妞吃一口，妞妞靠近它盛食的小碗都不行。

说罢，龚老师把小花吃剩的半袋狗粮让我带回去。

六

星期一上班，收到一份邀请函，是民进中央组织会员作家赴山西晋中的采风活动，机会难得。我把单位的工作安排好，准备参加这次为期一周的采风活动。

难办的是小花怎么安置，要么送到宠物店寄养，要么还请龚老师帮忙，当然龚老师是首选。

打电话给龚老师，她二话没说，爽快地答应了。我却纠结起来,这次采风活动来回至少一周时间,让龚老师平白无故帮这个忙,说不过去。说实话,我不想欠别人的人情,礼尚往来,互不相欠最好。毕竟我们只是认识不久的小区邻居,只是有一个共同的身份——养狗人,或者叫狗友,网上还有个说法,叫"铲屎官"。

于是,傍晚遛狗时,我专门牵着小花在龚老师家楼下蹓跶。于是,"刚巧"碰到龚老师带妞妞下楼。

我没兜圈子,说:"龚老师,这次小花要放在你家一周时间,给你添不少麻烦!我想一定要表示一下,一点点心意……"我从衣袋里掏出准备好的三百元钱,"就这点钱,你别计较,要是不收下的话,我就没法请你帮忙了。"

龚老师叹了口气,说:"你太客气了……这咋成了交易……"

我赶紧把钱塞到她手里:"咋是交易呢?礼尚往来嘛,就算我给妞妞买零食吃的。"说罢,我怕她还跟我客气,牵着小花跑开了。

11月13日中午,我把小花交给龚老师,包括那件花衣服、做小窝用的床单和几斤狗粮。

下午,我乘车去山西。第二天上午报到,下午采风活动正式开始,从晋中榆次老城出发,先后去了老醯醋博园、常家庄园、乔家大院、平遥古城等景区。一路上,我心情愉悦。15日上午,跟龚老师通了个电话,她说小花一切正常,让我在外放心。我心里的确少了些纠结,毕竟龚老师收下钱了,似乎这就形成了某种契约关系,就不是单纯帮忙了,这样最好。

17日上午，赴介休绵山景区采风。十一点多钟，我突然接到龚老师的电话，她着急地对我说，小花跑丢了，从早上八九点钟，找到现在没有找到！

我当时就急了，一连串地发问，什么？早上跑丢的，怎么现在才告诉我？怎么会丢的？在哪里丢的？

龚老师说："早上八点多钟，下着毛毛雨，我带妞妞和小花一起下来遛一遛，在交通大学（番禺路）校门口北边，妞妞在路边大便，我蹲下来处理，小花一下子把遛狗绳挣脱了，一下子就跑没有了……我带着妞妞往回找，路上没有，小区里也没有。我把妞妞放到家，又骑自行车沿着番禺路和淮海西路东南西北四个方向去找，一直找到现在，还是没找到，外面雨下大了才回来……"

我说，遛狗绳怎么会被挣脱呢？是你系得松了还是咋回事？……你没看到它朝哪个方向跑吗？你问学校门口的保安了吗，有没有看到狗朝校园里跑？你问过我们小区门口的保安了吗？……

此时，大家正坐在车上，准备去绵山宾馆吃中饭。同车的几位作家见我神情焦灼，纷纷安慰我说，狗跑丢了，一般都能找回家的；你让人家再找找，再等等看，说不定它很快就会自己跑回来了。

我在心里祷告，小花能像传说中的那些狗一样，不管离家多么遥远、离家多少天还能找回家。但此刻更多的是焦虑乃至无望，小花不是在小区里跑丢的，那地段是个十字路口，**路况复杂，如果不能在第一时间找到它，就可能永远失去了机会。**

一个月前，大黄就是从六楼跑下来，跑出了小区，转眼工夫就再也找不到了……

我焦急万分，恨不得插上翅膀飞回去！但是，采风活动已近尾声，当天下午去灵石县，明天午餐后，活动结束。我没办法脱离团队，只能随采风团一起回太原，再返回上海。

我只好给龚老师打电话，让她继续在番禺路和淮海西路找，再尽量到乐山路和虹桥路那边找一找，这几条路我都带小花遛过；我们对面的小区和乐山小公园我也带它遛过，也要去找一找；要跟小区的保安打好招呼，只要一看到小花，就设法拦在小区里，马上打电话通知她……

我几乎一两个钟头就给龚老师打一次电话。其实，我知道，她如果找到了小花，肯定会立即打电话告诉我的。

虽然同住一个宿舍，我和涛兄都很少麻烦对方，但这次我破例打电话给他，说小花寄养在小区邻居家跑丢了，请他留意一下，如果在宿舍门口或别处见它，请务必帮忙收留。

晚上十点钟了，我忍不住又给龚老师打电话，几乎是乞求她再到小区里找一找，再到我的宿舍门口和楼道里找一找……

龚老师说，我该找的地方都找了，你说的地方我都找过了……李老师，小花跑丢了，我有责任，可我不是有意的呀……等你回来，我把三百块钱还给你……要不，把我家妞妞给你，妞妞好养又懂事……

我无语，我只要我的小花！绝不是别的狗可以取代的啊，更不是三百块钱的事啊！

七

19日上午,我坐了十几个小时的火车回到上海。当天,刚好是周六,加上周日两天,我几乎把周边两三公里范围内的街道和小区都跑了个遍,在公园里,在楼道口、树丛旁,我呼唤小花的名字,尤其是碰到遛狗的人,就把手机里小花的照片打开,上前询问……我觉得自己快成了那个寻找"阿毛"的祥林嫂。

我写了一则寻狗启事,把小花的照片和它失去左眼的特征发到微博、微信群、微信朋友圈、QQ朋友群里,还发到论坛和网站,很快收到了一些热心网友的关注和回复。通过网友们的帮助和指点,我联系到了上海的几家流浪狗救助基地和救助小院,但都没有小花的踪迹。有一位养狗的网友告诉我,前两天,她在松江九新公路边的一个花卉市场里看到好几条流浪狗,好像有一条瞎眼狗,也是一条小花狗。我当即打车赶到那个花卉市场,找遍整个市场,看到了二三十条流浪狗,还真有一条瞎了一只眼的狗,也是身上黄白相间的土狗,但它是失去了右眼,不是小花!这个市场里有很多养花的大棚,有许许多多的流浪狗,从城市的各个角落聚到这里,在花卉大棚里苟且偷生,艰难地度过寒冷的冬天。它们在垃圾堆里寻找食物,偶尔有好心人给它们一点剩菜剩饭……我心里不是滋味,到市场门口的小店里买了几包火腿肠,打开后喂了这些狗。我只能如此了,我没有能力给它们更多的救助。听说，这个市场明年开春就要拆除了，这些流浪狗最后的一处栖身地也没有了……

还是在龚老师家楼下，她把遛狗绳、旧床单、小花的衣服和它吃剩的狗粮还给我，还要把三百块钱还给我。

钱，我坚决没有收！真的不是钱的事情！同为养狗的人，她并不是不理解小花在我心里有多重。但我又不好去责备她，她的确不是有意的呀。

回到宿舍，看着小花的这些东西，我禁不住潸然泪下。每次走近房门，钥匙插进锁孔时，我再也听不见小花在门后焦急兴奋的抓门声；拿着遛狗绳，再也看不到小花那激动欢快的跳跃；坐在房间里，再也看不到小花趴在门口朝我目不转睛地凝望，朝我讨好地摇尾巴……小花，我还没来得及带你去宠物医院打防疫针，没来得及带你去治眼疾，更没来得及带你回连云港，让你跟狗哥哥小白小贝见个面……

我看过一篇网文，说狗狗是主人前世的儿女，以"狗生"的形态与主人再次团圆，陪伴并依附于主人，享受主人犹如舐犊之情的怜爱和照顾，从狗对主人无比忠诚无比依恋的情形来看，这种说法不无道理；还有一种说法，说狗狗是家里逝去的老人，因为不放心尘世间的亲人，就托付"狗生"来到人间，与亲人机缘巧合相聚，陪伴亲人度过"狗生"的十几年光阴……当然，狗与主人的缘分或长或短，与人世间亲人们长长短短悲欢离合的缘分何等相似！难道，我和小花的缘分只有这短短的二十来天？

小花，你在哪里？你还在这世间吗？但愿你能被好心人家收养，他们也像我一样疼爱你。如果你还在流浪，你就托一个梦给我，爸爸永远不会放弃对你的寻找……

2018 年 11 月改于徐汇

别把养狗当儿戏

我有个微信群,叫"程家大院"。

妻子姓程,这群是她建的,群成员就是她兄妹仨三家人。对了,她还拉了两个外人进来,她大嫂的妹妹和妹夫。

今天傍晚,我看到"程家大院"群里,妻子的大哥大嫂发了个同样的帖子,一则有关养狗"危害性"的视频:某人家里养了只宠物犬,主人被狗身上的寄生虫感染了,骨头里生了病,导致下肢瘫痪;另一养狗人家,女主人眉毛里被寄生虫坐了窝,下了卵,恶心得很,不得不把眉毛全部剃掉;还有一个小女孩,眼里长了寄生虫,也说是被家里养的狗传染的。

这后面,妻子跟了个帖,问:你们两口子发这视频啥意思?是不是家里的两条狗不想养了,要送人了?

大舅哥接了一句:有这想法!

看到这，我突然来了火，写道：不要相信视频上这些玩意！全中国养狗的千千万万，就这几人得了病，概率也恁小了。你们要是因为看了这个视频就吓得把狗扔了，那也太矫情了！

大舅哥道：我家两条狗烦死人，天天在家拉屎撒尿，不想养了！

我说：狗在家拉屎撒尿，那是你们不负责任，带它们遛得少。我家小白（狗）从不在家大小便，我还总为它担心，怕它憋坏了。我最烦做事朝三暮四的，好玩的时候玩玩，看狗不顺眼了，或者生病了老了，就不愿操心不想养了，满街流浪狗泛滥成灾，就是你们这样不负责任造成的。

妻子跟了一句：哈哈，大哥，都是你惹的祸，我老公来气了。

大舅哥说：来什么气呀，玲玲（大嫂）刚才看那个视频，都吓哭了。

我说：你们都养了多年的狗了，竟然被这么个视频吓住了。你说我们平时吃的用的，用放大镜看看，哪样没有细菌？看来，得给你们普及点养狗知识。

我在百度上搜了个帖子，发到群里：

我养狗才一个月，很多知识还不了解，听说我们这边有一起人感染狗身上寄生虫的，然后没得治了，毕竟有点害怕，总感觉自己身上也很痒痒，怎么办啊，害怕死了。要是狗身上的细菌、寄生虫传到人身上，会有什么症状？急！谢谢了！！

优质回答：你多虑了。我们家养了多年的狗狗，而且有三只，没听说过有这种情况。"人感染狗身上寄生虫，然后没得治了"这种事，可信度很低，应该是不可能的。狗只有一种病是可以传染人的，叫弓形虫，是看不见的。家养狗大多数没有弓形虫，而狗也不是传染弓形虫的唯一动物。你吃的羊肉、猪肉、牛肉，如果不是完全熟的，都可能传染弓形虫，和狗没关系，很多家庭没有狗也照样得弓形虫，所以你不用过度担心。你浑身痒，应该是心理作用或者是过敏，不用太在意。

接着，我又搜了一段话贴上：

如果你对狗毛很过敏，还是不建议养狗。而狂犬病和寄生虫，其实是完全可以预防的，只要每年按时给狗狗接种疫苗，还有做好狗狗的清洁工作，定时做体内外驱虫，这些问题就都不存在了。总的来说，健康、卫生的养狗方式，不仅对身体没有危害，还能调节身心健康，增添生活乐趣。

大舅哥跟帖：哟！你以前不是这样呀，现在对狗的态度完全变了。

妻子说：大哥，他现在是狗狗最忠实的朋友！

大嫂的妹妹接了一句：大姑爷都成宠物专家了。

我心情不爽，与看了大舅哥夫妇发的帖子有关，当然还另有原因。

大舅哥家在盐城，养狗已经有一段历史了。大约七八年前，他家就养了一条狐狸犬，叫阿龙，每到过年过节，他回家乡探亲，常把阿龙带回来。那狗聪明伶俐，很讨人喜欢，我家后来养狗，与此有关。

后来大舅哥家又养了条狗，是条母狗，与阿龙相配，前年冬天生了两条狗崽，其中一条公崽，起名拉登。拉登长到一个多月时，被大舅哥带回家乡，送给朋友志刚。去年初，大嫂带阿龙外出，在一大型超市外面，不慎将阿龙遗失，再也没有寻回。大舅哥家还剩两条狗——那条母狗和它下的崽。

按理说，已有多年养狗历史的大舅哥两口子，不应该轻信这种信口开河的视频呀！怎么可以看了一段视频，就动了弃养两条狗的念头！

另一件让我窝心的事，是前天晚上接到妻子的一个电话，也与养狗有关。

妻子说，过两天，她要把拉登接回家。大哥的朋友志刚，离异多年，与老母亲一起生活。今年春节后，八十多岁的老母亲去世，志刚要出远门了，到河北章丘帮妹妹照看生意，估计一去就是好几年。拉登在志刚家养了一年多，怎么说也有些感情了，这次他到河北去，以后的生活充满不确定性，他没法把拉登带过去，所以想找个好人家收养拉登。志刚思来想去，觉得送到我家最为合适（谁让咱家是个出了名的爱狗家庭呢）。于是，他几次打电话给我妻子，口口声声请小妹帮这个忙，据说有一次在电话里都哭了。妻子心一软，也就答应了。

妻子把这事告诉我，问我什么意见。我当时就生气了。我说你都答应了，还问我干吗？

我在上海上班，半个月二十天才能回家一趟，平常家里的事都由妻子操持。家里已经有三条狗，一条比熊一条泰迪养在家里，一条体型稍大的串串送在父母那里养着；儿子今年要参加中考，要上高中，她自己还要上班，整天够忙乎的了，我实在不想让她再增加负担了。

妻子说，志刚哥也是没办法了，他问过好多朋友，都没把狗送出去。你说咱家要是再不要，他这两三天就动身去河北，你让他把狗扔了？成流浪狗了，你忍心？

我说是不忍心，可你得付出多少精力呀！

妻子说，一条是养，两条也是养，三条四条还是养！就这样养吧！

我还是那句话：我从不鼓励、动员、推荐别人养狗，甚至总是设身处地地劝人家别养狗。因为我太爱狗了，把狗当孩子养，而这一点许多人是做不到的。

目前，大多数城乡家庭养狗有两种养法。一种是散养。很多农村家庭，为了看家护院，养条小草狗，平时不拴也不扣，吃的是残汤剩饭，最多在院子里搭个窝给它栖身。另一种，就是圈养，有的活动范围大些——圈在房间里，有的活动范围小些——圈在笼子里，城市家庭大多这么养。

　　城里人养狗，可以说是自找麻烦。大部分狗都会掉毛，特别像金毛、萨摩这样的大型犬，掉起毛来真是遍地"金毛"、"雪花"飘扬，打扫起来很是麻烦。贵宾、比熊、泰迪这些小型犬不掉毛，但每天你得带它出去遛两趟，就算半小时一趟，遛两趟得花一个多小时。遛过回到家，要给它们用温水洗脚、洗腿、洗肚皮、洗屁股，然后用电吹风吹干，我们家三条狗做下来，得半个多小时，两趟又得一个多小时。总之，一天在狗身上花的时间至少两个多小时，雷打不动，一年三百六十五天天天如此！这还不算隔几天要给它们洗个澡，过个把月给它们修毛剪毛……因为它们是你的宠物，你的宝贝，它们像孩子一样跟你撒娇，要上沙发，甚至要跳上床进被窝，你能不把它们收拾干净吗？狗如果生病了，到宠物医院看个病，不比给人看病花钱少；每年还要给它打防疫针，每两三个月给它体内体外驱虫……

　　你做不到这些，你就别去养狗！

　　你养了它，又不好好待它，你就是一种失责，就是对它的摧残！

　　可以说，狗是人类最好的伴侣动物，许多成年狗的智力赶上六七岁孩子。如果哪一天把它抛弃了，它能不痛苦不伤心吗？

　　而你一旦真情投入地养一条狗，爱一条狗，等到它十来年的寿限到了或因病早亡，你能受得了吗？所以有的人在家里的狗死后，便发誓永不再养狗，那是他们实在受不了这种离别的痛苦啊！

对那些因为搬家了、怀孕了，甚至因为一个谣传一段视频就把狗抛弃的人，我当然要说，我鄙视你们！街上为什么那么多流浪狗，大多数就是这么来的；而狗一旦流浪街头，便随时随地面临死亡的威胁！

老人与流浪猫

初冬的一天晚上,途经虹口区瑞虹路,遇到一位七八十岁的老太太,推着一辆车子——类似那种大号的婴儿车,在路边喂流浪猫。

我骑了辆小黄车,是在路口看到她的。她停在十字路口的一侧,一个建筑工地的门旁,身边围着六七只流浪猫,她正在给它们投食。我推着车,好奇地走过去,那些猫并不怕人,看来是感觉有人庇护着它们,都在埋着头津津有味地吃食。她的"婴儿车"上挂着好几个塑料袋,里面装着猫粮和几个快餐盒子,看那份量,远不止喂这几只猫。

我说:"老人家,这些流浪猫,你经常喂它们吧?"

老人朝我瞅了瞅,说:"可不是嘛,我天天来喂。这些猫可怜呀,不喂咋办?不喂它们就饿死了!"

"看来你不光喂这么几只，还要到别处去喂？"

"就在这条路上，还有这个路口朝东的拆迁房那边，一共有五六十只，都要喂呀。我这是往回走，还有一半没喂了。"

我感叹道："这么多呀！了不起呀，老人家！"

我告诉老人，我也喜欢猫猫狗狗这些小动物，家里养了几条狗，也救助过流浪狗和流浪猫。我说，我跟你往前走一段好吗？我想看看那些小家伙。

"好啊，难得你也喜欢它们。"这时，几只流浪猫把地上两个快餐盒里的食物差不多吃光了，老人弯下腰，把快餐盒挪到路边的绿化带旁边，然后推起车往前走。

我这才注意到，老人的一条腿像是伤了，推车走路时，那腿一瘸一拐的，明显不得劲。

我一问，知道老人的腿是膝关节毛病，已经好几年了，有时疼得很厉害。不过，即使这样，她每晚都要来喂猫，给它们喝干净的水，三百六十五天，天天如此！

大约走了百十米，到了路边绿化带的一处豁口，老人停了下来。还没等她取下塑料袋投食，就见五六只大小不等的流浪猫从树丛中、角落里跑出来，像是早就等在这里，见到亲人来了，"咪咪"地叫个不停。

老人的"锦囊"里有猫粮、白切鸡，还有鸡肝等等。她熟知每一只猫爱吃什么，幼猫吃什么，病猫吃什么，她都有安排。她说，这些猫就像患了自闭症的孩子，不会说话，但心里什么都懂。

差不多几百米走下来，到了老人居住的小区。这一段路一共有四五个投食地点,见到的流浪猫有二三十只。

我和老人边走边聊。老人说看我面善,又喜爱小动物,与我的对话便毫不设防。老人姓李,与我本家,今年七十一岁,退休前是虹口区公安局的警察。她的丈夫也是警察,四十二岁就因公殉职了。他们有个儿子,丈夫去世后,她一个人把儿子拉扯大,一直寡居至今。她家住在小区的高层楼房里,家里已经养了三只流浪猫,没法再朝家里领了,但家里家外的猫她一样的怜爱,一天不出来喂猫,她就心有挂碍,觉都睡不安稳。她说照顾这些流浪猫,每月要花一两千元,但她心甘情愿,而且她儿子也支持她。她担心的是自己有一天不能动了,没有人照顾这些猫孩子了。她儿子一家在苏州,儿子在那边有个公司,生意做得不小,不能回上海来接她班(喂猫)。说起儿子一家,尤其还有一个很有出息的孙子,她显得很是自豪和欣慰。

不过,后来又说起这些可怜的流浪小动物,她边说边流下了泪水。她说,她家这一带的棚户区都拆迁了,很多猫狗被弃养,成了"流浪儿",生存的空间也越来越小。有些住高楼大厦的邻居不理解她,说她不该花这些钱救猫,应该拿这钱去救助穷人。她说,人有手有脚,应该靠自己的劳动自立,另外困难群众还有政府的扶贫救助嘛。可这些流浪猫流浪狗,谁来管它们呀?这个世界不光是人类的,也是各种各样的动物的。这些小猫小狗需之甚少,只要一口食一口水就能活命啊!

有些人不喜欢小动物也就罢了,还变态地虐猫虐狗,甚至投毒害它们,这是她最担忧最难过的。

分别时，我对老人说，我照了你喂猫的照片，还有我们聊的这些，我想发到朋友圈里，让更多的人看到。

老人说，只要能让更多的人爱护流浪的小动物，随你发到哪里都行。

好人坦荡荡！望着老人蹒跚而去的背影，我深深地感叹，也衷心地祝愿她健康长寿。

二　黑

　　晚上，和上五年级的儿子通电话，儿子的声音有些不对："爸爸，你以后不用为打扫小鸟的卫生烦恼了。"我急问："怎么啦？"儿子哭了："二黑死了。"

　　二黑是一只八哥的名字。此前，我家养过一只叫黑土的八哥，是儿子从他盐城的舅舅家带回来的。去年春天，因我想当然地以为，八哥会像小炕鸡一样喜欢啄食鸡蛋壳，并得以补钙，便顺手把一个鸡蛋壳丢在鸟笼里，让黑土啄食，却不承想，它竟被蛋壳卡死了，害得我们一家三口好生伤心。不久，在儿子的要求下，妻子到花鸟市场又买回一只八哥。为了纪念黑土，儿子给这个新买的八哥起名二黑。

　　因黑土的死与我的过失有关，心里一直有种负疚感。二黑买来后，喂养和打扫卫生的事我差不多包揽下来，基本不用妻子动手。不过,这个二黑特别让人烦神,它虽是一只雏鸟,但食量比成年的黑土还要大,排泄的粪便又多又稀,简直就是边吃边拉,而且总把粪便排到盛水(供其饮用和嬉水各一个)的塑料盒里。有一阵子,它不知犯了什么鬼,喂它鸟食和面包虫,它吃一半丢一半,把那些面包虫啄到笼外,在阳台上爬得到处都是。

那一阵,除了二黑,家里还养了两条小狗——小白和小贝,甚至还有几条金鱼,可谓"陆海空三军"齐全。因妻子要上班,儿子要上学,而我做了多年的"家里蹲"自由撰稿人,每天接送儿子上下学及伺候"陆海空三军"之事便责无旁贷地落到了我的头上,经常忙得我手慌脚乱。

别人养八哥的乐趣,是听它"鹦鹉学舌"说几句"人话",我却少有时间和耐心去调教二黑,所以养了大半年,它连最简单的"你好"都不会说,比起它的前辈黑土,真是差得太远。但有一点还不错,随着时间的推移,它渐渐与我有了些默契:啄食时,撒到外面的少了,就像一个渐渐长大的孩子,吃相文雅了许多;它还跟黑土一样,特别喜欢嬉水,只要打一盆清水,把鸟笼的小门打开,它就会探头探脑地钻出来,跳进水盆,时而甩头,时而扑棱翅膀,即便我蹲在跟前,也并不惧怕,玩得不亦乐乎,直到我吆喝一声:"二黑,不玩了,回去!"它才歪着头朝我瞅瞅,然后不慌不忙地钻回鸟笼。

今年春节,朋友颜兄再顾敝舍,邀我到他在上海的文化公司工作,妻子也说我待在家里多年,应该出去透透空气,以免"老年痴呆",于是节后我便作了些出远门的准备。两条小狗，只能留一条在家，自然是纯种的比熊犬小白幸运地留下，另一条"串种"狗小贝也不忍心送人，连同一个大狗笼子一起送到了住在相邻小区的父母家。对八哥二黑，妻子的意见也是送人，但她打听了几个亲戚和同事，人家都没有接纳的打算。有天，我专门到宠物街一家卖鸟的小店，跟店主说，想把一只八哥送给她。店主疑惑地望着我，你的八哥会说话吗？我很惭愧，说它不会说话。店主又问，多大了？我说至少一年多了。店主说，过时候了，不好调教了。唉，白送，人家都不想要，只好留下了。我也有过给二黑放生的想法，却又担心它自小在笼子里长大，食来张口，一旦放出去，它能飞得起来、自己觅食吗？如若不能，这样的放生不是要它的命么？

三月，我到了上海，白天忙忙碌碌，到了晚上，想老婆孩子，也会想想小白小贝二黑。每到周末，就乘六七个小时的长途客车往家赶。两三个月下来，感觉二黑明显瘦了，有时鸟笼里的卫生似乎几天没有打扫。我当然不能去责怪妻子，她一个人带着孩子，要上班，再腾出手来照料小白和二黑，实在不易！于是，回到家这两天，我总是尽可能地多做些事情，包括早晚出去遛狗，把狗粮和鸟食备好，给小狗和小鸟搞搞卫生……做这些事的时候，我也许流露过烦恼，让儿子听到了，所以有了儿子电话里那番话。

我问儿子，二黑是怎么死的？儿子说，不知道，就好好的，鸟笼里有食也有水，妈妈下班回来，看到它已经死在笼子里了。

我疑惑了，二黑，这是为什么呢？我上周因事没有回家，十来天前在家的那个周末，天朗气清，给二黑嬉水后，我忽然来了兴致，把鸟笼拎到住宅楼前的小花园里，先放置于一簇花丛中，后又悬挂到一枝树杈上。微风轻拂，鸟语花香，二黑在鸟笼里蹦蹦跳跳，显得异常兴奋。我索性去忙别的事情了，直到傍晚，才把挂在小花园里的鸟笼拎回家。这一次给二黑"放风"，感觉到它对大自然的渴望和依恋，我打算往后每次回家，都尽量把鸟笼挂到小花园里，让二黑多多接触自然，多多自在那么一会儿。没想到，它没有等到这一天。

想到这里，我心里突然咯噔一下：看来，我又错了；我的一番好意，可能酿成了始料未及的后果！

蒋方舟《对不起，生为女人》有一段话：在实验室里孕育、成长的小白鼠，一旦逃出了笼子，见过了外面的世界，就只能弃用或杀掉，因为它们尝过了自由的滋味，另一种境遇和标准在它们的脑中孵化、发酵，不可逆地改变了它们……

也许，我把久居狭小阳台的二黑拎出去感受自然的气息，如同让它进入了另一个世界，尝到了另一种幸福的滋味；这样的境况在它的脑子里酝酿发酵，已经彻底改变了它。它再也不愿意被禁锢在这狭小的空间，它盼望着我把它拎到小花园里，它"茶不思饭不想"，等了一天又一天，可终于没有等到我回家这一天……

小区里的刺猬

初夏的晚上，在小区里遛狗。

我家前排楼的边上，有一片矮矮的、密实的冬青树。小狗跑到那里时，突然停住了，东嗅嗅西闻闻，似乎发现了什么。我打开手电，凑近一看，小狗面前是一只拳头大小缩成一团的刺猬。

我已多年未见到刺猬，对小区里突然冒出这么个小动物，顿感一阵欣喜。

或许是手电光照射的缘故，刺猬浑身针刺直竖，一动不动。小狗嗅了一阵，感觉无从下嘴，便汪汪了两声，对它失去了兴趣。我却好奇地轻轻拿起刺猬，在灯光下，看到它那缩在身底下的小脑袋，显得惊慌失措、可怜巴巴。

我心头一紧，赶紧放下刺猬，但它可能还是因为恐惧，仍团在那里一动不动。

那一瞬间,我的脑海里冒出个念头,把它拿回家养起来,因为这里太危险了。离这片冬青树丛东边和北边几米远,就是小区里的主干道;这灌木丛贴着楼房的东山墙向南延伸,只有十几米长,再过去也是草坪和道路。刺猬只有昼伏夜出地躲在这片冬青树下,才能避开人类的视线。

但我随之又想,不行,有些动物一旦离开它生存的环境,就很难再活下去。如果这是一只成年刺猬,它或许还有伴侣和孩子,把它抓走了,它的伴侣、孩子怎么办?如果它只是个幼崽,它的刺猬父母会不会寻找它?它离开父母能活下来吗?也许这冬青树下生活的是一个完整的刺猬家庭,抓走它,实际上是把它们一家生生拆散啊!

这么一想,我再也没有把这只刺猬带回家的兴趣了。我用脚轻轻地把它朝树丛里挪,它似乎明白了我的意思,头一伸,灵巧地爬起来,一头钻进了树丛。

遛狗回来,我心里还一直惦着刺猬。我想起七八年前,在市郊的一个野山上闲逛,曾经捉过一只刺猬。我把刺猬带回家,放在一只纸盒里,给四五岁的儿子玩,还用菜叶、瓜果、肉末等喂它,但刺猬似乎闷闷不乐,一口食也不吃。我担心它再这样绝食下去,非死掉不可,几天后,把它带回山上,大致找到捉住它的地方,把它放生了。

这时,我又有些后悔,今天这只刺猬,我是不是应该把它抓回来,把它也送到山上放生?因为它在小区这个环境里生存,实在太危险了!

它的家就在那片树丛里吗？那是一个多么狭小的空间呀！那里有什么食物能够支撑它或它的一家生存下去？今天遇到时，它是出来觅食的吗？要是哪一天它再爬出来，碰到另一个人，这个人的心肠不那么好，它或许就没有活下来的可能了。

我忽然想起来了，离那灌木丛南边不远的地方，原先有一个几十平方米的人造池塘，几年前我家刚搬到这个新建小区时，那个池塘还很像样子，塘底有水草和鹅卵石，水里还有几条锦鲤游来游去。但好景不长，小区的房子卖得差不多了，开发商对小区的环境就不管了，与开发商穿一条裤子的物业公司也难得管了，那池塘便无人再去换水，池水便渐渐发臭直至干枯。那小小的一池清水，能让多少小动物活命啊！我亲眼看过一群麻雀叽叽喳喳地落在池塘边去喝水，而一只流浪猫躲在池塘的一角虎视眈眈……

这几天的天气热起来了，有许多天没有下雨，到处干燥得很，莫非可怜的刺猬是出来找水喝的？

第二天一早，我从厨房抓了把玉米，又拎了一塑料桶水出门。妻子狐疑地望着我，这是干吗？我说，喂刺猬去。妻子莫名其妙地咕哝道，刺猬？……

我把玉米撒进那片冬青树丛，又把桶里的水倒在那里。一桶水倒下去后，很快就被干渴的土地哧溜哧溜地吸收了。

我在心里默默地祈祷，小刺猬和它的家族能在这个小区里长久地生存下去。

望　潮

　　望潮子，是我们那一带海边人的叫法。它的大众化名字叫八带鱼或八爪鱼，学名长蛸，是章鱼家族里的小字辈，常被人误以为是章鱼的幼体，其实它的个头永远长不大，连头带爪儿，也就一拃长而已。

　　望潮的长相奇特，与一般鱼虾不同。它有一个大大的头，眼睛长在脖子上，还有八根长长的爪子。头里很复杂，有黄子、蛋（籽）和内脏；八根爪子长短相当，大致是头长的两倍，爪上分列两排密集的吸盘，吸力强大，是它捕食和打洞的工具。在水中流动时，长爪儿就成了它的尾巴，前行、转弯、摇头摆尾，灵活自如；在滩涂上爬行时，那八根长长的爪儿从头上倒挂下来，把头包围着，既保护头部免遭侵袭，又能随时捕捉食物。望潮体内有一个墨腺，在水里遇到敌人，也会像墨鱼一样喷出黑汁，攻击敌人保护自己。

　　望潮一名，与其生活习性有关。它平日里穴居在海滩的泥洞里，每当涨潮初始，便爬到洞外，挥动着爪儿，似乎在盼望潮水汹涌而至，将小虾小蟹送到跟前，让它享受一顿美餐；退潮后，它就蛰伏在洞里，等待下一潮的到来。

　　民间有个望潮的传说，很是有趣：很久很久以前，有只望潮钻出泥洞，在海滩上休眠晒太阳。这时，天空正巧有一只觅食的老鹰飞过，看到了海滩上这个软白肥嫩的小海鲜，便一个俯冲下来，锐利的鹰爪一下子抓住了望潮，并张开尖嘴猛咬。岂料小小的望潮十分机智，马上收拢八爪变成八根绳索，紧紧地缠住了老鹰的嘴巴和头部，罩住了它的眼睛，还把长爪伸进了老鹰的鼻孔，搞得老鹰鼻孔出血，头晕目眩，顿时咬啄不得，威风全失。双方一时僵持着，不分胜负。但老鹰撑不住了，首先妥协，要望潮松开八爪，各自逃生，望潮却坚持要老鹰把它带到潮水里，它才会松开八爪。老鹰无奈，只好拖着望潮来到潮头上，望潮得水后松开八爪逃入大海，立即消失得无影无踪。从此，老鹰再也不敢到海滩上抓望潮，而望潮吸取教训，也不敢在退潮后的海滩上嬉耍了。

　　人们掌握望潮的习性，多利用它钻在洞里的时候，将其捕获。

　　我小时候，跟大人们下海掏过望潮。掏望潮一要会看，二要会掏。退潮后的海滩上，望潮的洞穴不像蟹窟那样明显，滩面上看到的往往只是一个小指头粗细的眼子，或是一撮"米粒"样的小土堆，中间也有个小眼子。泥土新鲜或从小眼子朝外冒水，那洞里十有八九有望潮，或许它正在"深挖洞"哩。但此时若从小眼子下手掏，一般抓不到它，因为望潮的洞穴大多有弯道，有的还有副洞，仿佛"狡兔三窟"，当它受到惊吓时，就会从弯道或副洞里逃之夭夭。所以发现"望潮眼"之后，要快速地用脚插入泥滩，一脚接一脚猛踩过去，断其后路，把它逼至洞口，然后从洞口伸手进去，如果有滑滑软软的东西，那就是望潮了，它爪上的吸盘会吸住人手。这时，手要掐住望潮头朝外拽，一拽就拽出来了；如果拽爪子，很可能拽出来的是断爪。

2010年南非世界杯期间，章鱼哥保罗成功地预测了八场关键比赛，命中率百分之百，球迷们把章鱼保罗视为圣物，章鱼的聪明神秘为世人称奇。望潮作为章鱼家族的小弟弟，其机灵敏捷也非同一般。有一次，我妻子在市场上买了十来只活望潮，和别的菜一起拎回家，哪知到家一看，袋子里的望潮只剩下五六只，还有一半不知怎么溜掉的。

望潮是无鳞、无刺、无骨、无壳的软体动物，市场上与之相似的还有仔乌、鱿鱼、墨鱼（乌贼）等海鲜，但论起味道鲜美，还是望潮为上，仔乌、墨鱼次之，鱿鱼更次，价格上也依次悬殊较大。

望潮的吃法有红烧、水煮、生炝等。烧蒜薹、烧萝卜、烧肉皆好。不过，最新鲜的海货适合最简单的烹饪法，直接清蒸水煮更得原汁原味。把望潮放在沸水里打几个滚捞出来，如一朵朵盛开的白菊，蘸着酱油、醋食之，味鲜至极。当然，切成段在开水里穿一下，淋上料酒、酱油等生炝，更能吃出望潮本真的味道。

那年好友惊涛兄从韩国访问回来，跟我们说起在韩期间，经不住主人劝说，生吞活吃望潮的经过：把活望潮蘸点芥末、辣酱什么的，直接送入口中，那望潮在嘴里活蹦乱跳，爪子有吸在上颚和舌头上的，有往喉咙里爬的，煞是惊悚而刺激。这种吃法有点吓人，看来目前还是韩国人的专利。

我以为望潮身上最好吃的是望潮蛋，也就是它的卵，煮熟了有鸡蛋黄大小，像一粒粒晶莹剔透的大米团在一起，吃起来香鲜无比。挑选带"蛋"的望潮，要选头大且饱满的，头顶部位隐隐的有一个灰白色团子。当然，单买带"蛋"的母望潮，价格相对要贵些。

有人吃望潮会过敏。小时候外婆就告诉我，烧望潮时只要放点绿豆，吃了就不会过敏。这个办法对防止其他海鲜过敏也很有效。

滩　虎

《舌尖上的中国2》里有一种美食,叫清炖跳跳鱼。节目一经播出,这种不起眼的小鱼一夜间成了名。我看过后,心里却有些莫名的沉重,这种在家乡原本随处可见的小鱼,如今已濒于绝迹。

跳跳鱼,学名弹涂鱼。在我们家乡,人们叫它滩虎龙或干脆就叫滩虎。反正又是龙又是虎,挺神乎的,家乡人很少去逮它吃它。

滩虎是一种两栖鱼类,体长约十来厘米,通身泥灰色,像泥鳅一样圆滚滚的身形,生长在海边和近海滩涂的河沟里。别的鱼离开水很快就会死掉,可它不一样,能长时间离水,在岸滩上生活,靠胸鳍和尾巴在泥滩上爬行、跳跃,弹跳力十足,不亚于青蛙。

我小时候生活的村子，向南三四里，有两条河。一条百十米宽的，叫排淡河；再往南那一条，只有排淡河一半的宽度，叫运盐河。排淡河源自何处，我不太懂，但从我们这段往东七八里，有个大板跳闸，闸口一提，排淡河的水就入海了。运盐河也是东西流向，东头连着徐圩盐场，西边连着台北盐场，顾名思义，这条河就是为了把盐场的盐运出去而修凿的。这两条河里的水，一咸一淡，运盐河是咸水，排淡河的水相对淡一些。滩虎在这两条河里都能生存，两条河的岸滩，就是它们的快乐家园。

在松软的岸滩上，滩虎挖了密密麻麻的洞穴。它们的行动特别敏捷，有船经过时或听到行人的脚步声，它们眨眼间就钻进了洞窟；也有的"扑通"跳到水里，在河面上蜻蜓点水一跳一跳蹿了老远，然后把脑袋伸在水面上，两只鼓突的眼睛像探头一样警觉地巡睃着。

别看滩虎样子丑，又长得那么小，其实它们是一种很浪漫的动物。滩虎长到一年左右就成熟了，它们用头钻，用嘴衔，硬是在泥滩上挖出了成人一臂深的洞穴。大多时间，它们是独居的，春暖花开，是它们的求爱季节。这时候，公滩虎表现得特别活跃，它四处游荡，寻觅配偶，每每遇到异性，便鼓动腮帮，乍开胸鳍，翘起尾巴，跳着舞蹈大展魅力。如果此时有别的公滩虎企图横刀夺爱，这条公滩虎决不会退缩，而是竖起脊鳍，像亮出利剑，威风凛凛地冲上前，直到把对手赶走。一旦母滩虎被吸引驻足，公滩虎便更加卖力地表演，将母滩虎一步步引到自己的地盘。母滩虎若还犹豫不决，公滩虎则在自己筑造的洞穴口进进出出，那情形似乎在向对方发出邀请：快来吧，这里是你温暖的家！母滩虎岂能抵挡这般炫技和殷勤，终于尾随它进了洞穴。公滩虎并不掉以轻心，而是立即返回洞口，衔来泥土将其封住，这才钻到洞里尽情地享受"二人世界"。

不过，在人类的眼里，这些小生命的爱情是多么微不足道，谁去关心它如何求爱、关心它的生命如何繁衍呢？

在我们老家，滩虎因为长得丑、不易逮，那时候基本上无人问津，即使撒旋网、扳小罾捉到了，人们也多是随手扔掉；谁要专门去逮它，人们会讥笑他是个二流子。在我记忆里，村里还真有这么两个"二流子"。

运盐河上看跳板的老杨家，在跳口的丁头小舍旁边，养了一大群鸡鸭。有一次，我随去跳口干活的母亲到老杨家玩，见到老杨的孙子大丁。大丁和我一般大，那时也就八九岁，但逮鱼摸虾比猴子还精。那天他说带我去抓滩虎，我很是惊讶，那玩意鬼得很，怎么逮？还有，那也不能吃，逮它干吗？大丁神秘地说，我有办法，一逮一个准！又说，我逮滩虎又不是人吃的，是逮给我家鸡鸭吃的，鸡鸭吃了肯下蛋。

大丁拎了个鱼篓，领着我走到河岸。没等我们靠近，那些滩虎、黄钳蟹已经纷纷钻进各自的洞穴，消失得无影无踪，岸滩上一片寂静。我站在那里，心里直嘀咕：看你怎么逮。大丁却不慌不忙，从鱼篓里掏出几张火纸，然后蹲下来，将火纸一一覆盖在那些裸露的洞口。不一会儿，便有火纸被顶起来，原来滩虎在洞里憋气难受，忍不住跳出来，又被火纸罩住。大丁抓住那裹着火纸的滩虎，就地一摔，再拾到鱼篓里，还真是一逮一个准。

我问大丁，这方法是跟谁学的。大丁说，村里的光棍张二千常到河滩上转悠，有一次他好奇地跟着，撞见二千正用这方法逮滩虎。二千逮了滩虎，是拿回去自己吃的，他说这滩虎是鱼中极品，特别营养，南方人用它煮汤，给坐月子的女人下奶。张二千家的成分高，他十来岁就出去流浪，走南闯北，见多识广，他的话当然极具诱惑力。于是大丁也从家里翻箱倒柜，找出一叠火纸，"如法炮制"，逮了滩虎拎回家，不料被他爷爷一顿骂。爷爷说他是个败家子，那火纸是从镇上买来预备上坟用的，却被他作践了，逮来这些一钱不值的玩意。爷爷气得把一篓子滩虎倒掉了，引得鸡鸭争相抢食。不过那几天大丁家的鸡鸭还真多下了不少蛋，后来他再去逮滩虎，爷爷也不骂他了。

电视节目里，浙江台州三门湾的渔人用甩钩逮滩虎，可谓绝技。那甩竿有五米长，鱼线六七米长，甩出去勾住十米开外、只有一拃长的小鱼，从发力到捕获只需八分之一秒时间，比二十米外投篮还难，练就这门绝技要五年时间。滩虎还真是一道"挡不住"的美食，为了这一口美味，三门湾的渔人下足了功夫。

最近一次回到老家的小村，我专门到排淡河边走一走，附近已经拉起围墙，建了几家工厂和堆场。排淡河常受污染，淤积也很严重,已经没有往昔的宽阔和清澈,更见不到一条滩虎了。那条运盐河,因为失去了运盐的功能,常年没有疏浚,任其淤塞,大部分地段已找不到河的痕迹了。生存环境的恶化,看来是滩虎濒于绝迹的真凶。

海蛎子

前年去台湾旅游，导游说，到士林夜市不吃蚵仔煎，就等于白来一趟。这台北最有名的夜市一条街上，果然有不少专卖蚵仔煎的小吃店，皆熙熙攘攘，食客众多，便忍不住买了一例，捧在手里，边走边尝。呵呵，这不就是海蛎子煎鸡蛋嘛，只是半生不熟，口味特别清淡。

家乡海州湾盛产海蛎子。海边人见识的海鲜太多了，我小时候对海蛎子不以为然，直到上中学时学了课文《我的叔叔于勒》，才对它刮目相看。文中两个阔太太吃牡蛎的情形，至今记忆犹新，"一个衣服褴褛的年老水手拿小刀一下撬开牡蛎，递给两位先生，再由他们递给两位太太。她们的吃法很文雅，用一方小巧的手帕托着牡蛎，头稍向前伸，免得弄脏长袍；然后嘴很快地微微一动，就把汁水吸进去，蛎壳扔到了海里。"当老师告诉我们，牡蛎，就是海蛎子，那两个阔太太的形象顿时在我心中贬值了许多。海蛎子有什么稀罕的，值得如此吃得小心翼翼？而且那时我们从不生吃海蛎子，怕这样吃会闹肚子。

二十世纪八十年代初，读到大连作家达理的一篇小说《卖海蛎子的女人》，知道大连人特别爱吃海蛎子，说话都有浓浓的"海蛎子味"。

看来，我国的沿海各地，从南到北，都不缺海蛎子，只是叫法不同。它的学名牡蛎，台湾叫蚵仔，广东、福建沿海叫生蚝，还有的地方叫石蛎、蛎蛤、蛎黄、蛎白等。在莫泊桑的家乡法国，它被视若珍品，称为"海中牛奶"；在《圣经》里，它更被誉为"海之神力"。

我国汉朝时就有"插竹养蛎"之说，汉《神农本草经》载，"牡蛎有三，皆生于海。"唐代，牡蛎已是海中珍馐，据说大诗人李白有"天上地下，牡蛎独尊"的题句。南宋诗人陆游三十多岁任福建宁德县主簿，"与同官饮酒食蛎甚"，留下诗句："同僚飞酒海，小吏擘蚝山。"可见食蛎之生猛。明朝时，牡蛎有"西施乳"一说，李时珍《本草纲目》记载："牡蛎肉，甘温无毒，煮食治虚损，调中，解丹毒，补妇人气血，以姜醋生食，治酒后烦热，止渴。炙食甚美，令人细肌肤，美颜色。"

在古希腊神话里，牡蛎是代表爱的食物。传说古罗马帝国的宫廷里，牡蛎被称为"海中圣鱼"，恺撒大帝远征英国，有个没公开的原因，竟是为了猎取泰晤士河畔肥美的牡蛎。拿破仑在征战中，总不忘以食蛎补充体力，而巴尔扎克更炫耀自己一天吃了一百四十四个牡蛎。可见海蛎子的养生功能早已被全世界承认。

食品营养检测表明，海蛎子含有丰富的蛋白质、氨基酸、维生素和多种微量元素，难怪日本人称之为"根之源"，欧洲人视之为催情剂，有青年男女约会前吃牡蛎的风俗。

海蛎子的吃法有多种，烧汤、炒菜、煎炸、烧烤均佳，广东、福建一带还制成蚝豉和蚝油作为调料。不过莫泊桑描写的"生食"，因新鲜爽口、原汁原味、不损营养，被越来越多的人接受。

我家用海蛎子做菜，多年来都是老三样，一是海蛎炖豆腐，二是海蛎炖粉皮，三是海蛎爆鸡蛋，百吃不厌，不思改进。

家乡海边的礁石上，生长着大量的海蛎子。海潮退去时，可见海蛎子密密麻麻、一层叠一层地布满礁石，形成一个个蛎礅。每年深秋至来年清明，是海蛎子最肥的时节，每天退潮后，便有大批赶海人前去采蛎子。这里面男人不多，更少有真正的渔民——那些张大网的渔民，何时把海蛎子看在眼里？即便是渔村出来的，也都是上不得海船的渔家姑娘和媳妇。这些采蛎女人，大多来自近海的盐场和农村。

采蛎人的手里，都有一把小铁铲子，铲头磨得又扁又细，瞅准蛎壳的缝隙，一下子撬开，轻轻一拨，蛎肉就进了另一手提着的小桶里。如今讲究"生食"，市场上野生的海蛎子价格倍增，采蛎人多把海蛎子连壳带肉整个儿铲下来，一则存放时间长，再则让人买得放心。

采蛎子的辛苦不用说，一个冬天下来，十有八九是双手伤痕累累长满冻疮；且礁石嶙峋，海苔打滑，采蛎人须步步小心，保证安全。当然离岸越远、风浪越大的地方，人迹罕至，海蛎子也就越多越肥，到那儿采蛎子，要艺高胆大，但千万不能贪心，算好了涨潮时分，趁早打道回府。

如今沿海各地都养殖海蛎子，有的置于礁石上立体养殖，有的养在网笼里或特制的缆绳上，收获时大多连壳儿采回，这样更方便生食和烧烤。

虾皮透鲜

虾皮算不上稀罕的海鲜,沿海各地皆有出产。但海州湾一带,捕捞虾皮的方法别具一格。

虾皮当然不是虾子的皮,而是海里的一种小虾子,俗称毛虾。我最近去了趟浙江嵊泗列岛,岛上人叫虾皮为粢皮。

毛虾大如豆芽,小似蚂蚁,皮薄、体扁、肉多、透明,因这虾太小,晒干后觉不着肉,就一层皮,虾皮一名由此而来。

海州湾的毛虾,一年里有两次旺产期。一次在农历五六月麦收后,这个时候的毛虾稍大,有两厘米长,渔民称之"二称钩";还有一次在九月前后,这时毛虾的体长只有一厘米,渔民称之"红绒"。

捕捞虾皮的工具叫"推网",又叫大叉网。多用生丝线编织,眼小,网轻。我小时候,见过用家里蚊帐做成的推网。当时,离我家十来里的爬山头那片海域虾皮起汛了,密密麻麻多得成了"团",连风闻消息的农民都眼馋起来,家家户户、大人小孩,纷纷出动。没有推网怎么办？现砍几根毛竹,扯个旧蚊帐,扎扎绑绑就成了一个简易的推网,扛上便直奔东边的海滩而去。

当然,渔家正宗的推网是有讲究的。两根五六米长的竹竿,取齐,去皮,打磨,刷上桐油晾干;粗头约一拃粗细,都钻上眼,用细绳穿过,结实地扎在一起,张开成扇形;然后,在离这粗头一米处,绑一根米把长的木棍做撑子,把这个扇形撑住。人在推网时,就站在这撑子后面的等腰三角形里,胸口抵住横撑,两手各握一根竹竿,就像用力推着一个巨大的簸箕前行。网片固定在撑起的竹竿上,"簸箕口"的网纲上扣十来个锡坠,以便推进时网纲紧贴海底。在两根竹竿的尖头上,还各绑一个前端翘起后端着地的木片,俗话说穿上"网鞋",以免竹竿头插进泥沙里,影响推行。

推虾皮的渔民,都随身带一只漂篓。漂篓用竹篾编成,肚大口小,可装鲜毛虾百余斤。漂篓的一圈,匀称地拴着三个干葫芦,以增加浮力。选其中一个大而结实的葫芦,将上头锯去,掏空,配上木塞,出海时,内装衣服、食物和淡水。推虾皮时,漂篓就拖在渔人身后的海水里,既是盛毛虾的工具,关键时还可救生用。

推虾皮的高手都会踩高跷。这高跷与戏班子里的高跷差不多,但在离根部四五厘米的地方绑一根水平横棍,防止高跷陷到泥沙里。跷子高矮不等,高的可达五六尺,矮的也有二尺多。跷子越高，行走起来费力越大。下海前，高跷就绑在了腿上。在水浅的地方，高跷用不着，就在腿后拖着；到了水深的地方，竹竿一撑，踩上了高跷，优势立马凸现。

踩高跷要顺风扳网，抬网切忌迎风，防止大风将网刮翻，扣到自己的头上。人被网罩住，麻烦就大了。

推虾皮一要看"溜"，二要看鸟。"溜"就是潮水。毛虾不是每潮都有，也不是每个海域都有；它们成群集游，游到哪里，就在哪里聚成一个"团"。出毛虾的旺季，海边那些扛着推网的人，眼睛都盯着海面，当看到海鸟群集，在海面上时而盘旋，时而钻进海水，就知道那片海域出毛虾了。人们便争相下水，涌向那里。

毛虾密集时，推网下水不多时便觉得网沉得推不动了，稍稍抬网，就见密密的虾群直朝网里涌。这时，一边抬网，一边用网舀朝漂篓里舀。有时一网就能装满一篓子，就赶紧收网，朝岸上送。体力好的一潮能推两三趟。

虾皮旺发时节，渔村里热闹起来，几乎家家出动，男人推网，女人到海边接海，朝家里担。

由生毛虾直接晒干的，叫生虾皮。盐分低，鲜度高，不易返潮霉变。市场上常见的多是熟虾皮，是用盐水煮过晾晒的。煮毛虾时加多少水，多少盐，何时下锅，何时出锅，都要把握好火候。煮熟的毛虾捞出控干，放在芦席上晾开，撒时要均匀、疏散，一气干透了再收起来。

赣榆区位于海州湾北部，拥有六十多公里的黄金海岸，尤以海头、柘汪两镇，为虾皮主产地。据说赣榆虾皮已进入国家地理标志保护名录，写进全国"菜单"。

虾皮虽不起眼，价格也不贵，十几块钱能买一斤，但其营养价值很高，富含蛋白质和矿物质，还有控制血压、降低胆固醇的功效。在市面上购买虾皮，要选颜色红白鲜亮的。还可用手紧握一把，松手后虾皮个体随即散开的，是干燥适度的优质品；松手不散，且碎末多或发黏的，则为次品或已变质。

家常菜中虾皮的做法有几十种，凉拌、烧菜皆可，可为各种菜肴及汤类增鲜提味。赣榆百姓有一种简单省事、最原生态的吃法——煎饼卷虾皮，透鲜透鲜的。

附:《海错拾趣》创作谈

  我的家乡是黄海岸边、云台山下一个叫蟹脐沟的小村,我在那里度过了童年和少年时光。
  仅从蟹脐沟这个村名看,便有一股海鲜水产的气味扑面而来。的确如此,这个小村的地形如一只巨型的螃蟹,从"巨蟹"脐部涌出一条山涧,一直流入大海。小村人家散落在涧沟的两边,村名亦由此而来。
  这条河沟因与大海相连,咸淡水交融,俗称两合水,盛产螃蟹、草虾及各种鱼类,也是我少儿时代的乐园。
  二十世纪八十年代,我开始文学创作,断断续续发表的几十万字小说散文作品,也多和家乡的人情风物有关。三年前,我受友人之邀,到上海一家教育机构工作,余暇时间零碎而无序,很难静心写作长稿,就伺机写些散文。于是,童年的回忆、家乡的海鲜美味便涌入笔底。有篇《海州湾的鱼（二题）》还获得了首届中国海洋文化"浪花奖"。好友陈武兄在北京一家出版公司做总策划，建议我将海鲜等吃物写成一个系列，最好有四五十篇，到时候出个集子。我答应得爽快，却行动懈怠，下笔迟缓，离出集子的目标尚遥远。

这期《中华文学》不吝版面，发表这组"海错拾趣"散文，当是对我的一个鼓励。但愿在此激励之下，早日完成"海错"系列散文的写作。

卷三

飞扬与梦想

因为爱,所以爱
——读《周维先自选集·别来沧桑事》

《周维先自选集》十卷本是周维先六十年的创作精华,近日由中国书籍出版社出版发行,已在新华书店和京东、天猫、当当、亚马逊等各大网站热销。

《别来沧桑事》是这十卷自选集中的一部散文集。捧读之时,我被深深地吸引,时而为文中人物命运的沧桑坎坷所牵挂,时而为先生真诚挚热的情怀所感动,为这优美典雅堪称天籁之音的文字而赞叹。可以说,阅读此书,心灵为之震撼,犹如经历了一次爱的洗礼。

先生在自选集总序里有这么一段话:我是爱的儿子。我因爱来到人间,也将为爱绝尘而去……于是,我用爱,用生命,用灵魂,用一个又一个白天和黑夜,把一篇又一篇关于爱的故事写在了流水之上……

是的,爱,贯穿了周老的人生;

爱,贯穿了这十卷本皇皇巨著;

爱,也是这本《别来沧桑事》的灵魂!

一

"苍茫之爱"一章,是追忆那些远逝的亲人。

父亲,周鸿宾,曾经的二哥。那是一个在辛亥革命烽火中横刀跃马、冲锋陷阵的英雄。从他在那个包办婚姻的新婚之夜,为追求自由离家出走,轰动整个宜兴开始,就注定了他一生的传奇,也是爱的传奇!

若干年后,在松花江畔的哈尔滨,由朱庆澜将军做媒,已是辛亥革命英雄的周鸿宾迎娶冰城教育局局长的五姑娘。一时万人空巷,争睹英雄与美人的婚礼。当十七岁的何美珠听到司仪报出生辰八字,原来她被嫁给了一个比自己年龄大一倍的男人,她一口气上不来,昏厥过去。周鸿宾不愧是个军人,立即实施口对口呼吸急救。何美珠醒来后,只看了他一眼,就无可挽回地爱上了他。

这是爱的传奇。尽管以后的岁月历经沧桑巨变,颠沛流离,悲欢离合,二哥和五姑娘携手人生,相亲相爱。1937年,他们爱的结晶,也是老小的三儿子周维先呱呱落地。

爱在延续。父子之爱、母子之爱、兄弟手足之爱、家族血亲之爱……这浓浓的爱滋养了周维先，伴随他成长。从东台到苏州，到上海，到本溪，到长春，再到鄂尔多斯，最后到连云港。

当然，也有悲伤苦痛，也有家国情仇。

二十世纪三十年代，汉口大水，银行倒闭，母亲积攒下的一点钱一股脑儿泡了汤，但母亲没有落泪。

十年后，客居东台的家院被日本飞机炸平，全家变成难民，落荒而逃，母亲也没有流泪。

又一个十年后，一家人落魄于本溪，在冷气煤烟混杂的狭小空间里，母亲落下哮喘的病根，她还是没有流泪。

二十世纪六十年代，父亲罹患绝症，一年后去世，母亲硬是没有在晚辈面前掉一滴泪。一年中，她日渐消瘦，直至骨瘦如柴，也从不见她哭泣。

那么，母亲是在什么时候流泪的呢？

直至父亲去世的第二年，当周维先将母亲送到杭州，与他的大姑三姑相见，母亲才跟父亲的妹妹们痛痛快快地大哭一场。

在苦难面前，母亲是周维先永远的老师。

所以，当周维先成了"文革小将"的阶下囚，遭遇"飞机式"批斗，被投进黑屋子劈头盖脸地毒打，直至被折磨得脖子终日痉挛抽搐，他仍然横下一条心：不管怎么着，要活！不管谁自杀了，我也不能自杀！母亲健在，我能轻生吗？刚刚出生的儿子还没见到，我能只身远去吗？

爱，让周维先挺立起来。

爱，让周维先熬过漫漫长夜。

爱，给予了周维先后半生的辉煌！

二

"致有为"是写给同学一年、相知一生的少年好友王有为的九封信。以这种书信形式写作，更适合追忆、倾诉和表达情怀。

大约在七八年前的一个冬日，我在《连云港日报》副刊上读到其中的《寻找往日》这一篇。记得读完之后，我禁不住潸然泪下，默坐良久。我被先生优美的文字打动了，被他对亲人深深思念的温馨回忆打动了，被他对童年、对故土的绵绵情思打动了。我后来把这篇美文转载到自己的博客上，在前面写了这么一段话：周先生是我敬重的长辈和老师，此文读后让我感叹良久。大家，真正的大家风范！先生还有一些忆旧散文发表在《雨花》杂志上，只要看到，我也都是细细仰读。

多年之后的今天，把这九篇书信体美文读后，我依旧心潮澎湃。

跟随先生的追忆，仿佛走进了被岁月浓缩的姑苏古城，凤凰街、船舫巷、沧浪亭、定慧寺……让人浮想联翩，对先生的童年有了更多更深的了解。

接着，从水巷纵横、粉墙黛瓦的优雅之地，走进被重重大山团团包围的钢城本溪，聆听少年周维先吟唱"共青团之歌"和苏联歌曲"再见吧，妈妈"，看到英俊少年把平生第一首情诗《女神》夹在书页里，悄悄送给了住在溪湖半山腰上的同窗女生任素斌，看到了他们近一甲子的相爱相守。

再接着，在书香浓郁的东北师大文学院，在长春南湖，在净月潭，在自由大街，我们看到那个风流倜傥的青年学子是何等的意气风发，也看到那个书声琅琅百花如云的黄金时代如何在一夕风雨之后繁华落尽黯然收场。

还接着，那个二十一岁的后生毕业去了内蒙古，本意是流放发配，但满目荒凉的鄂尔多斯成了他的疗伤之地。虽然被隔离被批斗，甚至受尽羞辱，但那些质朴的学生，明澈的眼睛，忧伤的长调，燃情的舞蹈，浊浪排空的黄河，善良剽悍的牧人……成了他一剂又一剂良药。他居然在异乡找到了故乡的感觉。多后以后，那乡愁竟还浓得像酒，醇厚而悠长。

哦，这是一种无以言表的大爱呀！

因为这大爱，才会有三十年后的六十万言长篇电视小说《鄂尔多斯之恋》。这就是爱的回馈。

三

"逝水墨痕"一章，就是写爱的回馈，命运的馈赠。

年轻时光一路蹒跚走过，头顶上那穹庐像一口大锅扣得死死的，可先生顽强地活了下来。几十年坎坎坷坷，让他学会爱，珍惜爱，却无法让他学会恨！这个世界上有没有坏人呢？季羡林先生的"坏人定律"有云，坏人是有的，是天生的，坏人是不会改好的。周维先出身名门，父母遗传给他高贵的基因,爱抚育他成长,他的善良天性永远不会改变。他又把爱的种子、爱的启蒙、爱的信息、爱的艺术传播人间。

四十不惑,他激情喷发,创作了江苏省粉碎"四人帮"后第一部大型歌剧《月亮花》。为了"月亮花"的开放,他至今深深感念那些爱他和他所爱的人。

紧接着,电影剧本《长相知》历经一场艰难跋涉,在《电影新作》发表,并由上影厂辗转至安徽厂搬上屏幕。那个相知故园、如兄如父的王士桢主编,可否听见周维先由衷的感佩?

连云港,山海相拥的东胜神洲,先生将父亲的衣冠母亲的遗骨合葬在青龙山上,这里因此成了他的家乡,他的福地。在这片古老的土地上,他生了两个儿子,儿子又生出两个儿子;他创作了一部歌剧三部电影十余部电视剧,都是关于爱的作品。《夏之雨·冬之梦》是为老人,《早春一吻》《小萝卜头》是为了孩子,《花开有声》则是为残疾人。

花落无言,人淡如菊。逝水之上,先生留下了重重的墨痕。

《小萝卜头》让先生捧回了金鹰和飞天奖杯。

《早春一吻》入围第十四届中国电影金鸡奖,获评委会特别奖。

《梅园往事》《花开有声》在央视黄金强档热播,好评如潮!

并因此获得江苏省劳动模范、江苏省十佳电视艺术家、中国百佳老电视艺术工作者、江苏省文联六十周年艺术贡献奖、连云港市文联三十周年终身成就奖等殊荣。

先生的影视作品在此不敢妄论，谨就这部散文集而言，其文字呈现了难以企及的高贵品质，可谓高山仰止！

　　多年以前，我的挚友张亦辉说：他，是行走在大地上的上帝！

　　这个人，就是周维先。

飞扬与梦想

——读王成章长篇报告文学《国家责任》

拿到王成章先生这本《国家责任》后,我正好出了趟远门,一周时间,随身的行李包里就装着这部厚书。说实话,面对一本近六十万言、五百多页的大部头,我是有敬畏心理的。但当我打开这本书,读了寥寥几页之后,我就知道,这是一部值得潜心阅读并与我随行万里的书。等到我被深深吸引并在途中读完这本书的时候,更是禁不住掩卷赞叹:这是一部真正意义、货真价实的大书!

《国家责任》是一部报告文学,或者说非虚构文本。本书的主人公张国良,在连云港这座城市,可以说家喻户晓。媒体上时有报道,那么大的企业雄居港城,随便拉个人都能说出个一二三来。写这样一个超高知名度的人物，是有超高难度系数的。而且张国良本身就有很高的文学素养，出过三本散文集，文笔相当了得，一般水准的作品岂能入他的法眼？记得当时听说王成章在创作张国良及鹰游集团的报告文学，我还真为他捏了一把汗。

但《国家责任》这本书写成了，厚重、扎实、文采飞扬及满满的正能量，超出了我们的预期，据说也超出了张国良本人的预期。著名评论家丁晓原在综述2015年全国报告文学成果时评价：《国家责任》记录了碳纤维企业站在行业制高点上，打造"面向全球崛起品牌"的创业史；观照行进中的中国，讲述了精彩的中国故事，洋溢着时代精神。

这本书取名《国家责任》，就意味着这是一部表现重大题材的宏大叙事作品，既要立意高远、气势如虹，又要场面博大、纵横捭阖。这一点，王成章先生做到了。

《国家责任》是有关张国良的第一部传记，也是一部企业成长的真实记录。张国良，这个时代的弄潮儿，经过三十多年的卧薪尝胆、栉风沐雨，将一家濒临破产的纺织机械厂发展成现代化的企业集团、国家级重点高新技术企业；他与他的团队突破了欧美日等国对碳纤维的严密封锁线，以背水一战的勇气，克服千难万险，创造了中国碳纤维的神话，圆了国人四十多年碳纤维"中国造"的梦想。我们从张国良不平凡的创业史中，从一个侧面看到了我国改革开放三十多年波澜壮阔的历程。

张国良是一个传奇，是一座城市的精神标杆，是这个时代的英雄。他所创立的鹰游集团，为地方经济树立了一座丰碑。张国良说，企业就像一条船，工人在船上时都有一种安全感，如果船沉没了，一个人抱着救生圈在海上漂流，那种感觉是多么的孤独！所以张国良说他自己经常做噩梦，梦见几千人没饭吃了，这就使他有了深刻的忧患意识，有了更大的理想和担当。他走出的每一步，都担负着谋求企业自身发展与造福国家、行业及社会的双重责任。为此，他立下"为祖国争光，为民族争气"的宏愿，如夸父追日，为了梦想奋斗不息。他的个人理想和奋斗与伟大时代的"中国梦"交相辉映！音乐家卞祖善评价他是一个有道德有良心有大爱的企业家。"中国现在有一个张国良，中国需要更多的张国良；他是连云港的骄傲，也是中国的骄傲！"

《国家责任》是一部正气浩然、激情昂扬的英雄史诗。张国良的创业实践和鹰游企业的成长历程是贯穿全书的主线，一个个精彩故事像一颗颗珍珠串联在一起。书中描写了张国良与胡锦涛的五次会面，以及李克强视察神鹰碳纤维公司的情形，中央领导对碳纤维事业的关怀和支持，给予张国良和鹰游人极大的动力和鞭策；书中还详尽描写了几任市委书记等地方领导对张国良及鹰游集团的关心和支持，描写了张国良与中国建材及国药集团双料董事长宋志平的"英雄联盟"，描写了张国良与"怪球手"王奇的"不打不相识"，描写了张国良与科学家师昌绪，音乐家卞祖善、盛中国等人的交往，描写了张国良与奥运冠军杜丽的"舅甥"情……同时，作为一部企业成长史，作家也不吝笔墨地描写了张国良创业团队及鹰游人的群体形象。这里面包括"我们十个人"的其他九位,包括第十一个人、与张国良惺惺相惜的张应东,包括敬业勤勉、美丽细心的刘燕,包括从毛巾厂过来的赵斯珍,包括伴随着鹰游一起成长的郑江文、叶燕平、李学波、徐同强、张毅以及更年轻的陈秋飞、迟玉斌等人,包括张国良的儿子、"创二代"张斯纬,还包括那两名因违反厂纪被开除后又重新回归的员工……这些人物故事精彩纷呈,真实感人,给人留下了深刻的印象。

文学性与知识性的高度契合,也是这部作品的一大特征。通过阅读此书,能学到许多过去闻所未闻的知识。比如说,什么是碳纤维,什么是"鹰文化",什么叫烫光辊,什么叫"休克鱼"理论,还有运动自行车的组装、小提琴的制作工艺、毛毯的三次技术革命等,还有四特酒的由来、张国良那个"鸡鸣三省"故乡小村的历史沿革等,甚至还有鹰游山、小海、大浦这些地名掌故等等,说古论今,纵横天下,涉及高科技、新材料和历史、地理、人文、体育、中西方音乐等多个领域,令人大开眼界。

《国家责任》把握时代的脉搏,营造宏大的社会场景,同时,作家以细腻灵动的笔触,探入人物丰富幽微的内心世界。比如写张国良当厂长后的三次落泪,写他居安思危、商海沉浮的梦境,写他含而不露、埋得深深的激情好像"那种离地表很远的强地震",写他每每做完一件大事,都爱到海边看看那滔滔白浪,听听那振聋发聩的涛声,写他志存高远、奋勇搏击的鹰之梦想……通过内心活动的成功挖掘,人物形象变得血肉丰满。张国良既是一个传奇英雄,也是一个普通的人,一个平凡的人。正如一名鹰游员工所说，他是一个和蔼、幽默、威严的人，一个理智、善良、勤劳的人，一个负责任、有爱心的人。他作风硬朗、铁骨铮铮，在内心深处也有一块柔软的角落。男儿有泪不轻弹，只是未到伤心处。当慈母离世、老员工退休、企业取得重大成果之时，张国良抑制不住的深情和思绪瞬间化作泪水夺眶而出，尽情流淌。这泪水是对亲人的依恋和难舍，是对并肩作战的兄弟姐妹那份诚挚的情怀，是百折不挠取得胜利的喜悦！

  这是一部彰显人情之美人性之美的力作。本书开篇，张国良与高慧火车上邂逅，由此结下一生的姻缘，相濡以沫，忠贞不渝，这样的爱情故事仿佛一个传说，与时下一些大款富贾的纵情声色形成鲜明对比；张国良是个严父，也是个柔情似水的男人，儿子结婚时，他在台上致辞，讲到多年来因忙于工作，没能陪孩子看过一场电影、去过一次公园，那一刻他数次哽咽，情到深处，感人肺腑；母爱是温暖和滋养张国良心灵的光华，母亲教他做人要有大海一样的胸怀，他对父母、岳父母、小姨以及对家乡的浓浓感恩之情更是动人心弦。大孝有大忠，正是这份深沉真挚的孝心，让他情牵梦绕家乡那片土地，多次斥巨资无偿支援家乡建设；在国家有难时，义无反顾地捐出上千万的救灾物资；在国外技术封锁时，他夜以继日地钻研并蹲守在生产第一线，只为早日生产出国产化的碳纤维原丝。

  张国良是个有大爱的人。书中有一节写他的"呼伦贝尔之爱"。张国良到内蒙古呼伦贝尔考察市场，无意中获悉边防战士"喝劣质水"、严重危害身体健康的问题，他连夜找到军分区领导，第二天一早就赶往祖国版图"鸡冠子"最顶端的边防哨所了解情况。战士的困难牵挂着他的心，让他夜不能寐；对保卫祖国的军人，他有一种天然的浓烈的爱！这个中秋节，他年逾八旬的母亲特地从老家来看他，他都没有陪陪老母亲，而是带着专家又赶到边防哨所，将月饼送到战士的手中，并和专家现场测量、设计方案。在短短的半年多时间，他三上北疆哨卡，为边防连队安装了十套水处理设备，解决了官兵们的吃水问题。从黄海之滨到呼伦贝尔大草原，张国良的情感世界像大海一样深邃，像草原一样广博。

书中另有一节，写的是张国良救助何平平的故事。为了拯救这个身患尿毒症的濒危女孩，他在三年时间里捐助了六十多万元，终于让她做了换肾手术，给了这个原本素不相识的贫困女孩第二次生命。相信每一个读者看到这里，都会被触动心弦。这是最无私最纯粹的人间大爱，这是一个企业家回报社会、传递正能量的崇高情怀。

王成章先生是一位兼写报告文学、诗歌和小说的"三栖"作家，他的长篇报告文学《抗日山———一个民族的魂魄》相继获得江苏省"五个一工程奖"、第五届"紫金山文学奖"和首届"石膏山杯"全国征文大赛奖，可谓实至名归。为了创作《国家责任》一书，他深入采访调研，收集了大量翔实的资料；创作过程中，他用情用心用力，把诗歌的浪漫情怀、小说和散文的叙事笔法，融会贯通加以运用，形成了独特的艺术风格。书中"怪球手王奇与夜袭张楼"一节，写得悬念迭起，曲折离奇又妙趣横生，人物性格跃然纸上，颇似一篇独立成章的小说。建设碳纤维厂的"大浦会战",白天对付苍蝇,晚上对付蚊子,环境之艰苦如同当年铁人王进喜的大庆会战;在碳纤维生产线模拟试车之际,面对重大风险,张国良三天三夜没离开控制室,七十四天没离开生产线,心里时常有两种声音在打架,如履薄冰,如踩着蒺藜行走,身体和心理的煎熬都达到了极限。这些描写细致入微,甚至惊心动魄,逼真地再现了当时的恶劣环境和紧张气氛,成功塑造了典型环境中的典型人物。

"呼伦贝尔,我的爱"一节,则像一篇优美的散文,写景抒情,情景交融,让人如临天高云淡、辽阔壮美的北国边陲,如沐边防官兵的挚热情怀,真切地感受到张国良的深沉大爱和赤子之心。读者阅览的过程,犹如接受一次心灵的洗礼。再如书中多次描述鹰及鹰文化,以及春天、大海、月色等景物,仿佛一阕悠扬婉转的旋律在反复咏叹,一波三折,首尾呼应,对人物的刻画起到了很好的烘托作用。纵观全书,诗歌、戏曲、音乐、绘画等多种艺术手法的有机啮合并产生叠加效应,谋篇布局采用西洋画法的焦点透视,主线副线同频共振交相辉映,抒情叙事更像一部散文巨制,显示了作家扎实的学养功底和高超的写作技巧,也让读者领略到了报告文学这一文体的开阔视野和浑厚魅力。

琐屑与厚重

——读陈武中篇小说《吴小丽一周的琐屑生活》

大约经历了三四年的平静和休整，陈武的小说创作再度发力，先是《火葬场的五月》被《中篇小说选刊》以头条选载，接着《支前》和《吴小丽一周的琐屑生活》在《小说选刊》梅开二度。作为一个在省内外颇有影响的实力派作家，陈武小说创作的回归及其题材上的创新，引起了文坛的瞩目。

《吴小丽一周的琐屑生活》发表于今年第七期《湖南文学》，《小说选刊》随即在第八期予以转载。正如篇名的释义，这部小说描写的是小学教师吴小丽一周的琐碎生活。从周一写起，吴小丽的生活被作家事无巨细地铺展开来：她从清晨五点多钟便懵懵懂懂地起床，然后一手牵着九岁的女儿，一手提着布袋，紧走慢赶地出了小区，换乘不同车次的公交，从城里赶到任教的乡镇小学——洋浦小学。当公交车路过枫林路口的小树林时，她的脑海里有一段闪回，那是她和区文广新局局长黄新疑似暧昧的交往经历。对了，吴小丽还是个好学上进的青年书法家，与黄新交往，她有个功利性的目的，想借助黄新的关系，调到市书画院。尽管她知道，这个想法有点虚幻和不切实际，她也知道黄新想要什么，但还是身不由己地跟他接触。

小说的开篇看似絮絮叨叨一地鸡毛，实则是作家的精心布局。各色人等粉墨登场，人物的性格特征、关系构架显现雏形，关键是吴小丽的内心冲突也随之打开，小说的厚重内涵便在琐屑的表象之下渐渐凸现。陈武的小说语言鲜活灵动，风趣幽默，虽然写的是琐碎生活，但从容不迫，充满自信，读者一旦进入阅读状态，便会被牢牢抓住，渐入佳境。

那么，接下来从周二到周末，吴小丽又做了哪些琐屑之事呢？周二上午，住在洋浦村老家的吴小丽跟数学老师调了课，进城到瑞雅轩书画店送扇面，店主周师傅帮她卖些字画，让她挣点小钱（一张扇面三五十元而已）。就在这个时候，黄新打来电话，先是把周师傅臭贬一通，还到车站接送吴小丽，无非又是一番诱导和暗示。从吴小丽与黄新、周师傅等人的交往中，我们看到了她日常生活的另一个侧面，这是有别于教师生活和家庭生活的另一种生活，她所接触的也是有别于小学同事的另一群人。也许这就是一个小城市书画界的缩影，光怪陆离，鱼龙混杂，这么一个真诚孤傲的文弱女子要想在此崭露头角,实现自己的艺术家之梦,要付出怎样的代价啊!看到这里,我们已经有些怜香惜玉心疼吴小丽了。生活的细部是最能触动人心,让人感同身受的啊!

周二晚上,吴小丽像往常一样,先检查女儿的作业,再练练书法和古琴。但是,同丈夫陈大华的通话,却牵扯出两个重要信息:一是陈大华得到了公司副总郭蓓蓓的赏识;二是他们的夫妻之事已经变得毫无激情像是例行公事,因吴小丽来了"特殊情况",本周三的"例行公事"也将临时取消。

周三,作家给我们展示的其实是一个小学教师的"非日常生活"。打扮得跟新娘子一样的大朱老师出人意料地打扫卫生,市教育局孔局长突然驾临洋浦小学检查工作,以及大朱老师与孔局长对视时情深款款的眼神,这些事情都是"非日常"的,平时碰不到的。而无意中窥见的隐秘让吴小丽精神恍惚,突然感到"生活变得好复杂"。

到了周四,前一天的种种怪象得以揭晓,原来貌不惊人的大朱老师早就付出更实际的代价,攀上了孔局长,她也就时来运转,即将从偏僻的乡镇小学调到市区,而且直接进入市教育局教研室。这无疑让吴小丽的心情更加纠结。当天下午,吴小丽在装裱店巧遇书画掮客古一玄;周五,她开工抄写《海湾赋》。这些看似漫不经心的闲笔,实际上是对小城书画界乱象更深的揭示。

别人的周六是用来休息的,吴小丽的周六却要为生活打拼,要给三个书法班的孩子教授书法。但是,这个周六却发生了两件大事,犹如晴空霹雳在吴小丽的头顶炸响。一是四天没有消息的黄新被市纪委双规了,她多年的努力(就差没有上床),托付于他的调动进城的事也就宣告泡汤;二是她下午提前回城,进了家门,竟撞破了陈大华与郭蓓蓓的奸情。这两件事前一个虚写,后一个实写,虚虚实实,皆惊心动魄,令吴小丽近乎崩溃。她生活的天空坍塌了!她努力着,真诚地面对生活,到头来得到了什么?误解、背叛,所有的努力付之东流。现实的打击让她感到无力,连自己错在哪里都不知道,只能重新开始。

一周,是小学教师的工作周期,也可以看着吴小丽生命的缩影。一周时间结束了,小说也走到了终点。浅层的生活表象之下,实际上暗流涌动;这个残酷的结局既出乎意料,又在情理之中。掩卷之余,读者对吴小丽生活的骤然之变和人性的复杂生出无限感叹。

作家的创作离不开生活,尤其是对生活细节的描写更能体现其功力的深浅。编了几年"校园美文",陈武对小学教师这个群体有了更多的了解;跟多位书画家交朋友,让他对这一行的现状和内幕熟稔于心。因此,写起吴小丽一周的日常生活,他得心应手,准确到位,真实地展现了生活的本色和质地。是啊,生活的表层是琐屑的,而生活的内核和本质是厚重的!

几年前,有评论者把陈武的小说分为乡村和城市题材两大类。乡村题材多以童年视角切入,城市题材则以"城乡结合部"为背景,以"城市边缘人"为主角。但他的近期作品,无论是题材的丰富性、挖掘的深度与广度,还是历史与现实的厚重感,都有深层次的拓展。读了这部小说,我们有理由相信,陈武的小说创作一定能够有更大的突破。对此,我们充满了期待。

涤荡灵魂的力作

——读颜廷君中篇小说集《爱到不能爱》

我是利用周末时间一口气读完《爱到不能爱》的。这本小说集收录了颜廷君近年创作的四部中篇小说，不久前由上海人民出版社出版发行。四部小说可谓篇篇精彩，引人入胜，让我在阅读之余回肠荡气爱不释手。

《爱到不能爱》这部中篇小说描写的是光怪陆离的现代都市生活。富豪之子金成龙以"英雄救美"的方式，费尽心机地搭讪了影视学院女生艾米，但前任女友马骊骊以怀孕为由不依不饶地缠上了他。单纯善良的艾米被金成龙伪装成"打工仔"的表象迷惑，对他的"失踪"牵肠挂肚。金成龙心烦意乱，被逼无奈，与马骊骊奉子成婚，岂料马骊骊婚后产下一个"黑孩子"——原来她怀的是另一男友非洲留学生丹尼尔的孩子。金成龙的荒唐作孽给他百病缠身的父亲致命一击,老父去世后,他当上公司总裁,他的"滥情"习性仍没有改变,又盯上了新聘秘书马娅。马娅爱的是留学日本的张琦,"在金成龙与张琦之间作选择,说白了是对金钱与爱情的选择"。所以,当金成龙遭遇众叛亲离、公司就剩一个空壳之时,她毫不犹豫地又投入张琦的怀抱。短短一年时间,金成龙经历了生死离别、盛衰荣辱,恍若隔世,此时他想到了艾米,也只有艾米的心里一直守候着对他的那一片痴情。噩梦醒来是早晨,金成龙通过了艾米室友们的"爱情测试",犹如历经了一场灵魂的洗礼,他找到了自己的真爱。

我以为,《爱到不能爱》这个篇名起得特别棒,浪漫时尚,寓意深刻。一层意思是爱无止境,爱到永远;还一层意思是爱亦有界,既不能放纵情欲地"滥爱",也不能让爱情沦为金钱物欲的奴隶。

《流莺时代》原名《莫妮卡》,发表于《南方文学》杂志,描写的也是以大上海为背景的当下都市人生,当时就已赏读。结集前,作者作了较大篇幅的修订,这次再读,果然是内容更加充实,文字更加洗练。据说"流莺"二字取自李商隐的诗句:"流莺漂荡复参差,度陌临流不自持。"

莫妮卡是个女海归,自创文化传播公司,庄元是大学教授,经常受聘于莫妮卡的公司外出讲课,他们的关系好似无话不谈的"闺密"。莫妮卡与汤姆结婚两年,便因汤姆违背"不要孩子"的约定而离婚,这次她以招聘总经理助理为名,实则是想挑选一位如意郎君，最终入选的是"三号"瑞恩。莫妮卡与瑞恩的关系飞速发展，准备谈婚论嫁，为了避免重蹈覆辙，莫妮卡派下属华丽丽利用出差机会"勾引"瑞恩，谁知瑞恩和华丽丽一见钟情，双双背叛了莫妮卡。庄元安慰她："瑞恩能背叛你，就能背叛华丽丽，她的苦头在后头！"莫妮卡召回招聘会上落选的"六号"东健，怕夜长梦多，与之闪电结婚，又因AA制协议产生纷争，两个月后便"闪离"。庄元劝她"开发右脑，感受幸福"，并要"用心调教男人"。莫妮卡吸取多次婚变的教训，与周道试婚，并让周道进修烹调技艺、学习商务礼仪，试图把他打造成一个合格的绅士。然而周道试婚一百天后便连夜逃之夭夭，还留下纸条一张："你是武则天，我是太监；你是老师，我是学生；你是我妈，我是你儿子。"莫妮卡于迷惘中又一次请教庄元，跟庄元在一起，她突然感到从未有过的静谧和安逸。众里寻他千百度，蓦然回首，那人却在灯火阑珊处。

《鸟的天空》发表于是2012年第六期《钟山》杂志，甫一见刊，就赢得读者和评论界的一致好评。说到推销保险，大家恐怕都不会感到陌生，但读过这部小说，也许你会平添一番新的感慨。小说是从生活进入窘困状况的一家人开始切入故事情节的，女儿颜小芹，实在耐不住愈见穷困的家境并希望早日挣钱让父母过上好日子，准备抛弃推销保险的工作随吃青春饭的表姐去上海闯荡，而文化不高、身有残疾的父亲颜子义为了留下女儿，双方约定，父亲在一个月内推销十份保险，女儿就不再离家出走。接下来，颜子义以坚韧的执着、正直的为人，硬是从看似一毛不拔的私企老板于得贵那里签下了保单，使得原本很不看好他的一众人等大跌眼镜。作品从一个另类角度，细腻地捕捉了保险推销员身份卑微却又不甘屈服于命运的倔强个性，也以幽默传神的文字，为当代文学画廊增添了一个保险人的典型形象。过去我们都特别讨厌上门推销保险的人，而恰恰忽略了这个群体潜藏着的心境，也很少去思考这方面问题，读过小说后，我心情酸涩，颜子义这个艺术形象被塑造得鲜活生动，几乎没有大话套话，由他而引发的对真情和良善的追求都让我们万分感动。

《灵魂的歌声》是这本小说集的压轴之作。为了创作这部小说，作者曾亲赴川西羌寨采风，又阅读了大量的羌族文史资料，所以下笔如神、言之有物也是必然。

羌族青年吉格离开家乡三年后，又回到老家纳古寨。吉格的心里，还装着与他青梅竹马的恋人依娜，但所有的人都早已告诉他，依娜已在汶川大地震中遇难。吉格陷入深深的自责，认为是自己去了北京，没有跟她在一起，如同临阵脱逃，陷依娜于死地。依娜的父母有意让其妹妹依莎嫁给吉格，原来这也是依娜的愿望！更出人意料的是，依娜并没有死，她在大地震时毁了容，变得面目全非，便再也不愿以残破的面容，面对自己深爱的人。那个《羌魂》剧场戴着面罩的歌者，那个在月夜雕楼上歌唱的"鬼魂"，其实就是依娜！因为深爱，所以"以死相瞒"，所以永不面对。这种爱最凄苦最残酷！吉格的心被深深地震撼，他发誓，要一辈子看着依娜残破的脸，这是世上最美丽的脸！文章结尾，新生儿一声响亮的啼哭告诉我们一个圆满的结局：有情人终成眷属。

小说以吉格回乡追寻爱情为主线，穿插了大量的羌族风俗人情描写：《开城歌》大气磅礴，《咂酒歌》优美动听，黑虎寨浩然凌云，《羌魂》剧场宛若仙境，萨朗舞精彩纷呈，释比文化神秘莫测……这些原生态场景和风情画面的生动展现，可见作家的用情之切、用心之深。

颜廷君在《钟山》等刊物发表过多部长中短篇小说，近百万字的长篇小说《彼岸》三部曲也已杀青。这四部小说在结构上各有特色，构思严谨，布局合理，张弛有度，步步深入；小说语言风趣幽默，新颖奇峻，简洁明快，尤其是人物对话，闻其声如见其人，自然而贴切，精准且独特，足见其创作功力之深厚。作者已将《鸟的天空》《爱到不能爱》两部中篇改编成电影剧本，其余两部作品的改编也进展顺利。也许在不久的将来，我们就能欣赏到由这些小说改编的影视作品。

顽皮少年演绎抗日传奇

——读短篇小说《哈瑟的第一枪》

读了张宜春先生的短篇小说《哈瑟的第一枪》（载《雨花》2015年第七期），我的第一个念头是，我要跟李哈瑟攀亲戚，我得管李哈瑟叫大伯。因为我的祖籍就在张作家笔下的"潢源县"，我们这一支李氏家谱是"泰安宗裕庆，传家大启祥"，我排在"家"字辈分。李哈瑟的真实大名叫李传福，那不就是我父辈的排行嘛。我的嫡亲大伯李传珍，也曾是我们家乡锦屏山武工队的抗日战士。

宜春先生的年龄比我稍长，我们虽然交往不多，但我知道他是个挺有资历的人。他做过中学教师、县委秘书、乡镇党委书记；他的小说写得很棒，在《钟山》《长城》《小说月报》这些刊物上发表长中短篇小说多部，是中国作协会员。但他很低调，发表小说时，多数署的是笔名。《哈瑟第一枪》应该是他的钟爱之作，发表时他署了真名。

《哈瑟第一枪》是个传奇故事，但作家开头就搬出了潢源县志，让你相信这是个真实事件。历史与现实，时空交错，读者一下子就进入了那个兵荒马乱的年代。作家抓住了读者的心理，首先告诉你，哈瑟不是洋名，而是潢源县的方言，相当于东北话"得瑟"。这个李哈瑟也就是个乡间"没正行"的十五岁少年，甚至是个一出生就克死娘亲、被族人准备扔进乱葬坑的"死孩子"，所以还有个名字，叫大命。

大命没爹没娘，命如草芥，在二叔家长大，有点像野藤野蔓似的野蛮生长。那天日本鬼子在街上巡逻，把一块烧得通红的煤核踢到他的脚下，他的"哈瑟劲"一下子上来了，"嗖"地把那颗煤核又给踢了过去，正好崩到一个戴眼镜的鬼子脸上。这一脚非常符合大命"没事找事的恶作剧"性格，这一脚也把鬼子兵的伪善面具扯了下来，他们竟然残忍地逼迫大命吃下几块滚烫的煤核。大命又险些撂命，幸亏二叔给他灌下豆油和猪粪尿，他才死里逃生。

大命从此跟日本鬼子结下深仇大恨，他成了县城第一个胆敢捉弄鬼子兵的"哈瑟"主儿。鬼子兵到沙汪河洗澡，被大命发现，他的"哈瑟劲"又上来了，偷偷把鬼子兵的衣服拢到一堆，塞上大石头，扔到了河里，让一帮鬼子兵精腚拉磋逃回兵营，威仪扫地，颜面丢尽。日本鬼子恼羞成怒，要报复"哈瑟"，没抓到大命，却害死了大命的二叔。二婶也从此疯了。

大命成了乡间的"灾星",没有人搭理他。他只好潜入二叔的老东家张三爷家,弄点衣物干粮活命,还顺手把张三爷私藏的一把土造盒子枪卷走了。枪里只有一颗子弹,大命没事就穷"哈瑟",躲在没人的地方,端着枪瞎乱瞄准。清明节快到了,大命想到城里买烧纸给二叔上坟,哪知日本鬼子建了炮楼,设了岗哨,他进不了城了。大命躲在护城河坡上,看到了炮楼上那个逼他吃煤核的"四眼"鬼子,他下意识地掏出盒子枪,瞄准了仇人。一个放羊老头经过此地,一声喝问,惊得大命扣动扳机,射出"哈瑟第一枪",撂倒了炮楼上的鬼子兵!

这一枪是潢源县抗日第一枪,击毙了日军士官村社一郎,李哈瑟因此上了潢源县志。这一枪也招致日本鬼子的疯狂报复,他们包围了哈瑟所在的碱滩村,打死了他的疯二婶和几个村民,烧毁了一百多间房子。村邻们认为这是"哈瑟鬼"大命惹的祸,连累全村人遭殃。大命在潢源待不下去了,只好逃到外地,后来真的当上了八路。但大命得了一堆军功章后,还是回乡当农民,村邻们仍旧叫他哈瑟。

说到底,李哈瑟是个顽皮少年,是个草莽英雄。他不同于抗日小英雄雨来、送鸡毛信的儿童团长海娃,与家喻户晓的小兵张嘎也相距甚远;他既非儿童团员,也非基层民兵,甚至连个"走上革命道路"的引路人都没有;他是个异类,是个叛逆者,其顽皮程度更甚于小兵张嘎,而他的乡亲乡邻,是饱受欺凌、有着典型民族劣根性的人群,他的"哈瑟"行为最初被乡亲们视为祸端和灾难,他所处的环境比雨来、海娃、张嘎子等小英雄们还要恶劣,还要艰难!这就是真实的历史,真实的人物形象，作家没有违心地去拔高他塑造的人物，我们更不能苛求哈瑟和他的乡亲乡邻；民族的觉醒并非一朝半月一蹴而就，抗日战争是一场持久战，是中华民族八年的浴血奋战。哈瑟射出的第一枪，不管他是有意无意，但击毙了日寇，成了事实上的潢源县抗日第一枪。这是一次偶然，也是一种必然；是懵懵懂懂的一声枪响，也是石破天惊、唤起民众觉醒的号角！

　　看得出，宜春先生具有中国古典文学的深厚功底，深谙传统小说的叙述之道。这篇小说结构简洁，叙事流畅，文字精准，塑造人物丰富结实、栩栩如生。哈瑟这个人物，让人联想到《水浒传》里的李逵、阮氏兄弟、浪里白条张顺兄弟等经典形象，具有其独特的时代特征和艺术魅力。

　　宜春先生的家乡在位于苏鲁交界的赣榆区，那也是我祖父的故乡。"潢源"应该是作家以赣榆为背景虚构的地名。作家在小说中描写了赣榆的乡土风情，俚语方言信手拈来，读来亲切自然，风趣幽默。我在文章一开头就要认李哈瑟——李传福为本家大伯，想必大家能够理解了吧。

青春的芬芳格外香

默默耕耘

我与何尤之相识于二十世纪最后那两年。当时，省城一家早报在连云港设立记者站，我负责市区的采编和发行工作，尤之也应聘过来，一起为这家早报折腾了两年。

尤之原名何正坤，1984年从家乡阜宁县农村考上大学，跳出农门，四年后毕业于河北地质学院财会专业，是那个年代分配到港城寥寥无几的财会专业本科生。但尤之的工作似乎并不太顺，先是分配在皮塑公司下属的一家工厂，后来工厂倒闭，他又到一家展销公司上班。不巧的是这家公司兴起于机关大办三产之时，只撑了两三年就关门了，尤之这个满腹才学的会计师，便偏离"正业"，投靠到早报的通联站。

现在看来，尤之的这段经历跟他后来迷上文学颇有关联。在南小区那间简陋的办公室里，我们相识相知，成了交心的朋友、难得的知己。而我对文学的痴迷，一不小心把他给"传染"了。

那些日子，也是我"下海"五年、四顾茫然之时，搁笔五年重又开写的一个两万来字的小中篇发表了。我送了本杂志给尤之，没想到他看了以后，竟"跃跃欲试，有了写作的冲动"。我知道，尤之这么说是抬举我，区区一篇尚显毛糙的小说哪有这样的功效？倒是以他的聪明才智，只少许用心，写小说的那点神秘感当然一下子就让他参悟了。

新世纪的曙光里，尤之辞别妻女，到深圳求职。凭他的学历和资历，先后成为台资和日资企业的财务主管乃至行政副总。远离家乡和亲人的孤寂，让他在业余时间拿起了笔，先是诗歌散文，接着是一个个打工故事，陆续在南方的一些报纸和打工杂志上发表。2004年，他的打工故事集《让我走在你的外侧》出版，《南方都市报》记者采访了他，并以《写作杀死了我的孤独》隆重介绍了这位初涉文坛的打工作者。

从2005年开始，尤之不再满足于写故事了，转向打工题材的短篇小说创作。当时的打工文学品牌杂志《江门文艺》每年都要发表他的六七篇小说。

2007年下半年，尤之从深圳回连云港，他的小说创作向更加广阔的领域拓展，当然，打工题材还是他的强项。次年一月，他迎来了开门红，一下子发表了三个短篇小说：湖北《都市小说》发表了《寻找灵感的房间》；深圳《特区文学》发表了《通天的路》和《献给母亲的礼物》，该刊总编宫瑞华说："在同一期《特区文学》上发同一个作者的两个小说实属少有。"编者称赞尤之的作品中"有一种温情在轻轻地流淌"，"作者的切入角度和关注点是目前打工文学中所缺少的"。

2009年，尤之加入了江苏省作家协会，不久，中国国土资源作家协会也向他伸出了橄榄枝。近年，他相继在连云港的两三家企业担任高管，还在南京一家连锁金店干了一年多的总经理。繁忙的工作之余，他坦然地放下一切，从容面对电脑键盘，以文为乐，以文为趣，将绚丽的生活图案通过奇妙的文字编织出来，呈献给广大读者。

目前，尤之已在《雨花》《滇池》《绿洲》《阳光》《芳草》《福建文学》《山东文学》《安徽文学》《创作与评论》《西北军事文学》等刊物上发表中短篇小说百余篇，达一百五十万字，可谓大江南北遍地开花。2015年5月，他的短篇小说集《真水无香》由中国书籍出版社出版发行。这一组饱含温暖和挚情的短篇佳构，以幽默风趣的笔触，描绘了处于社会底层小人物的种种生存场景，展现了他们的喜怒哀乐以及平凡生活本真的一面。

尤之从深圳回来后，我们差不多每月都要聚几次。有一段时间，几乎每晚都在盐河边漫步长谈。在尤之身上，我看到了一个作家勤奋、敏锐、真诚博爱、内心柔韧的特质。我以为，在文学创作这条道路上，尤之一定会走得更远。

青春的芬芳

2012年前后,何尤之受友人之邀,到南京一家连锁金店任总经理。这一特别的机缘,催生了十二个"金店"系列中短篇小说,也为文学画廊增添了十二个婀娜多姿、性格丰富、独具人格魅力的金店女工形象。尤之已将这十二篇小说结成集子,取名《金店十二钗》,嘱我为集子写个序。

《最高境界》是"金店"系列最先发表的小说。在这篇小说里,作家把作为罗兰金店老总的"我"与十二位美女店员之间进行了情感定位,即小说女主人公紫夕所言:"男女交往的最高境界,是心贴得很近,身体离得很远。"在作家笔下,"我"和紫夕之间的关系是微妙的,"既贴不到一块,又不能分开;贴近了,紫夕给我降温,分开了,紫夕给我升温。"作家的内敛和"我"的克制在这里达成了一致,也把整个系列小说的格调以及人物的道德层面定位在一个理想的境界。在第一个出场的紫夕身上,已然看出作家塑造人物用心用力的方向:真实的人性之美和小人物独具芬芳的人格魅力。

两年前,我刚读到《沁园春》这篇小说时,就被弥漫其中的一种神秘氛围感染了。雾笼烟罩的山腰间,有块四五亩大的田园,昔日村姑、如今的金店营业员若影三天两头就要到这远离城市七八十里的地方种菜。这是为什么呢?谜底是慢慢揭开的。城里的徐老板是金店的贵宾,每月都来购买黄金饰品。他是冲着若影来的，他相中了从农村出来的"绿色环保"的若影，请她兼职种菜（金店女工都是上半天班），上山侍弄那些无污染、不上化肥农药、专供他那个富人圈子消费的原生态蔬菜。老板儿子徐唱，腻味了城里的娇艳女孩，也被这个清纯村姑深深吸引。

这块菜地是财大气粗的徐老板通过不正当手段花了大价钱弄到手的，被他视为可以旺子旺孙的风水宝地。而原本应该得到这块地的村民莫丢因此丢了媳妇，老母亲也深受刺激精神失常。在与莫丢的交往中，若影了解到这块地的真相，并跟莫丢产生了爱情。当然，这就意味着她要拒绝"富二代"徐唱的追求，随之失去一个重要的客户资源。在关键时刻，若影凸现了本真的心灵之美，而疯母恍如天意的"泼农药"之举与道德力量的绝地反击，最终让这块田园得以回归原主。

店长雨落的故事一开始就让人眼花缭乱：为了一单钻戒生意，她破例跟顾客皇小地回家取钱，哪知皇小地见色心迷，把雨落诓到刚买的新房里图谋不轨，岂料他们又在新房里撞见了皇小地的妻子小冯以及与之纠缠不清的初恋情人杨默。四个人搅和到一起，好家伙，这台戏不要乱成一锅粥啊！

作家给《雨落》这部中篇小说设置了一个高难度的开头。小说的主人公雨落不愧是个具备优秀素养的一店之长，她临危不乱处变不惊，在乱局中施展自己特有的魅力。她从皇小地入手，顺藤摸瓜，摸清了他家庭生活的真实状况，摸清了杨默的圆滑世故和对小冯的虚情假意，摸清了皇小地与冉冉的办公室恋情是多么不靠谱。在她的调解、安抚、撮合之下，皇小地和小冯重归于好。而风情万种善解人意的雨落店长，在挽救了别人行将破碎的婚姻之后，忽然发现自己的婚姻生活亮起了红灯。《雨落》展示了现实社会光斑陆离的时空场景，涉及再婚、婚外情、办公室恋情、客商潜规则等热点问题，对现代人的情感婚姻生活进行了深层次的思考。

《谁的江山，不是马蹄狂乱》也是一部中篇小说。年轻漂亮的花奴，要嫁给六十岁的亿万富翁徐老板；不为钱，只为自己的事业——做罗兰金店的销售冠军，她需要徐老板的扶持。实际上，徐老板公司的经济命脉并不由他把控，而是掌握在他的妻子和女儿手里。妻女的强烈反对，令曾经信誓旦旦要离婚娶花奴的徐老板成了缩头乌龟，因为一旦离婚，他就要被扫地出门净身出户，那么他"历尽沧桑、纵马驰骋而创建的伟业"以及"跻身名流"的荣光也将付之东流。花奴被抛弃了，妙龄女郎被六旬老汉抛弃，从高空跌落到平地，这落差太大，太伤自尊了。但在"我"和店长雨落的劝慰下，花奴最终恢复了自信，重新燃起了对未来的憧憬。值得一提的是，"我"冒充"花叔"（花奴的叔叔）身份，几次与徐老板及他的女儿周旋、斗智斗勇，情节生动，妙趣横生。

《浓雾》和《雪微》分别写的是店员风云和雪微的故事。看得出，作家写得很自信也很放松，匠心独具，从容不迫。总经理"我"在这两篇小说里参与和介入较多，与《最高境界》的路数接近，但结构更紧凑，文字更洗练。

《浓雾》中，"我"和风云从省城进货连夜开车返回，高速公路上忽然浓雾弥漫，车速一再放慢。一路上，风云讲述她的情感故事为"我"提神：她没有老公，和儿子一起生活，但她有个情人，是个有家室的警察，对她和儿子都很好。后来，消失了十三年的儿子生父出现了，这个当年玩弄她又抛弃她的有妇之夫，在老婆死后，竟跑来找她，要"收编"她和儿子，并举报了警察和她的婚外情。善良的风云为了不牵扯警察，只好忍气吞声地顺从了恶棍。讲到这里，车子到家了，但风云的故事并没有结束。十三岁的儿子因为早已把那警察当父亲，所以仇恨生父，在一次钓鱼时把生父推下南河溺亡，自己也失踪了。生活就像浓雾一样，让人难以预料。这样的悲剧结局在尤之的小说里并不多见，令人揪心而沉重，也发人深省。

雪微是罗兰金店最文静的女孩，她的为人如她的名字一样素雅纯洁、谦和低调。但是，这一次，她竟违反店规，将顾客看中的一款项链留下不卖，说是已被朋友预订了。雪微被罚款，自己垫资将项链买下，但朋友却迟迟没有取走项链，她因此陷入了"经济危机"。后来金价暴跌，朋友竟不要那根项链了。原来，她的"朋友"是金店门前扫大街的尹姨，老人想送一根项链给未来的儿媳，结果钱攒够了，原先看好这款项链的准儿媳却又变卦不要了，善良的雪微默默地承担了项链贬值的损失。雪微有一颗金子一般的心，她的善良她的品质她的思想境界，比金子比钻石更珍贵。

"的黎波里的硝烟"与金店女工有什么关系呢？喜丹的经历告诉我们，在现代社会，在这个风云变幻的世界，每一个人都不是孤立存在的，每一个人都与国际风云的变幻息息相关。

所谓覆巢之下安有完卵，城门失火殃及池鱼；反之，苏北平原上一只蝴蝶翅膀的偶尔振动，也许两个月后就会引起太平洋彼岸的一场龙卷风。《的黎波里的硝烟》是一篇具有大视野大格局的小说。"汶川大地震"让远在南方的喜丹经受住了爱情的考验；美国"次贷危机"致使工厂倒闭，喜丹失业，爱情的鸟儿随之飞走了；朝鲜炮击延坪岛，把"国际贸易公司"的生意搅黄了，喜丹再次失业；喜丹到了罗兰金店，正值利比亚首都的黎波里硝烟弥漫，金店老板玩黄金期货，误判形势，被美国人抑或卡扎菲坑了，金店巨亏，喜丹又面临被裁员的窘境。这个世界够大，这个世界够乱，这世界的波云诡谲折射到一个人身上，这个人就是整个世界！

逃亡与救赎

《投石冲开水底天》以传说中苏小妹与秦少游合作的一副名联之下联作为篇名，勾起人们探寻究竟的阅读欲望。而纵观文章的结构，也确实是先投石问路，设置悬念，再抽丝剥茧，步步深入，直至事件的诡异真相。

与"金店"系列的其他篇什一样，罗兰金店的总经理"我"仍是这部小说的重要角色。"我"既是旁观者，又是参与者。文章开头，"我"在小酒馆"天街小雨"里静候失联一个月的信彤"浮出水面"。美女店员信彤是在金店里被挟持走的，寒光闪闪的刀尖抵在她的白颈上，"死亡如悬崖在她的脚下"。可一个月后，她竟然安全而平静地回来了。这不禁让人浮想联翩,难道一个月时间,就能化腐朽为神奇?难道信彤和男劫匪之间发生了颠覆我们想象的事情?"包括性,是先情后性还是先性后情?"——这不是没有可能。媒体上有过报道,劫匪将女子囚禁在地窖里,女子沦为性奴,但时间一长,女子竟得了"斯德哥尔摩综合征",不但不恨劫匪,还对他充满感情。

　　文章开篇的悬念,让"我"疑窦丛生,也吊足了读者的口味。接着,我们得知,那个劫匪已经到派出所自首了,信彤居然很关心他,不想让他蹲监狱,并托"我"去找警察说情。"我"到派出所找老季,这是个喜怒形于色的警察,"发怒时像个披着羊皮的狼,高兴时像个披着狼皮的羊"。但就是这个老季,一眼就看出了问题:你们被劫为什么不报警?又为什么帮劫匪说话?

　　读者的眼球已经被牢牢拽住了。直到此时,作家才通过"我"和信彤的对话,不动声色地剥开故事的外壳。

　　先回放出事的经过:那个叫福海的劫匪将玉镯套在手腕上,拔腿想溜。恰巧这时候传来警车声,福海暴躁起来,随手拿起柜台边上的一把剪刀,将死命钳住他胳膊的信彤胁持而去。——信彤后来得知,福海开始并非想要劫持她,但听到警车声后,以为金店已报警,才挟人质而逃。而事实上,当时在场的金店邓老板仿佛有先见之明,阻止了报警,"不就是丢了副玉镯嘛,才值两三千"。"劫匪劫持人质,是为钱财,非不得已不会伤人。如果报警,把劫匪逼得走投无路,反而不利了。"在他看来,只要不出人命,"(劫匪)大不了把信彤睡了,多大的事啊"。

信彤被劫持到七八十里外的荒山小院里，她怕福海动起邪念，打算跟他拼命，而福海非但没有对她下手，还动作轻柔地给她拍打手背舒筋活血，还脱下外套给她遮风挡寒，还下山买来鸡蛋饼给她充饥。随后几天，他们从相互提防，到渐渐有了交流。原来福海有着极苦的身世，他尚在童年时，父亲猝死在加班的流水线上，母亲远走他乡，再无踪影；与他相依为命的七十多岁奶奶从未戴过手镯，他想偷一只手镯给奶奶；福海虽是惯偷，但他不偷穷人，专偷老板款爷富婆……福海的身世和孝心感染了同是身在他乡的信彤，她开始理解他了，甚至对他产生好感。刚开始时，是福海怕坐牢，想等"事情说清楚了"再放信彤走；后来，信彤劝他自首，并心甘情愿地留下来，如知心朋友般相互照顾，如天使般救赎他迷茫的灵魂。

写到这里，作家笔锋一转，让"我"主动请缨，再去找派出所说情。但老季和所长的态度让人越发蹊跷：自首肯定会宽大处理，但法不容情，别说偷玉镯给奶奶，就是捐给灾区也没用，而且这个案子另有隐情。此处迂回曲折，又生悬疑，足见作家构思之巧妙、布局之精当和把控叙事节奏的能力。

真相就在"水底"。当"我"和信彤又一次相约到"天街小雨"，她道出了事情的真相：福海是受邓老板的指使，来到信彤负责的柜台行窃的。金店规定，丢一赔三，福海只要得手，信彤就要受到老板的责难，就要受到经济处罚。——邓老板为何出此损招呢？原来有一次他在办公室对美女信彤图谋不轨，信彤奋力反抗还吐了他一脸口水，他便恼羞成怒，想到了被他抓过把柄的小偷福海……事情就是这么诡异，并非石破天惊,却也令人惋叹,令人沉思。

　　何尤之的这部中篇小说有个显著的特点,就是用对话承担叙事的功能。整个文章由"我"和信彤、"我"和警察老季及派出所所长、"我"和天街小雨的女老板等人的对话构成,故事的展开、铺垫、高潮,也都依仗对话来实现。这种写法在传统小说的写作中,是一种难度系数极高的方式,也是类似于古典戏剧的方式。把对话写得闻其声如见其人,已属不易,再以对话构筑全文,更是难上加难。但尤之运用得行云流水、轻松自如,而且妙趣横生。你看"我"和信彤的对话,虽然开始时有些拘谨,但渐渐变得融洽,真诚、友善、温暖,切合人物的性格特征;"我"和天街小雨女老板,因为是陌生偶遇的关系,又处在小酒馆这一特定场合,他们的对话活泼、逗笑,甚至掺杂着暧昧和轻佻;"我"和警察老季的对话,双方都显得机智、谨慎,却又不失幽默。但这种叙事方式的不足之处也显而易见,因为缺少人物特征的刻画和人物内心的描写,信彤和福海等人物形象显得不够丰满,某些人物行为细节的合理性也有待商榷。

　　何尤之的"金店"系列小说还有《圆缺》《窥乳》《序幕》《珠宝的传说》等,我虽未全部阅读,但已读的篇什称得上精彩纷呈,足以展现他的才华和创作实力。作家是在为小人物立传,笔致是那样的幽静风趣,情感是那样的挚热温静,情怀是那样的悲天悯人;作家笔下的人物,虽然处于社会底层,但活出了尊严,活出了精彩,无不闪现青春魅力和人性光华,她们的悲欢离合谱写了时代的旋律。当然,物欲之下人们心灵的迷惘困惑，感情的倾斜塌陷，价值的嬗变，道德的沦丧，也被揭示得淋漓尽致，显示了作家应有的善良本质和责任意识。尤之的小说语言干净、文字流畅、幽默诙谐、节奏明快，而且结构巧妙、布局合理、故事性强，给读者带来阅读的快感和美的享受。

最是故乡情

——读卢明清散文集《猴嘴散记》

认识卢明清是在三四年前的一次文学活动中。后来在一个群里，加了微信，虽然没再见过面，但经常看他发的朋友圈信息，竟感觉像老朋友一样熟悉。

一是感觉他的精力特别旺盛，创作热情高涨，人很勤奋，几乎每天都能看到他有新作在报刊和网络平台上发表。二是觉得他兴趣广泛，非但涉猎文学、书法、绘画等艺术门类，且对书画的收藏与鉴赏有很深的造诣；他收藏了很多名家字画，在《中国书画报》等报刊发表艺评鉴赏类文章数十篇。三是觉得他的身上有种古道热肠的侠士之风。他经历丰富，长于社交，做过教师、会计、销售员、厂长和职业技校校长，在文友圈中,一向乐于助人,热情提携和推介新秀,有很好的口碑和美誉度。

最近,读了散文集《猴嘴散记》,对卢明清和他的生养之地猴嘴有了更多的了解和认识。

首先,这是一部关于猴嘴历史地理的民间文本。对猴嘴的历史过往、地理变迁、民间传说、乡风民俗作了周详而细腻的描述,集文学性、知识性、趣味性、史料性于一体,很值得阅读和研究。

猴嘴的得名,起因于花果山北侧一尊酷似猕猴的天然奇石,这山称作猴嘴山,山下的镇子就叫猴嘴镇。小小猴嘴镇建国后竟然有六个县处级单位"呱呱坠地",驻守于此。盐坨运销站、台北盐场、盐区政府一度形成三足鼎立的局面,呈现"猴嘴三国"的热闹景象⋯⋯

淮北盐务局制盐研究所——因建在猴嘴街南端,被称作"南大院"。后来,研究所搬离,"南大院"成了盐业机关干部的居住地,被戏称为猴嘴"中南海"⋯⋯卢明清笔下的猴嘴往事,于我一个土生土长、对连云港历史有过一些研究的人,读起来都甚感新鲜好奇。

卢明清的故乡在盐区的六道沟。过去这是一处盐碱地,布满了芦苇和杂草,人称西草地。不知什么缘故,大多数盐场都被国营化了,六道沟却成了副业队,需要自谋生路。卢明清的父亲十六岁就成了六道沟的队长,他带领父老乡亲白手起家,改造旧天地,终将这片蛮荒之地建成具有二十多个单元的新盐滩。父亲成了六道沟的代名词,大家亲切地叫他"吴仁宝"。

"为什么我的眼里常含泪水?因为我对这土地爱得深沉……"

六道沟,是卢明清的衣胞之地;猴嘴,是卢明清的"大堰河"。是这片土地把他养大,所以他对这片土地充满深情,所以他才会怀念那些激情燃烧的岁月,才会倾注海一般的深情书写和赞美这片土地。

其次,这是一部描绘猴嘴市井烟火、风土人情的民俗画卷。

从建国之初到二十世纪六十年代,因盐化机构、企业不断集聚,猴嘴人口随之激增,"家"的建设成了当务之急。"没有砖头,没有石头,没有木头……这些都难不倒创业者,他们脚踏荒原,划定宅基,就地取材,用干打垒的方法建房。""干打垒,顾名思义,就是采土为原料,土里掺和着庄稼秸秆或杂草,拌和成干湿度适中的黏土渣子,将其一团一团搬到墙基上,用榔头一锤一锤地夯打、垒墙……墙体垒成,用铁锹将里外两面铲平,显得光滑美观。再采来树木当屋梁,割芦苇、茅草苫顶,房子就算建成了。"当年,盐区的创业者们就是以这样的土坯草房遮挡风霜雨雪,在此生儿育女。

作家以饱含深情的笔墨,为我们再现了猴嘴人民历经苦难、激情创业的蹉跎岁月。当然,回味往事,有苦亦有甜。在阅读这些篇章时,我们仿佛闻到了"铁路干打垒"街巷里浓浓的市井气息;闻到了猴嘴沿街次第开放的桃花、杏花、梨花、海棠花那醉人的芬芳,尤其是沁入作家梦乡的"苦楝天香";闻到了"猴嘴老鱼市"那一筐筐一篮篮的丁鱼、鲈鱼、沙光鱼、黄鲫鱼、对虾、白米虾、黄鳌蟹散发出的海味和鲜气。如果说"连云港的空气里都带三分鲜",那猴嘴街的空气里至少弥漫着"五分鲜"!

是的,我们仿佛置身其中,听到窗外传来的卖蔬菜、卖水果、卖凉粉、卖鸡蛋的叫卖声,听到"大粗布商店"服务员扯布时那悦耳动听"哧"的一声,听到"猴嘴运销站"高音大喇叭播报"三千米以上高空"的"天气预报"……

我们追随作家的笔触,走进"盐场大会堂",看到曹芳儿、杨子荣、李铁梅等角色在板鼓声声中走上了舞台;我们涌上街头,拥挤在兴奋的人群中,欣赏了一场"猴嘴木船大队高跷子"演出,那些弄船人粉墨登场,身轻似燕,行走如飞;我们来到"运销俱乐部"灯光球场,观赏了一场海鸥篮球队与江苏体干队的友谊比赛,为"海鸥队"呐喊助威……

我们来到"猴嘴饭店",那碗热气腾腾的杂烩面仿佛端到了面前,令人垂涎欲滴。不过,猴嘴街头的"王小铁猪头肉"、桑家吊炉饼、杨家锅盔饼、郁家馄饨等,亦各具特色,让我们大饱口福,流连忘返……

再到"玉波浴池"泡个澡,到"富港眼镜店"配副眼镜,到"猴嘴照相馆"留个影,到"猴嘴邮电局"寄一封情书,到"猴嘴卖花婆"刘素云家里看她剪纸、绣花,请"猴嘴墨客"——镇文化馆郭馆长写一张"花好月圆"的条幅,最后,坐上"猴嘴2路车",风驰电掣,从历史回到现实……

《青篙》《和我同年的花狸猫》《沙光鱼转老苦菜》等篇什,我在网络平台上早已先睹为快,这些作品获得过中国散文年会"十佳散文奖"等奖项,为作者赢得了不少荣誉。《和我同年的花狸猫》一文情节独特,感情真挚,细节描写栩栩如生。花狸猫在发洪水时从"我"身边离奇失踪,原来是去海堤上守候、陪伴抢险救灾时时处于危险中的父亲;而花狸猫归来后对"我""爱理不理、若即若离",是因为它预感到自己年事已老,将不久于世,这样是为了让"我"在它离去时不至于"太伤心"……读来让人潸然泪下,人与动物的奇缘感人至深!

《寄居蟹》《招潮蟹》《滩虎》《老等》这组"风物拾零"写实传神,意趣盎然,令人称奇。《钩蟹》《罾鱼》《拾鱼》《钓鱼》《淌鱼》《掏鱼》《戽鱼》,写的是童年童趣、少年往事,打捞那些令人难忘的青葱记忆。凡此种种捞鱼摸虾的技法,看来都是少年卢明清的拿手好戏,非亲身经历岂能如此娴熟,显示了作家丰富的人生阅历和对生活细节独到的洞察力。

最后,我要说,这是一部传承家国情怀、弘扬主旋律的乡土教材。

《我的外公》《雪水》《咸鸭蛋》《童年的野菜》《我家老物件》等篇什写的是作者的家事,也是一户普通盐场人家那个年代真实的生活写照。作者的外公早年加入共产党,做地下情报工作,曾被捕入狱。抗战期间,外公得知他的亲二弟要为日本人运送一船枪支,他用棍棒将二弟打昏,与地下党组织联系后,把这批武器运送到南方抗日前线。后来,外公与党组织失去联系,一度被当作叛徒对待,受人白眼。直到二十世纪八十年代,才与介绍他入党的地下党领导在芸芸人海中邂逅,组织上为他恢复了党籍,落实了政策,那时,外公已经八十高龄……外公说:"许多同志跟着共产党干,搭上命,连名字都没有留下来,与他们相比,我不算什么……"

这就是情怀,一个老共产党员的家国情怀!

《雪水》记述了作者家里那口藏在西屋的大水缸,一年四季,缸里的雪水都不会干涸。雪水甘美透心凉,珍贵无比,但"我"奶奶和父母充满爱心,慷慨予人,手留余香。谁家的女人生了孩子,家里没有好水,奶奶就揭开水缸上的芦苇帘子,用水瓢舀出雪水奉送;"五保户"老人断水时,奶奶和母亲从缸中一瓢一瓢取出雪水,让父亲给"五保户"老人送去。那甘甜清凉的雪水呀,"哗啦啦"流到老人的小水缸里,至今还萦绕在耳畔,激荡在心中……

这也是一种情怀,这是中华民族朴素而真善的美德。

《收盐》描写了小满时节咸土地上盐工们辛勤收获的劳动场景。为了将家乡的荒草地改成新式盐滩,作者的父亲带领乡亲们就像参加"南泥湾大生产",男女老少齐上阵,披星戴月亮,磨破了手套再磨破手掌,不知挖断了多少根锹柄,推坏多少个车轱辘,拉断多少根车绊,终将一片荒芜之地建成盐花芬芳的优质盐场。"阳光下,那些沉淀在卤水里的盐花变成了颗粒,只要几个时辰,盐粒就长得像樱桃一样,酷似水晶,剔透明亮,散发出海的馨香……""盐工们将白花花、沉甸甸的盐晶一担一担挑到池道上。人,盐堆,还有不远处的风车,倒映在池水中,就像一幅风景画。""太阳晒,海风吹,皮肤黧黑发亮,盐工中的那些靓妹,被大家叫作'黑牡丹'。"……

我是第一次读到把盐、盐场、女盐工写得这么美的文字,从字里行间真切地体会到作者对这块咸土地的深厚情怀。

《阳光下的赶海人》写的是卢明立的故事。卢明立是作者的小弟，就是那个在泥泞的海滩上一直冲在最前面的赶海少年。1988年，已是一家集团公司中层干部的卢明立准备下海创业，父亲当即表示支持："刀在石上磨，人在世上闯。"后来，卢明立毅然决然地离开原单位，以十万元起家，创办了氨纶纺丝机械制造企业。接到第一笔订单后，为了聚精会神干事业，夫妻俩将女儿送到外地读书，两人吃住在厂里，一干就是数月，终于生产出达到国际标准的产品。然而，成功和磨难往往是一对孪生兄弟，2001年年底，公司因为产品不合格面临灭顶之灾。但卢明立没有倒下，而是组织技术攻关，查出原因，又耗资三百万元，在六个月内将新产品交到客户手上。"有品质才会有市场"，卢明立顶住如山的压力，赢得了市场。他的步伐并没有停止不前，常常连夜赶路，大江南北跑客户，做调研，拿订单，来去匆匆。他的眼睛熬红了，嘴唇干裂了，但只要在公司一出现，他的脚步总是显得那么轻松，员工们的眼前就会豁然一亮。

历经二十年打拼，那个"赶海少年"出息了，他已经是国家"万人计划"科技创业领军人才，享受国务院特殊津贴专家，全国机械工业优秀企业家，还是省党代会代表、省人大代表。他创办的企业跃上了中国制造业单项冠军示范企业领奖台，跨入国家火炬计划重点高新技术企业行列。从卢明立的身上，我们看到了这一代猴嘴人的家国情怀，看到了一个民营企业家对国家对民族勇于担当勇于拼搏的精神和品格。

猴嘴这一家三代人负重前行、筚路蓝缕、锐意创新的真实故事，正是一部洋溢着炽热情怀和浩然正气、生动而鲜活的乡土教材。

卢明清在后记中写道，《猴嘴散记》的创作历时三年，他常常夜不能寐，心潮起伏，推掉许多应酬，白天黑夜坚守案头；他走访了数十名猴嘴历史的见证人，查阅了无数资料，有的文章十易其稿……不过，他觉得这本书还是浮光掠影，还有遗珠之憾，如有机会，他还要写一本《猴嘴新韵》，把一个更加光彩绚丽、更加婀娜多姿的猴嘴呈现给广大读者。

卢明清，我们期待着。

三言两语

2015年第一期《收获》的长中短篇小说,女作家主打。迟子建、鲁敏、盛可以、娜彧,都是很能写又写得好的女作家。迟子建的长篇《群山之巅》,留待稍后慢慢品读,其他三位的中短篇,竟一口气看完了。过瘾!

按阅读顺序,三言两语,谈点感受。

娜彧的《刺杀希特勒》

因为认识娜彧,也因为这篇小说的题目,拿到杂志后,毫不犹豫地先翻到这一篇。娜彧没有让我失望,甚至可以说,令我非常惊喜。

三个四十开外五十不到的成功男人,相约出来喝茶聊天。

商学院的徐院长是这次聚会的提议者，但出门前受到夫人的揶揄和质疑：仨男人喝酒，穿这么讲究？你看你慌慌张张、神神秘秘，不就是去见俩朋友嘛，又不是见老相好。

读到这里，想必这个年龄段的许多男人都会会心一笑。

三个人喝茶聊天，说古论今，忆起"文青"岁月，还拿其中最不"消停"的厅级官商张董开涮，调侃他心中的"女神"。到这个年龄，该有的都有了，是该"闲庭漫步"了。于是从茶社出来，又打算步行晃悠到其中的娱乐杂志周总编家切磋书法。这时候，马路对面的《刺杀希特勒》电影广告吸引了他们——三个青春已逝的男人，何不去看场"名字还不错"的电影？

三个男人从电影院出来，各自散去。但事情来了。第二天，徐院长的夫人从他的车里发现两张座位连在一起的电影票！仨男人喝过茶又去看电影？夫人打死也不信这样的鬼话，况且还有一张电影票呢？夫人浮想联翩，仿佛已把徐院长捉奸在床。

但千真万确，他们买的是三张票，看了一场名为《刺杀希特勒》的电影。

娜或写得从容、自如，不动声色，看似平淡，没什么故事，实则有一场人心的暗战潜伏其中。

夫妻之间，猜疑是致命的刺杀。

（这样的小说我特喜欢。远一点的有汪曾祺《受戒》、何立伟《白色鸟》、王祥夫的好些小说，最近有顾前《城里的月光》。好友李惊涛《三个深夜喝酒的人》、陈武《我们一起熬夜》，也有这样的特质。）

盛可以的《小生命》

以一个少年的视角，旁观家中一件"喜事"的处理"流程"。

十八岁的上大专的姐姐怀了七个月的身孕，肇事的那小子被大姨小姨大姨父"捉拿"到大姨家，并"请"他的家长前来商办"喜事"。我方的亲戚们轮番出场，教育那小子，他却认为我家做得过分了，把他和姐姐的"浪漫爱情"搞得不成样子。

在这里，"爱情"二字听起来刺耳而滑稽。

那小子两岁时父母离异，做矿工的父亲和继母及叔叔应约而来，却并非商办"婚事"，而是想开脱责任，蒙混过关。小姨"一箭封喉"，大姨则挑明"引产"可能诱发"二条人命"的严峻后果，那小子一家开始服软、妥协。事情到了这儿，似乎皆大欢喜，可以敲锣打鼓操办喜事了。

但石破天惊，一直无声无息，好像事不关己的姐姐突然发声了：不，我不想嫁给他！今天晚上，我才知道，哪些人是真的爱我。

盛可以很会写人，爸，妈，小姨，大姨夫，那小子，那小子的爸爸、继母、叔叔，双方人马都性格各异，活灵活现。

当然最出彩的是姐姐。她不声不响，淡定自若，看似懵懵懂懂、没心没肺，实则心如明镜，且外柔内刚、颇有主张。到最后，她"决定把孩子生下来"，让所有人呆住了。旋即，屋里的气氛变得喜气洋洋。

这篇小说写得轻巧、诙谐，也很热闹。结尾出其不意，让人颇感温馨，回味无穷。

鲁敏的《三人二足》

这部中篇小说一开头就很抓人，一个长着一双美足的空姐与两个"恋足癖者"的故事，陌生、新鲜、刺激。这可是新领域啊，且人物心理刻画得精准、细腻、到位。不愧为高手亮剑！

但文章读至一大半，惊心动魄的时刻到了，那个伪装成"恋足癖者"的邱先生原来是个大毒枭，所谓的恋足、"爱足及鞋"、试穿、订货，实际上是精心设计，利用空姐的一双工作鞋一趟趟地运送毒品。

空姐章涵做梦也没有想到，她在每次享受吻足、吮吸……飘飘欲仙，甚至想把身体的全部奉献出来之时，她的一双工作鞋的鞋底夹层里已经装上了三百克海洛因。从昆明到哈尔滨，飞了七十二趟，她已经够多少回死罪了！

所有的美梦刹那间毁灭，章涵只能去死了。那就拉上那个费尽心机把她拉下水的邱先生吧，从大厦的天台上翩然而下……

回头再看前面所有的情节安排，所有的细节，俨然串联成一根完整的链条，构思精巧，严丝合缝，无懈可击，显示了作家高超的功力。

　　鲁敏的文字颇有韧性和张力,且信息密集,经得住反复咀嚼。

我与《海燕》

1984年6月,十九岁的我在南通市《紫琅》文学双月刊发表了篇一万多字的短篇小说,这是我的处女作。两年后的八月,短篇小说《狐狸谷》在《北京文学》发表,点燃了我三十年来不灭的文学梦想。

1992年,邓小平南方谈话后,鼓励机关干部"下海"。怀揣文学梦想的我厌倦了枯燥乏味的机关生活,按捺不住,扑通一声跳入"商海",当起了弄潮儿。折腾了几年,钱没挣到,却让海水呛了一肚子。机关回不去了,于是拾起笔来,做一名自由撰稿人。

这时,市文联的一位朋友向我推荐了大连文联主办的《海燕》杂志。他说,《海燕》近两年改刊走市场,主要刊登情感纪实类文章,他发表了一篇纪实文学,拿了七百元的稿酬,这在当时,差不多是他一个月的工资!我想这可真是一条不错的路子,一篇五六千字的纪实,就能解决一家人一个月的生存问题。我把这一期《海燕》拿回家仔细琢磨了一番,觉得以自己的文字基础,能够写好这样的纪实文章。

从2001年初开始,我把自己精心采写的纪实稿件投寄到《海燕》杂志。不久,描写许地山之女许燕吉婚姻生活的纪实文学《无悔的姻缘》上了《海燕》第五期的封面要目。拿到这期杂志,我深受鼓舞,一鼓作气,再接再厉,在《海燕》2001年第七期、第十一期、第十二期连续发表了三篇"情感写真",其中《一个女人和她的两个丈夫》和《泣血母爱感天动地》两篇文章都上了当期杂志的头条。

《海燕》给予的肯定,令我信心大增。2002年,我更加勤奋努力,辗转省内外多地采访写作,几乎每月都有多篇稿件在全国各地报刊上发表。让我欣喜的是,这一年的第三期《海燕》,发表了我的《"苏北刘慧芳"的故事》一文,更在第十期的头条二条,发表了我的《超越血缘的母爱》及《跨越半个世纪的两岸情缘》两篇纪实。

在世纪初这短短的两年里,《海燕》杂志发表了我的七篇纪实作品,共约五万字,其中三篇为当期头条,另四篇也都上了封面要目。我不知道,这是不是《海燕》的一个纪录,但我确信,这是我纪实写作的一个重要纪录!

无论何时何地,只要想起《海燕》,就有一股温意涌上心头。

卷四

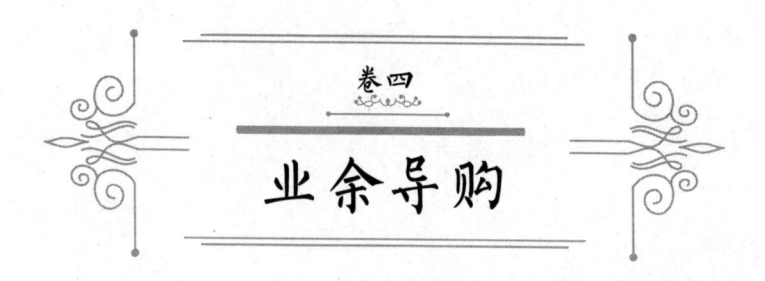

业余导购

晋中的大院

说到山西，恐怕无人不知大寨和左权县的赫赫盛名；近些年，随着影视作品的传播助推，平遥古城、乔家大院等景观名胜可谓家喻户晓……不过，直到参加这次"'晋商故里·家国晋中'作家行"采风活动，我才知道这些名扬华夏的地方竟然都集中在山西晋中一市境内。仅仅一个晋中市，就有三处国家5A级景区景点，占山西省的一半；而4A级景区，更有十四处之多！

晋中位于山西的中部，是华夏文明的发祥地之一，历史悠久厚重，文化遗存丰富。这里有迄今为止保存最完整的明清县城、世界文化遗产平遥古城，有被誉为"中国彩塑艺术馆"的平遥双林寺，还有乔家、王家、常家等晋商巨贾大院。晋中山、川、丘陵皆备，独特的地形地貌孕育了奇秀峻美的自然风光,介休绵山、灵石石膏山两座历史文化名山峰峦叠嶂,灵山红崖大峡谷、和顺太行山断裂带走马槽风景区、左权龙泉国家森林公园、"太行天池"榆社云竹湖景色秀美,是观光、休闲、度假的绝佳去处。

这次晋中之行,晋商大院的恢宏气韵和独特魄力,尤其让我深感震撼,流连忘返。

乔家大院又名"在中堂",坐落在国家历史文化名城祁东县城东北的乔家堡村,是清朝商业金融资本家乔致庸的宅院,始建于清乾隆年间,距今有二百多年的历史。其布局严谨,结构考究,工艺精湛,选材精良,保存完好,具有独特的建筑风格与深厚的文化内涵,被世人赞誉为一座无与伦比的艺术宝库。清中期以来,乔氏家族成为显赫一时的豪门望族,其经营的商业在包头等西北地区称雄一方,所设票号的分号遍及全国各地,在中国商业史上留下浓重的一笔。

1991年,张艺谋导演的电影《大红灯笼高高挂》让乔家大院走进世人的视线。2006年,描写大院主人乔致庸的电视剧《乔家大院》使之又一次成为焦点。乔家大院被列入第五批全国重点文物保护单位,成为最早被列入"国保"的晋商大院。

走进乔家大院,就能感觉到一种浓郁的商业气息扑面而来。在这里,看到了超越王侯的建筑规制、堆金积玉的彩画艺术,以及雅俗并存的装饰、新旧交融的题材、南北结合的风情,看到了中国北方平原地区堡寨式商宅的鲜明特色,真可谓"皇家有故宫,民宅看乔家"。

明弘治年间,一个叫常仲林的汉子从太谷惠安迁到了榆次车辆，给人放羊为生。车辆是个距离榆次几十公里的小村落。五百年前的常仲林可能做梦也想不到，他的后人竟会从这个小村落走出一条中国的万里茶路，会在这片土地上建起被后人尊为"天下第一儒商"的硕大庄园！

常家庄园这座青砖城堡占地近千亩。有清一代，常家人开拓万里茶路，商号遍及大江南北，是对俄贸易的第一世家……走过高深如故宫的城门洞，踏上一条宽敞的青石大道，道路两侧商肆林立，幌旗飘飘，叫卖声此起彼伏，导游员往来穿梭，影壁、旗杆、华表、拴马石、上马蹬、石狮、金匾、对联……眼前的一件件景物令人恍如隔世，似乎在时间隧道中倒退了几百年。

我仿佛在追寻，几百年来，这个家园演绎过什么样的传奇故事？它的主人走过什么样的风雨人生？……这座耸立在广袤晋中大地上的恢宏建筑，像一部翻开了卷页的历史巨著，让我们阅读了岁月的沧桑和家族的荣衰。

来到王家大院，已近黄昏时分。夕阳之下，这个气势雄伟的古建筑群显得幽深而神秘。

王家大院所在的灵石县静升镇静升村，东挽绵山，西望汾河，南北为黄土丘陵，中间是清清溪流。静升王家是历史上灵石"四大家族"之一，王家大院现存的院落房舍，最早可考至清康熙三年，最晚者为嘉庆十六年，所谓"九沟八堡十八巷"，大小院落不下千座，总面积粗计，至少在二十五万平方米以上。

现开放的红门堡、高家崖两组建筑群，东西对峙，一桥相连，皆为窑洞和瓦房相结合的全封闭建筑，这些建筑既不失传统民居建筑共性的精神风貌，又具有奇妙独特的个性风采。它依山就势、随形生变、层楼叠院、错落有致；砖雕、木雕、石雕匠心独运，装饰典雅，内涵丰富；既有人工之巧，又有天工之助。

抬头望去，那高大的门楼，那左右伸展的一道道天际线，恍若是用五线谱写就的无声的音乐，建筑之美与音韵之美浑然一体。难怪建筑学权威郑孝燮先生惊叹：这是国宝，人类之宝，无价之宝；百来不厌，百看不厌！也难怪它被誉为"山西紫禁城"和"华夏民居第一宅"！

目标连岛

说起来，我跟连岛很有些渊源。

小时候，外婆常常念叨这个地方。她把连岛唤作"海北"。我以为，那就是天南海北的"海北"。

外婆的娘家也在海边，是个叫柳河的渔村。渔村跟渔村有着扯不断的联姻，外婆的亲妹妹就嫁在连岛，后来，她的两个亲侄女两个姨侄女也都嫁到了连岛。于是，"连岛""海北"差不多成了我儿时听到的最多的地名。每次连岛来客，外婆的脸上就会露出欣喜的笑容。那一天，亲情和海鲜的味道一样的浓烈；那一天，是我儿时的节日。

连岛，在我儿时的梦里，像外婆的怀抱一样亲近，又像天涯海角一样遥不可及。在我的记忆里，外婆曾有几次去连岛走亲戚，但任凭我大哭大闹，她一次也没有带上我这个"小尾巴"。因为那时候过海，搭的是小渔船，甚至是小舢板。她是渔家的女儿，她不怕冒险，但她决不让唯一的外孙冒险。

三十六年前，我初中毕业，那所乡村中学只有一个名额参加市里的中学生夏令营，学校推荐了我。夏令营有个活动，是乘船游览大海：从连云港码头出发，逆时针绕连岛一周，但并不登岛。那是我第一次见到连云大港，第一次眺望"在海之北"恍若仙境的连岛，我非常兴奋。遗憾的是当船驶过连岛的东南角后，因风大浪急，我跟船上的大多数人一样，都晕了船，没能看到连岛北侧的景色。

直到二十年前，连云港拦海大堤建成通车，将连岛与大陆连接起来，我这才第一次踏上连岛的土地。应该说，当我第一次来到大沙湾海滨浴场，尤其是第一次到了苏马湾，我被深深地震撼了。我没有想到，我们家乡有这样美丽的海滨胜境，绝不逊色于我曾经去过的青岛海滨和三亚的天涯海角！这二十年里，我到连岛不下十多次，不过每次不是陪着外地来客，就是赶去参加活动，总是走马观花、来去匆匆，竟没有机会细细品味连岛的美。

今年夏天的一个周末，我从上海回家休假，上初中的儿子突然跟我提出，想到邻省的一处海滨去玩。我问他，既然去海滨，为什么舍近求远，不到连岛去呢？儿子说，我在论坛上看了，有人说邻省那边的海滨浴场比连岛长，比连岛大，比连岛好玩。我问，还有呢？儿子挠着头说，还有我就不知道了。我说，你再上网搜搜，比较一下，到底去哪里，你自己选择。

儿子玩电脑比我麻溜。半个小时后，他就跑过来，有些激动地说,老爸,我选择好了。我说,别着急,先说说理由。儿子哼了声说,看来我不说你也猜出来了,那是我们江苏省最大的岛屿,古时候叫鹰游山,连云港就是因为它和云台山而得名。我笑了,看来网络真是好东西,你能把连岛的特色一条条列出来吗?儿子又挠挠头说,我就知道,你什么都爱考考我,又让你逮着机会了,好吧,再给我十五分钟,我整理出来给你看。

这孩子真精,过了一会儿,他递了张 A4 纸给我。呵呵,还打印出来了:

去连岛,要经过 6700 米的拦海大堤,那可是"神州第一堤"。在长堤上可眺望连岛全貌,可领略大港的雄奇、沧海的博大。到了连岛,可以看到"东方鹿特丹"连云港的全貌,遥看"海上云台山"的壮美奇景……这是别的海滨景区没得比的。

连岛的大沙湾游乐园,依山傍海,清澈洁净,是全国十六个健康型海水浴场之一。沙滩在两山岬角怀抱之中,是典型的半月形沙滩。白天在那里游泳,晚上可以租个帐篷住在那儿,听着涛声纳凉,参加篝火晚会,一大早看海上日出。

连岛的核心景区苏马湾,是个有故事的地方:高度浓缩了高山的坚定、大海的潇洒、林木的幽深、怪石的神奇、历史的厚重、人文的丰富——这是我原封不动抄来的,太抽象了。我感兴趣的是,那儿是原始森林般天然氧吧,那儿有令人叫绝、好似鬼斧神工开凿的海蚀地貌奇观,有国宝级的汉代界域刻石,有金圣禅寺、海滨栈道、孔雀园、小木屋……至于"海誓""山盟"两块刻石、婚纱摄影基地等等,就不是我的菜了,十年后再说。

还有,连岛渔村风情游。吃渔家饭,住渔家屋,干渔家活,当一天渔民。估计老爸你最感兴趣了。可以跟着渔民去赶海,捉海蟹,敲海蛎子。连岛也是垂钓者的乐园,有小龟山、青山嘴、火轮嘴、后红崖、苏马湾、羊窝头等钓鱼台,老爸你不是喜欢钓鱼么,那里钓上来的野生大鲈鱼有的二三十斤一条哟!

连岛海洋馆一定要去的,那是江苏省沿海唯一的、国内活体珊瑚品种数量最多的隧道海底世界,还有"邓小平和人民在一起"雕塑公园,也要去看看哦。

怎么样,老爸,这一条条写得全吗?儿子见我看得出神,得意地问。

我点点头,看来让你玩电脑,还有点用处。不过,让你跟那个海滨景区作比较,你比较了吗?

儿子哼了一声,我是神啊?哪有那么快?用不着比,就这么定了!目标连岛,明早就出发!

直挂云帆济沧海

这是一片神奇的土地。

三百年前,这里还是潮涨潮落的海峡,中云台与北云台隔海相望。

后来,历经黄河夺淮的泥沙淤积,海水渐渐退去,在中云台和北云台两道山脉的西端,形成了一条堰堤,叫黄九堰;两山之间,聚水成湖,叫五羊湖。直到二十世纪初,海水退到北云台山的最东端,五羊湖淤塞成平陆,这个美丽的名字随之消失。

我小时候,就生活在北云台山下的一个小村,黄九堰东二十里。那时,我们村子还不通汽车,去新浦、海州城区,就得步行到黄九堰坐车。

记忆中,那时的黄九堰,河沟交错,芦苇丛生,空旷而荒凉；放眼望去，只见西边盐圩里几处低矮的小屋，还有盐河上几片远去的白帆。

三十年前，我刚参加工作。我们这座城市迎来了历史上一次重大机遇：连云港被列入全国第一批沿海开放港口城市，并建立国家级经济技术开发区。

黄九堰，这片沉睡的土地苏醒了，这片长满芦苇、几近荒寂的原野迎来了第一批拓荒者，国家级经济技术开发区就选址在这里。

从此，这里不再寂寞；从此，这里为世人瞩目。

但是，这时候的开发区还很小，只有三平方公里的规划面积。

如果把连云港开发区喻为一条航船，这时候，它只是一条小吨位的机帆船，只有很少的承载能力，也经不起大风大浪。开发区人把这个阶段称为"第一次创业"。

那时，外公外婆还生活在故乡的小村里，我差不多每个月都要去看望老人。经过开发区的时候，常常能看到它的变化：一条道路竣工通车了，一片厂房盖起来了，一排小型别墅落成了，一家宾馆酒店开业了，管委会的大楼也拔地而起……

恍惚中，心里总有一种感觉：较之国家级开发区的定位，这样的变化并不算大，甚至显得缓慢；河边那些小别墅，远看像一排积木，显得低矮局促，不够大气……据说，在沿海开放城市的开发区排名里，我们已经落后，已经被人家拉开了一段距离。

但，开发区人并没有气馁，他们励精图治，开始了"第二次创业"。开发区不再是几平方公里的狭小空间，而是全面拉开七十六平方公里临港产业区的建设框架，打造辽阔的发展平台，园区各项建设进入快车道。

美国杜邦，日本三菱，德国大陆、汉高，韩国LG等世界五百强企业来了；

法国罗盖特，美国博龙，泰国正大，日本味之素、天田、禧玛诺等世界知名跨国公司来了；

中国建材集团、中国海运集团、中国国电集团、中国兵器工业集团、中国船舶重工、中国民用飞机等十四家"国字号"大企业进区投资……

五年前，江苏沿海大开发的号角吹响了，开发区更是抢抓机遇，按照"稳中求进、好中求快"的发展方针，加快转型升级，全面开启了以"提质增效、崛起腾飞"为内涵的"第三次创业"新征程。开发区向辽阔的海岸线拓展，向蔚蓝色的海洋拓展……

光阴似箭，岁月如梭。今天，当我又一次踏上这片土地，开发区的巨大变化让我吃惊，让我欣慰，让我这个"家乡人"倍感自豪。

今天的连云港开发区，区域发展空间得到更大的拓展，规划面积达到一百二十多平方公里，管理面积达二百八十平方公里。区内建有国家级出口加工区、国家级新医药产业基地、新材料产业国家高技术产业基地、省级国际服务外包示范区和高性能纤维检验中心，以及留学生创业园、软件园等科技创新载体，成为承接各类项目的一流平台。

开发区在两年前就率先成为全市首家"千亿园区"。拥有产值过百亿的企业一家，过五十亿的企业九家，十一家企业进入全市产值二十强，十三家企业进入全市纳税三十强；在商务部最新公布的国家级开发区综合排名中，稳居"第一板块"，并荣获"中国最具投资潜力开发区"等称号。

以高科技、都市型、低污染为特征的新兴产业加快集聚。到去年底，累计开工项目已达三百个、竣工二百四十多个。培育了恒瑞、康缘、豪森等一批行业领军企业，建成了全国最大的抗肿瘤药物、抗肝炎药物生产基地和重要的现代中药生产基地，生命健康产业成为区内最具成长性和竞争性的产业板块；中复连众、国电联合动力、重山风力等骨干企业已在区内形成完整的风电装备产业链，国内功率最大的 6MW 风机、最长的 66.5 米叶片下线，成为亚洲最大的风电装备基地；中复神鹰公司的碳纤维年产量占全国的三分之二，国内唯一的 T700 碳纤维千吨生产线已投入工业化生产，建成了全国最大的碳纤维生产基地。

社会民生明显改善。开发区的管理范围已经扩大到三个街道（朝阳、中云、猴嘴街道）、两个盐场（台北、青口盐场）。全区社会保障体系初步建立，养老、医疗、失业、工伤、生育保险覆盖面不断扩大，新农合参保率接近百分之百，城乡最低生活保障制度全面建立，社会救助体系不断完善；义务教育和高中阶段教育基本实现现代化；全区农民人均纯收入一万六千元，群众生活水平大幅提高，幸福指数节节攀升。

"长风破浪会有时,直挂云帆济沧海。"今天的开发区,已经是一艘不惧风高浪急的"万吨巨轮"。这艘航船乘浩荡东风,踏万顷碧浪,必将驶向更加美好的明天。

业余导购

朋友老刘在上海打拼多年，手里攒下了几百万元，算不上富豪，比较起我等众生，绝对是个大款了。但他对我说，这个钱在上海中心城区，只够买一套一百平方米以下的两室两厅，所以打算在老家连云港买套房子，退休后回来养老。他让我推荐个楼盘。我未加思索，脱口而出，向他推荐了连云港某高品质小区。我说，不管从小区的位置、楼盘的品质方面，这个小区在全市都是首屈一指。

老刘疑惑地瞅着我，说你又不住在那里，怎么知道得这么清楚？莫非你是他们的业余推销员？我笑道，好东西大家分享嘛，你是我的好朋友，既然信任我，让我推荐，我当然要把自己了解的最好的楼盘推荐给你。

老刘决定利用个休息日，驱车回老家一趟，到这个小区看个究竟。我当仁不让，做他的"向导"。老刘说，地理位置、房屋质量乃至小区布局、绿化等等，这是硬件，是看得见摸得着的，你不用多说，我一看便知。我这次主要想看看他们的软件，也就是小区的物业管理情况，这对一个业主来说，最为至关重要。有的人房子买到手了，却住得不称心，这是最头痛的事情。老刘的话说得很实在，他这几年在上海，一直花高价租住在高端小区，对此深有体会。我坦言，以前对这个小区的"硬件"方面比较注意，至于他说的"软件"方面，还真没太在意，这次不妨跟他一起去深入了解一番。

走进这个小区的金钥匙服务中心，我们首先被墙上一面面鲜艳的锦旗及锦旗上的内容所吸引："细微处见服务，点滴间显真情""金牌管家一流服务，热情周到尽心尽力""尽职尽责，热情服务"……我俩相视一笑，有戏！这一面面锦旗背后，肯定演绎着一个个不一般的故事。

原来，这个小区在开发建设之初，就将项目定位为"全国知名、江苏一流、连云港独树一帜"的高尚示范住区。为了与开发定位相匹配，2010年5月，他们领全市之先，首家引进了国际金钥匙服务理念，成立了迄今为止全市唯一的金钥匙服务中心。

国际金钥匙组织具有八十多年历史，被称为"走遍世界的贴心管家"。这个小区加入金钥匙物业联盟后，一直弘扬金钥匙"先利人，后利己；用心极致，满意加惊喜"的服务理念，始终站在业主的角度，按照江苏省最高标准——五星级服务标准为业主提供专业的物业服务。

这些服务包括：二十四小时服务热线随时恭候业主的吩咐，倾听业主的意见和建议，贴心为业主服务；小区的共用设施建立完整台账档案，及时保养维护；小区的出入口二十四小时值勤，主干道、重点部位至少每一小时巡查一次，机动车辆进出小区实施证卡管理；电梯出现一般故障，专业维修人员会在两小时内到达现场修理，如发生电梯困人等现象，物业服务人员会在十分钟内到现场应急处理，专业人员四十五分钟内到现场救助；小区进行全天候、全方位的保洁服务，垃圾日产日清等。

除了处理日常投诉接待、物业维修、清洁绿化、安全秩序等等大事，就连代缴水电费、代叫外卖、咨询旅游、冲洗照片、修理物品甚至出差订房订票、找保姆、找司机这些生活中的"小麻烦""小问题"，"金钥匙"都会努力帮业主做好。一句话，业主的需求就是"金钥匙"应提供的服务，并力求做到完美。

今年初，一位业主来到金钥匙服务中心，反映自家储藏室的顶部出现渗漏现象。中心立即派人到现场查看，经分析，渗漏是由楼上业主装修时损坏了卫生间防水层造成的。问题找到后，客服经理刘慧等人多次耐心地与相关方沟通，最终达成一致意见，事情得到了圆满解决。为表达谢意，业主特意送来了一面写着"尽职尽责，热情服务"的锦旗。

金钥匙服务中心还设置了一个业主信息箱，里面的信息包罗万象，连业主家的宠物、植物的情况也在其中。业主偶尔出远门，为无法照料家中宠物、植物发愁时，中心就会及时提供帮助，免除其后顾之忧；有的业主还将自己家的钥匙委托中心代为保管，看似给出的是一把小小的钥匙，实则交出的是业主对物业的一份信任；小区保安在巡逻时发现业主出门后忘了关闭车库门，就在车库前一直守候至业主归来；有位业主急着出去办事，他的座驾却偏偏出了故障，一位物业员工发现后，及时找来工具，很快解决了业主的燃眉之急，没等业主说一声谢谢，这位员工就挥一挥因修车被弄脏了的手，微笑着离开了……这桩桩件件，一言一行，一举一动，看似小事，却如和风细雨，滋润着业主的心田。

  这时，老刘的脸上露出喜悦之色。我得意地说，我的推荐怎么样？硬件软件都不错吧！

  老刘说，确实不错，跟上海那些高端楼盘不相上下。我说，什么时候出手？老刘嘿嘿一笑，该出手时就出手，马上就拿下！

卷五

追梦者

羌文化的追梦者

在第二十三届中国金鸡百花电影节微电影作品大赛颁奖典礼上，羌族青年导演艺兮的处女作《莫朵格依》获得大奖。

站在领奖台上，艺兮感慨万千：羌族文化是中华民族古老的文化基因，然而"5·12"汶川特大地震使古老的羌族文化遭受重创。从那一刻起，我发誓励志传承羌族文化，用影像讲述羌寨里的故事……

一个羌族少年的希冀

"羌笛何须怨杨柳，春风不度玉门关。"相信很多人都熟知唐朝诗人王之涣《凉州词》的这一诗句。诗中的"羌笛"，便是我国古老民族——羌族的传统乐器。

羌族是汉民族前身华夏族的主要族源之一，远在殷商时代，甲骨文中就有"羌"的记载。在漫长的历史时期，羌族演化为许多支系，其中一部分融合于汉族，一部分发展为藏缅语族的若干民族。现今的羌族主要聚居在四川省阿坝藏族羌族自治州的茂县、汶川、理县、黑水、松潘，以及绵阳市的北川、平武等地。其中以茂县的羌族人口最多，约十万人，占全国羌族人口总数的三分之一。

1989年5月，艺兮出生在茂县维城乡纳古寨。那是一个离县城近百公里、交通极为不便的偏远羌寨。艺兮这个名字是他爷爷起的，按照羌语读音，是"过年时喝的美酒"之意。爷爷给他起这个名字的用意，是希冀他把自己最美好的一切展现给世界。

艺兮自小生活在羌族家庭，和很多寨子里的孩子一样，小时候只会说羌语。直到进入纳古寨的小学校，艺兮才从老师那里学会用汉语识字读书。但这个大山深处的羌寨小学只有一二年级，上三年级，就要到维城乡中心小学读书。每天上学，他都得走一个多小时的崎岖山路；鞋子磨破了，他就光着脚丫去上学；每天的中餐，他都是就着开水吃家里带来的干面馍。尽管条件非常艰苦，但艺兮学习用功，成绩一直不错，还年年当班长。

那一年，艺兮以优异成绩考入茂县中学读初中。为了供他读书，他的父亲跋山涉水，风餐露宿，到海拔五千多米的玉瓦格雪山和万年雪山上挖虫草挣钱，一去就是一个多月。他的八十多岁的爷爷陪着他来到县城，在离县中三四里的岷江岸边租了间民房，爷孙俩聊以栖身。

年少的艺兮深知父母的艰辛，感恩他们的深爱和无私奉献，也从爷爷和父母那里秉承了羌人特别的真诚和热情；他学习刻苦，乐于助人，热心参与班级和学校的各种活动。初中毕业后，他又顺利考入茂县中学的高中部。

这时，一位同样来自羌族山寨的高三学生找到他："我们很想成立一个羌族文化社，传承和保护我们民族的文化，但高三学业重，又很快就要毕业离校，同学们商议再三，觉得你适合当这个社长……"艺兮毫不犹豫地答应了："作为一名羌人，自小耳濡目染，我对羌文化有浓厚的兴趣，保护本民族文化是我义不容辞的义务。"凭着这样的信念，羌族文化社成立了，十七岁的艺兮担任社长。

高中三年，艺兮带领羌族文化社的同学们，开羌语课，跳萨朗舞，在时任羌族文化研究会秘书长张成绪的帮助指导下，开展了不少活动。他还利用假期和课余时间，到县志办、县文联、文化馆、图书馆等单位拜访求教，并在一些羌文化研究保护者的支持下，收集了四百多本有关羌族历史、文化方面的书籍，在学校成立了羌族文化图书室。

本来，高中的学业就很繁重，而艺兮要抽出很多时间用在保护羌文化的行动中，有人对他的做法不理解："保护羌文化那是专家、学者做的事情，你一个高中生，好好读书考大学才是正事。"但艺兮回答说，羌族的历史文化悠久，却没有自己民族的文字，许多世代生活在高山峡谷的羌人不会说汉语写汉字，许多独特而神秘的民俗文化靠口口相传，而现在生活在城里的羌族孩子大部分连羌语都不会说……羌文化的传承和保护非常迫切，尤其是羌族青少年，更应该关心这件事。

羌文化舞台活跃的身影

2008年5月12日，发生了举世震惊的汶川特大地震，紧邻汶川的茂县是这次地震的重灾区。当时，在县中读高二的艺兮正在教室里上课。地震来袭，天昏地暗，地动山摇，艺兮感觉自己像被筛沙子似的摇晃起来，先是重重地摔倒在地，接着又像篮球一样弹起来。所幸的是他们的教室没有倒塌，他和同学们安全地撤离到了操场上。随后，他一路狂奔，去出租房找到了爷爷。爷孙俩很快加入到了抗灾自救的人群。艺兮后来才知道，地震时，他的父亲正在雪山上挖虫草，雪崩和泥石流同时发生，一块巨石从他的身边擦肩而过，幸亏他躲闪及时，只受了点轻伤。

"5·12"特大地震覆盖了羌族主要居住区域，羌族赖以生存的自然环境与人文环境遭到毁灭性破坏，一些羌族文化遗产的传承人在地震中遇难。让艺兮切身感受的还有件事：自己辛苦收集来的几百本有关羌族文化的书籍，也在地震中被掩埋遗失了。

劫后余生的艺兮从内心深处强烈感受到传承与保护羌族文化的危机与紧迫，从那时起，他决定尽自己最大的努力，为羌族文化的未来做点实事。

第二年9月，艺兮被四川文化艺术学院（原四川音乐学院绵阳艺术学院）羌藏歌舞表演专业录取。该专业立足羌藏民族的文化资源保护与开发，培养既具有音乐舞蹈专业技能，又着重具有羌藏民族特色音乐表演的综合性人才。这也是艺兮以高分报考的目的所在。

一进大学，艺兮就在校园里着手成立了羌族文化保护与发展促进会，并担任会长。在成都、绵阳等地举办的各种与羌文化有关的大型活动中，都活跃着这个年轻人的身影。他发起组织了"首届中国羌族非物质文化遗产与灾后重建研讨会""羌历新年文艺晚会""爱天使国际旅游小姐走进四川羌区公益之旅"等一系列活动，被多家媒体誉为"羌族文化的守护者"，并入围"中国大学生年度人物"。他们的社团被评为"全国高校十佳社团"，是当年四川省唯一获得此荣誉的大学生社团。

2011年4月，在中国原生态民歌盛典暨第十届中国民间文艺"山花奖"评选中，艺兮参与创编并领舞的羌族酒歌《尔玛西惹木》得到评委们的一致好评，荣获"金奖"和"优秀传承人奖"。这个节目展现的是每逢重大节日、集会联欢、婚丧嫁娶、宾客来访之时，羌族男女老少都要围着火塘，品着咂酒，载歌载舞，尽情欢歌的场面，同时也展现了灾区人民化感恩为力量，自强不息建设美好新家园的精神风貌。

初次"触电"大获赞誉

大学毕业后，艺兮因成绩优异和能力突出，顺利留校，从事非物质文化遗产的研究和保护工作。他感觉自己肩上的担子更重了。

怎样才能更好地把现存的羌族文化保存和流传下来？艺兮在苦苦思索。

也许是机缘巧合，这时，一位来羌寨考察的台湾学者对艺兮说，有机会的话，你应该尝试一下电影，用影像记录历史更加原汁原味。这个提议让艺兮怦然心动：如果有一天自己能成为一名电影导演，用影像的方式记录和传播羌族的历史文化，那该是一件多么有意义有价值的事情啊。

2013年，艺兮带着家乡族人的众望，肩负着传承与保护羌族文化的重任，只身一人来到北京，成为北京电影学院第一位羌族学生。

在北影电影导演专业为期一年的进修期间，张艺谋、田壮壮、谢飞、许鞍华等著名导演先后为他们上课。让艺兮难忘的是，名导们大多以具有民族特色的电影，如《红高粱》《黄土地》《霸王别姬》等经典影片为样本来展开讲授，这让艺兮眼前一亮——他学习导演专业的目的，就是希望能完成一部展现羌文化民族特色的作品。就在这个时候，《莫朵格依》的蓝本已经在他的心中悄悄酝酿。

北京电影学院进修的学员都要完成一份作业，参加毕业展映活动。艺兮准备拍摄一部以羌族传统文化为题材的微电影，作为自己的处女作，来参加这次展映。"莫朵格依"的羌语意思就是"天籁之音"，故事的原型其实是艺兮自己，但在剧本里，他把主角换成一个女孩——羌族少女依娜，她自小便有天籁般的歌喉，并深得祖辈羌族歌舞的熏陶，长大后偶得专业人士赏识，得以进入专业音乐学院学习。学成后的依娜，是回到家乡发掘传承羌族音乐，还是迷醉在城市的现代生活中？一场大地震让依娜下定决心……

艺兮一边筹划剧本，一边寻找赞助单位。他的努力得到了家乡父老和母校的支持，茂县尔玛（羌族）协会、尔玛羌文化发展有限公司、重庆市华岩文教基金会、中国非物质文化遗产研究院和北京电影学院决定共同合作、联合摄制《莫朵格依》这部微电影。已在多部影视剧中担纲的羌族明星"天仙妹妹"尔玛依娜饰演女主角，国家级非物质文化遗产羌笛传承人陈海元饰演男主角，还有许多普通的羌族群众，包括羌寨里德高望重的释比参加了演出。他们都不计薪酬，无条件地支持这位本民族的年轻导演。

2014年5月，《莫朵格依》在茂县"中国古羌城"举行了开机仪式。在五天时间里，剧组克服重重困难，分别在茂县县城和距离县城一百多公里的高山羌寨取景拍摄。拍摄结束后，随即送往北京剪辑。6月底，在北京电影学院举办的展映活动中，《莫朵格依》作为第一部影片闪亮登场，片中融入羌寨雕楼的自然景观和淳朴的风土人情，展示了厚重的羌文化，题材新颖，画面和音乐独具一格，整部影片全是羌语对白，让现场观众耳目一新，同时也得到了观影领导及国内知名导演的交口称赞。7月，《莫朵格依》在茂县举行了首映。8月，影片在爱奇艺网站独家首播，仅半个月，点击量就高达一百多万。9月23日，影片在第二十三届中国金鸡百花电影节微电影作品大赛中获奖。此后的两个月里，《莫朵格依》又荣获第二届亚洲微电影艺术节"金海棠奖"、第二届中国（武汉）微电影大赛"金鹤录音奖"、2014中国天津国际微电影节"最佳音乐奖"等诸多殊荣。

像那海边的礁石

一个浪,一个浪

无休止地扑过来

每一个浪都在它脚下

被打成碎沫,散开……

它的脸上和身上

像刀砍过的一样

但它依然站在那里

含着微笑,看着海洋……

第一次看到大海,第一次站到海边的礁石上,如扎·杰恩斯情不自禁地想起艾青《礁石》这首诗,她兴奋地大声念了起来。她觉得自己应该像礁石一样,笑对汹涌的海浪,笑对一切困难!

如扎·杰恩斯是高级中学新疆班的哈萨克族女生。她的家乡在新疆伊犁昭苏县乡,父母都是当地的牧民,她是家里的第二个孩子,上面有个姐姐,下面有个上小学的弟弟。如扎在哈萨克语言里,是玫瑰花的意思;杰恩斯是她爸爸的名字,意为胜利或成功。

如扎的家乡是一望无际的草原牧场。她在乡里学校读完了小学和初中,小学是哈萨克语和汉语双语教学,初中则是哈萨克语教学。从小学到初中,她的学习成绩都很优秀,一直都是班干部。课余时间,如扎总是帮父母做家务,挤牛奶、煮奶茶、打馕饼,她样样都会;她早就学会了骑马,随父母去放牧,在辽阔的草原上驰骋,那感觉真是好极了。

如扎上小学时,比她大五岁的姐姐考上了乌鲁木齐一所专科学校。临去上学的时候,如扎抱着姐姐,不愿她离开。

姐姐说:"到乌鲁木齐上学,不算远,还没有走出我们新疆哩。你以后一定要超过姐姐,到更远的地方去读书。"

姐姐问她:"你知道,比草原更广阔的是什么地方吗?"

如扎未加思索地说:"当然是天空了。天空比草原更辽阔!"

姐姐说:"是的,天空随时可见。还有呢?"

如扎歪着脑袋,眨巴着大眼睛,又脱口而出:"大海,大海更辽阔!可大海离我们太远了呀。"

姐姐说:"是的,大海是地球上最辽阔的地方。你要好好学习,以后到能看见大海的地方去上学。"

如扎郑重地点了点头。

如扎初中毕业后，以优异成绩如愿以偿地考上了连云港高级中学的内地新疆高中班。她知道，连云港就是"在海一方"的城市。

坐在开往连云港的列车上，如扎的心情非常兴奋。她认识了来自博尔塔拉州的哈萨克女孩阿迪娜，得知阿迪娜也是到连云港高中上学，也是第一次离开家乡。阿迪娜说，到连云港后，她也想去看看大海。

哈萨克族有句谚语：不怕路途远，越走会越近。从家乡到连云港，六十个小时的路途，如扎并没有觉得多么漫长和辛苦。因为，连云港高中的老师专程到新疆接他们，一路上对这些新疆学生关怀备至；而且，如扎新结识了阿迪娜，两人一路畅谈，很快成了知心好友。

更巧的是，她俩被分在一个班级，成了同班同学。在这个四十一个人的班级里，有四位哈萨克族学生，如扎是班级的团支部书记。

阿迪娜到校后，因为路途疲劳，加上水土不服，感冒发烧了。人在不舒服的时候，就特别想家，特别想念疼爱自己的爸爸妈妈。那天下课后，她回到寝室就哭了起来，连晚饭都没到食堂去吃。

如扎在教室里就注意到阿迪娜的状态不太好，见她没到食堂吃饭，便打了一份面条和馕饼，送到她的寝室里。

阿迪娜脸色苍白，说了声谢谢，又摇了摇头说："我没有口味,不想吃。"

如扎说:"你感冒了,抵抗力差,不能不吃饭。"

"我心里难受,想爸爸妈妈,一口也吃不下。"阿迪娜说着,眼泪又流出来。

如扎说:"爸爸妈妈要知道你这样,他们会非常担心的。你想让家人为你担心吗?"

听了如扎这番话,阿迪娜拭去眼泪,从床上坐起来,接过如扎端给她的饭碗。

不一会儿,班主任孙老师来了。原来,得知阿迪娜生病,他特意送来了感冒药。

阿迪娜的感冒好了。周末的晚上,她给家里打了个电话,告诉爸爸妈妈,说今天学校的食堂里,各种食物很丰盛,有牛羊肉,有大盘鸡……想不到食堂师傅还做了包尔萨克(一种哈萨克族小吃),真是叫人惊喜。她没有跟爸妈说起自己感冒的事情,而是汇报了自己最新的学习成绩。接着,她跟如扎交流了自己的想法。她说,感冒那天晚上,如扎的一番话,让她想了很多,自己已经是高中生了,应该自立自强,不能遇到一点困难就哭鼻子,更不能因为一点小事,还让几千里外的父母操心。

国庆节期间,学校组织内高班的新生来到连岛景区,同学们第一次看到广阔无垠的蔚蓝色大海,都兴奋地跳跃起来。如扎和阿迪娜手拉着手,在细腻柔软的沙滩上尽情奔跑,在海边的礁石上眺望远航的轮船;海浪扑打在礁石上,溅起美丽的浪花。如扎心潮澎湃,大声地朗诵起来:"一个浪,一个浪,无休止地扑过来……"阿迪娜被她感染了,也跟着念道:"它依然站在那里,含着微笑,看着海洋……"

连云港的美景还有许多,花果山、海上云台、渔湾……如扎很快喜欢上了这个山清水秀的地方。每到一处,她都把自己的所见所闻通过电话、QQ和家乡的亲人及同学们分享。她和班级的同学还参加学校组织的"手拉手"活动,很快就克服了语言交流的障碍,和许多本地学生成了"手拉手"的好朋友。

有一天,正在小学读五年级的弟弟给如扎打电话:"姐姐,我明年要考内初班,等初中毕业了,也要到连云港去读高中。"

如扎说:"弟弟,你是最棒的,只要努力,一定能实现自己的愿望。"

在学校举办的三月诗会上,面对全校数千名师生,如扎朗诵了《礁石》这首诗,赢得了全校师生热烈的掌声。

自由飞翔

小时候，王从最喜欢听故事。

小时候是什么时候呢？就是王从能听懂语言开始。一开始的每天晚上，爸爸都会讲个故事给她听。后来，一个故事不能满足她了，父母亲就轮番讲，一晚上要讲三四个故事。但她好像每天都听不够似的，每次父母讲完故事，她那双大眼睛仍是"忽闪、忽闪"眨个不停，嘴里不依不饶地问："还有呢，还有呢？"

上幼儿园时，爸爸每天骑自行车送王从去上学。一路上，王从看到一只小花猫、一只小黄狗或者几只小鸟，就要爸爸讲这些动物的故事给她听。有一天，爸爸讲着讲着，说："我的故事天天讲，都讲完了，从从你也讲一个给爸爸听听。"

王从歪着小脑袋说："我讲什么？"

爸爸说："你想到什么就讲什么。"

王从点点头，一会儿闭着眼睛苦思冥想，一会儿睁大眼睛四处寻找着什么。忽然，她看见前方的天空飘着几朵白云，便灵机一动讲道："有一天，小白云去到舅舅家。白云舅舅和白云舅妈都喜欢小白云，他们在一起玩得好开心哦！从早晨玩到傍晚，从东面玩到西面。太阳公公落山了，小白云依依不舍地离开了白云舅舅和白云舅妈，回家找妈妈了。"

爸爸听了，问："就这个？"

"对，就这个。"

"没啦？"

"对，没啦。"

"好吧，这个故事讲得不错——以后要天天给我讲一个故事。"

"好呀，我还以为你不喜欢听呢。"

王从的爸爸是个小学教师，他对女儿说，等你识字了，能读书了，就能从书上读到许许多多好故事！后来，他给女儿买来《安徒生童话》《格林童话》《列那狐的故事》和《小熊温尼》等童话书籍，女儿看上瘾了，再也不缠着他讲故事了。

不仅如此，王从还把自己看到的好故事讲给父母听。讲着讲着，她把想象的翅膀放飞了，一个个自编自创的童话故事脱口而出。爸爸鼓励她把这些故事记在作文本上。在老师的推荐下，她的作文和童话故事在《七彩语文》《读写直通车》《金光少年》等报刊发表了。她还参加"小作家杯迎奥运作文大赛"，荣获了小学低年级组金奖。

王从还有跳舞的天赋。幼儿时,她就能随着音乐蹦蹦跳跳,有节奏地舞出各种动作。每次排演舞蹈节目,老师们的首选就是她。舞台上的王从像一只彩色的蝴蝶,翩翩起舞,每个动作都充满灵气。父母知道,练舞蹈的孩子十分辛苦,便决定磨炼她的意志力。从三岁起,就经常带她去登山,让她自己往上爬。几年下来,她先后登过连云港的花果山、孔望山,还有青岛的崂山等。

在学校里,只要有人提起她,老师们都会伸出大拇指赞美她几句。许多人把她叫着"小才女"。

但是,王从却不大喜欢"小才女"这个称呼。她在一篇《自由飞翔》的作文里写道:

> 我不认为我是才女,不就发表了几篇童话故事嘛。我只是个小学生,以后的路还很长很长,这点小成绩算什么?所以,我不想被一个无形的东西束缚着,影响我的自由飞翔!
>
> 我喜欢天空飞翔的小鸟,喜欢田野里流动的清水,喜欢河里的小鱼小虾;我喜欢自由,喜欢凤凰传奇唱的歌《自由飞翔》;我喜欢玩,也喜欢在玩中学习知识……

在家里,父母确实给王从许多"自由"。她可以边听音乐边画画;可以做一会儿作业,停下来和心爱的玩具"雪菲菲"说一会儿话;可以把废旧彩纸剪成她喜爱的小动物,全都贴到墙上……

　　学习之余，王从经常做一些力所能及的家务活：打扫卫生、洗衣服、做饭洗碗样样都干；她还把自己的零花钱存起来，买好些吃的用的送给年老多病的太奶奶。

　　在学校，王从是同学们的知心朋友，更是那些生活困难同学的贴心伙伴。班里有个同学，父母在外地打工，他跟爷爷奶奶一起生活，爷爷奶奶已经年迈，很少关心他的学习，他因成绩不好产生厌学情绪。王从主动找这个同学聊天，给他讲一些从书上读来的留守儿童的故事，帮助他排解压力，鼓励他一起努力，促使他的学习成绩明显提高。

　　还有一位同学，跟王从不在一个班，是校园文学社的成员，酷爱读书，但她也是个留守儿童，家里经济条件不好，很少为她买课外读物。王从得知后，就从自己家里陆续带来十几本书，给她阅读。王从说，这些书自己都读过，都特别棒，不能让它们在家闲着。她还说："我知道，这就叫分享。分享阅读，分享快乐！"

　　有一次，老师让大家为一个患白血病的孩子捐款。王从回到家，打开自己的小钱包，里面有过年时的压岁钱，有妈妈平时给她的零花钱，还有两百多元是她发表文章得的稿费，她一股脑儿都掏了出来，凑了六百元，在爸爸妈妈的支持下，全都捐了。

　　上中学后，科目多了，任务重了，学习非常紧张，但王从依然坚持读书和写作。

　　她的写作得益于她丰富的阅读，也得益于她对生活的细微观察。在写《二号巷里有只熊》时，她总是找不到切入口。有一天，写作业的时候，妈妈在厨房里做饭，一股香香的味道飘过来，她正饿着肚子，忍不住跑去问妈妈，这是什么味道。妈妈说，她在做汤，没有葱，就用大蒜炸油炒菜了。王从一拍脑门，有了！于是，这篇童话就以熊外婆做大蒜汤开了头。

凭借一双善于观察的眼睛，一对爱幻想的翅膀，王从写出了《麦子麦子》《一号巷的猪猪玩具店》等童话小说，不断在《儿童文学》等杂志上发表，童话集《丁果果奇遇记》入选中国"最美童话故事"丛书，正式出版发行。

写作之路的"顺风顺水"没有让王从变得心浮气躁。上初二时，她从联合国儿童基金会的网站上看到一张张贫困儿童的照片，心里深受触动。一份爱心，就能改变他们的命运！她把自己挣的稿费和奖金共两千多元，捐给了基金会，用以帮助那些贫困地区的儿童。后来，她继续捐出稿费，成为联合国儿童基金会中国分会的月捐人。

王从，这个怀揣梦想的女孩，心里装着真善美，就像一缕明媚的阳光，给身边的人带来快乐和温暖。

小小志愿者

昱涵是妈妈的小尾巴，时隐时现。

平时，昱涵要去上学，只好跟妈妈分离，但一到周末和假期，她就形影不离地跟紧妈妈，黏着妈妈。跟妈妈在一起，可以做很多有意义的事。

昱涵的妈妈是个热心的志愿者。一到周末，妈妈就特别忙，不是下乡看望贫困的留守儿童，就是到海边去捡垃圾。对了，妈妈是清洁海岸义工团的成员，他们都穿黄马甲，戴小红帽，星星点点地散落在海边的沙滩上、礁石旁，捡拾泡沫盒、塑料瓶、碎玻璃等等，那可真是一道亮丽的风景。

昱涵最爱跟妈妈参加这些活动。在志愿者联盟和义工团里，她是个人人夸赞的小明星。

第一次跟妈妈下乡，还是她上小学一年级的时候。那次，妈妈带她到郊县偏远的山村,看望一个比她只大一岁的小姐姐。那个小姐姐叫雪妮,她的爸爸妈妈到南方打工,爸爸不慎从脚手架上摔下来,离开了人世,妈妈后来回来过一趟,就再也没有了音信。雪妮跟年迈的爷爷奶奶相依为命。那一天,昱涵看到一双与自己迥然不同的小女孩的手,紫红颜色,满是冻疮和裂口。昱涵不解地问雪妮,你的手为什么会变成这样?雪妮怯生生地垂着头,没有回答。妈妈告诉她,雪妮的爷爷奶奶身体不好,家里养了一头猪,雪妮为了减轻爷爷奶奶的负担,每天放学后,都要去打猪草喂猪,这双手在寒风里挨冻,在刺骨的冰水里淘洗猪草,当然会生冻疮裂口子了。

那天,妈妈和叔叔阿姨们一起,捐给雪妮两千多元。第一次参加这样的活动,妈妈给昱涵准备了一个新书包和文具,她送给了雪妮,她还把自己戴在手上的一副手套摘下来送给雪妮。她说,手套是妈妈新买的,她只戴这一回,姐姐你喜欢吗?雪妮像是生怕她要回去似的,连声说,喜欢、喜欢!

回到家,昱涵心里仍惦着雪妮,她把自己攒下的压岁钱拿出来,数了数,有六百多元,她要妈妈把这些钱都寄给雪妮。妈妈想了想,对她说:"像雪妮这样的贫困儿童,在我们郊县的农村还有不少,他们都急需帮助。雪妮是幸运的,她已经得到了大家的捐助。这些钱,咱们再捐给别的贫困小朋友好不好?"

妈妈说要"雪中送炭",不必"锦上添花"。当然,对雪妮的跟踪帮助,大家会一直坚持的。昱涵觉得妈妈说得有道理。她看着自己瘪瘪的钱包,说:"我要能快快长大多好,可以挣好多钱,帮助那些小朋友。"

妈妈说:"咱们昱涵是个有爱心的好孩子,有这样的想法非常好,但是帮助贫困小朋友并不仅仅需要捐钱,还有别的形式和方法,我们也可以尝试一下哟。"

在妈妈的建议下,昱涵和雪妮结成了爱心对子,不仅经常支助一些钱物,每到寒暑假,还把雪妮接到家里住些日子。那些天,昱涵带着雪妮到少年宫、动物园这些地方玩了个遍,把她带到自己参加的舞蹈班、书法绘画兴趣班一起学习,还在跆拳道会馆里给她露了一手,可让雪妮开了眼界,长了见识。昱涵明显感觉到,雪妮的笑声多了,开朗了许多。受她俩的影响,她们所在的城乡两所小学,有几十名同学结成了爱心帮扶对子。

以往,昱涵过年的压岁钱都是攒着没处花,自从成了小小志愿者,每次参加活动,她都要贡献自己的一份爱心,她觉得自己攒的钱太少了,根本不够用。怎么办呢?总不能朝爸妈伸手要吧,那跟妈妈一个人捐款有啥两样?对了,妈妈不是说,劳动可以挣钱嘛,我不能到外面参加劳动,在家里劳动行不行?我可以打扫卫生、洗碗,这些活我都能干的,至于劳动报酬嘛,妈妈看着给吧;还有,每次考试或者比赛取得了好成绩,爸妈都会犒劳我去吃牛排、比萨,以后这些"大餐"就免了吧,折算成奖金由我支配……

就这样,昱涵把自己每年"挣"来的两三千元也都捐了出去。五年来,她一共捐款近两万元!

这一次,志愿者联盟开年会,昱涵当然不会错过这个机会,妈妈的小尾巴她是当定了。

会上,昱涵表演了一段舞蹈"采蘑菇的小姑娘",赢得了大家一致喝彩。表演结束,昱涵刚要走下台,有位阿姨上台说:"陈昱涵同学最近刚刚获得全市儿童书法大赛一等奖,大家要不要她现场献艺,给大家写一幅?"台下立即掌声一片。阿姨看来早有准备,很快摆好了笔墨纸张。昱涵感到有些突然,但她没有怯场,屏声静气,挥毫写下了唐代大诗人王之涣的诗句:欲穷千里目,更上一层楼。上次获奖,她就是写的这句诗。她觉得现场发挥,比获奖那一幅写得更好。

昱涵的书法献艺再次赢得了满堂喝彩。有位叔叔问道,这幅字可不可以义卖?台上的阿姨告诉昱涵,义卖就是这幅字卖的钱将以你的名义捐献出去。昱涵心想,为贫困儿童募捐,我当然乐意。她郑重地点了点头。让昱涵没想到的是,那位叔叔当场出价一千二百元,买下了这幅字。

回到妈妈身边,昱涵悄悄地问:"妈妈,叔叔为什么会花这么多钱买我的字?"

妈妈说:"叔叔这是在鼓励你。当然,这是义卖,他和你是一样目的,都是为了献爱心!"

那位叔叔似乎听到了她们的对话,走过来笑着说:"昱涵,我可是真心看好你这幅字,叔叔在做潜力股投资,等你成了大书法家,这幅字可要增值百倍喽。"

迎火而上的少年

  小荒村是一个紧挨着城区的村庄。祥子到中专学校读书后，妈妈就把家从六七公里外的地方搬到这个村子。这里离学校近一些，房租也不贵，当然主要是为了方便祥子上学。

  那是三月的一天，星期五。祥子中午放学，回到家，就吃到了妈妈为他准备好的午饭。妈妈在城区的一家商场打工，中午十二点接班。她每天都是提前给儿子做好饭菜，放在饭焐里，这样祥子放学回来，便能吃到热乎乎的饭菜了。

  祥子知道妈妈很辛苦，几年前，父母离异，那时他还在上小学，姐姐上初中，妈妈便一边打工，一边照顾他俩的生活。妈妈说，她再苦再累，也不能让儿女受委屈。

  妈妈今天做的是大米饭，菜是芹菜炒肉丝，还蒸了一碟小鱼干，都是祥子最爱吃的。妈妈做的饭菜总是那么可口营养，把祥子都吃胖了。班上有同学叫他"胖祥子",他没在意,随口应了,这绰号就在班上叫开了。祥子不太在乎,胖就胖呗,说明咱营养好,吸收好,身体壮!不信,咱们比试比试。唱歌,咱肺活量大,有气力,字正腔圆,高音顶得上去;掰手腕,虽不是横扫全班无敌手,排排座次,咱也是班上前几位。

吃过饭,收拾好碗筷,祥子就骑车去学校。姐姐在南京上大学,妈妈上班去了,他不想一个人待在家里。他情愿提早到教室里看看书,或者跟同学们到篮球场上玩一会儿。

从家里到学校,骑自行车要二十分钟。村里的巷道很窄,弯弯曲曲,他骑得慢一些。出了巷道,是笔直宽阔的马路,就可以骑得欢快。

初春的天气,风冷飕飕地刮着。祥子哼着周杰伦的歌曲,出了家门。

> 随着稻香河流继续奔跑
> 微微笑,小时候的梦我知道
> 不要哭,让萤火虫带着你逃跑
> 乡间的歌谣,永远的依靠……

然而,祥子闻到的不是稻香,而是空气中一股柴草燃烧的烟火味。再往前,闻到的烟火味越来越大,还听到有人在呼喊,"失火了,快来救火哟……"他抬头看去,前方路边的一块荒地里,浓烟滚滚,火势蹿了几丈高;一位老人吃力地拎起水桶，扑向熊熊燃烧的大火……

原来，这块荒地上长满了芦苇，比周围人家的院墙还要高，这个冬季异常干燥，村民刘大爷家的一点火星，不慎燃着了干芦苇，转眼间，大火便迅速烧起来。七十多岁的刘大爷和老伴惊慌不已，一边高喊呼救，一边拎水扑救。刘大爷家的旁边，还有三栋民房和区里的第一服装厂，大火一旦失控，这些民房和厂房都难以幸免，那损失就太大了。

祥子猛踩自行车，冲向前去。快到着火的地方，他停下车，没有丝毫犹豫，一个箭步奔向火场。他喊住老人，说："爷爷，把水桶给我，让我来！"说罢，自己提起水桶，迎着大火冲了过去。

刘大爷不敢相信自己的眼睛，抢过他水桶、迎火而上的是一个他不认识的十五六岁的少年。他呆呆地望着少年，半晌才喊道："孩子，小心！"

别看祥子长得不算高，敦实微胖，但他身手敏捷，桶里的水泼出去，就立即返回头，到老人家里去接水。他看老人腿脚不便，赶紧说："爷爷，你再去找个桶，把水放满，让我来灭火！"

祥子提着水桶，在小路上来回奔跑，不断地把一桶桶水泼向熊熊燃烧的烈火。忽然，一阵风吹来，风助火威，那些燃烧的芦叶芦花在火焰的冲腾下漫天飞舞，发出噼噼啪啪的爆响；大火随着风势，一次次向他扑来，灼热的火焰熏燎着他的脸颊，把他的头发烧焦了，浓烟呛得他咳嗽不止。祥子没有畏惧，而是捧了把冷水，泼到自己的头上和脸上，又继续守住风口火头，不让大火朝前逼进一步！

小荒村的人白天大多外出打工，晚上才回家，留在家里的是些上了年纪的老人。这会儿，火灾现场除了刘大爷老两口，又来了两三个老人，但面对大火，他们动作迟缓，根本近不了边，只能靠祥子一个人在现场穿梭救火。他来来回回，提水救火，救火提水，不知道泼了多少桶水，把肆虐的火焰一次次挡在面前。他不敢有一丝懈怠，因为只要稍一松懈，大火就会猖狂地扑过来。

在祥子的提醒下，刘大爷拨通了报警电话，消防车随后赶来。但小荒村道路狭窄，消防车无法进入。后来，派出所民警前来协助，消防车停靠到了离火灾现场近百米外的巷口，消防队员抱着灭火器赶到了现场。这期间，祥子浑身被汗水浸透，力气几乎耗尽，但他一直坚持着，不停地泼水救火，阻止了大火的蔓延，直到消防队员把火势完全控制。

四栋民房和服装厂得救了，几百万元的经济损失避免了。祥子被大火浓烟熏成了一个炭人，白胖的脸庞变成了黑色，双眼通红，呼吸道感染，喉咙痛得说不出话来，但他骑上自行车，默默地离开了，继续赶去学校上学。

大火扑灭后，刘大爷和老伴想要感谢素不相识的救火少年，却发现他已经不声不响地离开了。经多方打听，才知道这位做好事不留名的小英雄是中专学校的学生祥子。两位老人赶到学校，找到祥子，向他赠送了见义勇为的锦旗，他的事迹这才广为人知。同学们纷纷竖起大拇指："胖祥子，了不起！为学校争了光，增了彩，是我们学习的好榜样！"

祥子的妈妈得知儿子的救火事迹后,感到既骄傲又后怕。妈妈最了解自己的儿子,她说:"祥子这孩脾气直,心眼正,太实诚,那么大的火,人家看了往后躲,他却硬是往前冲。他能这么做,跟学校老师培养教育分不开的。希望孩子保持这份初心,做一个对社会有用的人,回报学校和老师。"

传美组合

这是一个初春的早晨，天刚麻麻亮，葵花社区的大院门口，就聚起了三个人。一个是年过八旬的张爷爷，另外两个是实验中学的初中生徐振超和李逍骛。

这天是周六，加之春寒料峭，街上行人稀少，这一老二小，拎着水桶，拿着扫帚、铲子和铁锨，步履匆匆，他们到哪里去？去干什么呢？

大约走了十来分钟，他们到了市中心华联广场，在广场中间的"雷锋车"城雕前停了下来。只见他们放下水桶，没有停歇，就拿起扫帚和铲子，分散到城雕周围打扫起来。

这时，有几个早起晨练的人从广场边路过，看来早就认识他们，远远地打招呼："张大爷，你们祖孙仨今天又来打扫卫生啦，辛苦啦！"一辆出租车也放缓速度，司机师傅竖起大拇指，向他们致意。

打扫到一个角落时，徐振超看到了一处宠物狗的粪便，他没有迟疑，似乎也并不感到意外，拿起小铁铲，动作麻利地将粪便铲起来，装进他们专门带来的垃圾袋里。

张爷爷那边也出现了"情况"，一只白色的塑料袋，被风刮起来，挂在城雕高处的一个缝隙里，特别碍眼，张爷爷举着扫帚，够了几次也没有够着。

"让我来！"瘦高个头的李逍骛赶紧跑过去，接过张爷爷手里的扫帚，只一跳，就把塑料袋够了下来。

清晨的气温很冷，但打扫干净地面后，他们三人的额头上都已渗出了汗水。

徐振超说："张爷爷，你歇一会儿，下面的活就让我和李逍骛干吧。"

张爷爷笑道："没关系，这点活累不着爷爷。人多力量大，我们一起动手！"

于是，他们每人拎一只水桶，在冰冷的水里清洗抹布，又分头去擦拭每一座雕像。

一时间，他们忘记了冷，也忘记了饿。这一大早，他们还没来得及吃早饭哟。

屹立在华联广场的"雷锋车"城雕，占地八百多平方米，以象征"雷锋车"历程的柱体雕塑为中心，前方是"雷锋车组"服务旅客的人物造型：她们有的拉车，有的搀扶老人和孕妇，有的手拎包裹，步伐坚定，神态从容，面带微笑……用张爷爷的话说,"她们是雷锋精神的传人,也是我们这座城市的旗帜。"

九年前,市民自发捐款筹建的"雷锋车"城雕落成了。那时,张爷爷早已退休。他原是一所中专学校的老师,退休后,仍然关心下一代的成长,主动担任自家所在的葵花社区校外辅导站站长,义务为社区的孩子们授课。有一次,在社区的小课堂里,他给孩子们讲了"雷锋车"的故事:二十世纪六十年代,新浦汽车站长途服务组的女职工们响应"向雷锋同志学习"的号召,利用工余时间,免费为往返火车站与汽车站的老弱病残孕旅客服务,几十年来,风雨不辍,涌现了许多感人的故事。她们的服务工具从木板车、人力三轮车、电动车,演变为观光旅游车。"雷锋车"一共行程十几万公里,免费运送旅客二十多万人次……

"华联广场的城雕,就是根据'雷锋车组'的事迹,为了弘扬'雷锋车'精神建成的。"

坐在课堂里的徐振超和李逍骜,那时还是一二年级的小学生,他们一字不漏地听了"雷锋车"的故事,心里像燃起了一团火,很是兴奋。

下了课,他俩就围住张爷爷,齐声说:"张爷爷,你带我们去看看'雷锋车'城雕,我们也要学雷锋!"

张爷爷笑了,说:"想去看'雷锋车',爷爷带你们去。但今天不行,天都黑了,你们先回家,明天是星期六,咱们明早去。"

两个小学生也乐了,明天星期六,可以快快乐乐玩一天了。

张爷爷问："明天早上，你们不想睡个懒觉？能起得那么早？"

两人异口同声地说："我们保证不睡懒觉，明早不见不散！"

徐振超和李逍骜的家都住在四楼，是门对门的邻居。他俩相差一岁，自小就在一起玩耍；两人一前一后上了学，不在一个年级，却总是一起去学校，放学后结伴而归。第二天，他俩不约而同，六点半准时出门，五分钟后来到小区门口，看到张爷爷已经在门口等着了。

张爷爷一手拎着水桶，一手拿着扫帚和铁铲，像个"全副武装"的清洁工，笑眯眯地对他俩说："说话算数，好样的！"

他俩很是不解："张爷爷，你这是干啥？不是带我们去看'雷锋车'城雕吗？"

张爷爷神秘地说："跟我来，一会儿就知道我要干啥了。"

直到他俩随张爷爷一起来到华联广场，走近心中仰慕的"雷锋车"群雕，同时看到散落在城雕周围地面上的烟头、纸屑、塑料袋甚至人畜粪便，他们才知道张爷爷此行的目的。

张爷爷说，自从城雕落成，他隔两三天就要来打扫一次，每次都是在清晨。因为他发现，这里的垃圾大多是夜间人为造成的，趁早打扫干净，就能让南来北往的游人看到城雕周围清洁的环境。

张爷爷的行动感染了两个小学生。李逍骜拿过扫帚说："我在家经常帮爷爷奶奶搞卫生，地板扫得可干净了。"

徐振超洗了块抹布，一边擦去人物雕像上的灰尘，一边说："我帮妈妈洗过碗，擦过桌子，这点活不在话下！"

从此，每到周末和节假日，徐振超和李逍骜都会一大早赶到华联广场，清洁"雷锋车"城雕的环境卫生。从小学到中学，春夏秋冬，年复一年，他们在默默坚持。

葵花社区主任陈阿姨是两个孩子学雷锋做好事的见证人，称他俩是传递文明美德的少年组合。

"传美组合"的事迹，不仅传到了他俩所在的实验中学，也传遍了全市。他们的行动，激发越来越多的人传递美好，让"雷锋车"精神在港城大地上薪火相传。

不差钱

六月，一个周末的下午，我从家乡返回上海的租住处。这是靠近徐家汇的一个小区，建于二十世纪九十年代初，我住在一幢高楼的六楼。

天气闷热潮湿。一走进楼洞，就觉得有点不对劲，空气里有股腐臭的味道，还有刺鼻的来苏水味；有几个戴着口罩的警察进进出出，在忙乎着什么。我隐约听到一个警察说，已经通知了，殡葬车很快就到。哦，看来是楼里谁家有人去世了，怪不得刚才经过小区传达室时，看到门口聚集了一群保安和居民，在谈论着什么。

死者是个什么人？为什么会惊动警察？傍晚，我忍不住来到传达室，想解开疑窦。

传达室向来都是小区的信息源，里面有两个保安，还坐着一位退休干部模样的老者。一问，他们对死者的情况还真了解颇多。

他六十多岁，算是刚刚跨入老年。是个残疾人，视力微弱，接近于全盲，但自理能力很强。还患有糖尿病及多种并发症，极有可能就是某个并发症要了他的命。

这是个孤僻的人，无妻无子，甚至一辈子没结过婚，一个人住在一楼那套两室一厅的房子里。退休前，他在一家福利单位上班，退休金加伤残补助每月能拿上万元。按说是个阔佬，挣下的财产有几百万，这还不包括他住的房子。这套黄金地段的房子，至少值五百万！当然房子是父母留给他的，不算他的本事。

我感到好奇，他一个残疾人，怎么挣了这么多钱？

退休干部说，他会炒股，是上海第一代股民，炒了二十多年的股票，赚大发了。

一个盲人，怎么炒股？

有盲人专用的电脑软件呀。还有个收音机，总是拿在手里，听财经方面的消息。他鬼精得很哟。

有这么多钱，怎么不找女人成个家，或者找个保姆照顾自己，何苦孤零零一个人过日子？我还是疑惑。

退休干部皱着眉头说，这人就是怪，这么有钱，日子却过得抠门！我跟他做了十几年邻居，没见他买过一件新衣服，身上穿的多是从居委会捡来的，人家捐献的旧衣服；还有买菜，他都赶傍晚菜场快关门时才去，一块钱买一大堆处理菜，有时还捡人家不要钱的菜帮子，听说一个月都吃不上一次肉。

有个保安瞪大眼睛说，那他挣这么多钱干吗？这不是傻瓜吗！

天知道他挣钱为了什么！我看他就是个吝啬鬼，葛朗台！退休干部简直有些愤怒了，他接着披露，这人就是上海本地人，有两个兄弟，哥哥当过某大型国有企业的副总，家庭条件优越，弟弟一家在国外定居，跟他早就没有来往。哥嫂早些年偶尔来看过他，但不知为了什么事，跟他闹翻了，据说是他认为哥嫂对他的财产有所企图吧，所以对哥嫂极为冷淡，甚至翻脸撵人，哥嫂后来也再不来看他了。

一个人没有爱情，没有友情，难道连亲情也不要？这活着还有啥意思呢？

这我哪晓得。这人脑袋受过伤，应该是头脑出问题了。是在当年的自卫反击战中受的伤。他不是军人，是民兵，运送物资上前线，越南人的炮弹射过来，一块弹片把他整个头皮都削掉了，眼睛受了重伤，几近失明，好歹捡回来一条命。但身体的那方面肯定出问题了，对，可能就是那个物件坏了，不能找老婆了；那物件坏了，人的脾气也就变了，变孤独了。

听到这里，我心里一紧。这是个可怜人啊，之所以选择孤独的生活，看来深有苦衷。

说到这里，退休干部叹了口气，你说这人苦逼死抠有啥意思，腿一伸人一死，没老婆没子女，这财产啊房子啊还不都归他哥哥了。不过我真纳闷，我到他那屋里看过，连个空调冰箱都没有，一台电视机还是老式的，给收破烂的都不收，他这些年挣的钱都哪去了？

保安调侃道，小沈阳不是说，人生最痛苦的事，是人死了钱还没花完。这人一辈子太亏了，挣那么多钱，也没享受一天。要是我，连这房子也卖了，逛遍全世界，天天住宾馆吃大餐，让人伺候……你说他吧，混到临了，也太可怜了，人死在家里好几天，都没人知道，业主来反映，说楼里有股臭味，害得我们几个保安楼里楼外到处找，最后闻出是他屋里传出来的，这才报警，把门打开……

退休干部摆摆手，不说了不说了，想起来就添堵。说来说去，这人这一生可悲可叹可怜，太不值了。

听到这里，我心里的一些疑惑解开了，不过，又像是平添了另一些疑惑。

又过了数日，中午下班回来，经过传达室时，保安喊住我，说那个人的事情上报纸了，你看到了吗？乖乖隆嘀咚！

我意识到，他说的是一楼那个逝者。我看到当天的报纸上写道：这位严重残疾的老人，多年来隐姓埋名，向贫困地区和各灾区累计捐款二百多万元；几年前，身患重症的老人就立下遗嘱，身后将他的存款及有价证券变现，全部捐给边疆的贫困儿童，这又是一笔百万巨款……

血花红染好胭脂

一

四月的江南,一场春雨过后,冷风肆虐,花瓣零落,让人陡然觉得肃杀和清冽。

晨曦中的黎里古镇,雾霭尚未散尽,一条市河自东向西穿镇而过,将其一分为二,又以十多座拱形桥把两岸勾连。河里行的多是乌篷船,有运送柴米油盐的,有自乡下贩蔬菜贩鱼虾来的,还有从水乡各镇载客过来的,较之平常陡增许多。市河两边,是青石板铺就的老街,行人也明显多于往常,且大多面色凝重、步履匆匆,空气里弥漫着一种令人窒息的况味。

黎里镇市民公所,此时已经聚集了上千人,吴江县民众追悼孙中山大会在此召开。会场布置得肃穆庄重,由柏枝搭建的牌楼苍翠青郁,高悬"为国捐躯"的匾额;礼堂正中,悬挂着孙中山先生的大幅遗像,两旁是对联:"革命尚未成功,同志仍须努力!"

上午九时,追悼大会开始。台上,一位身着黑缎旗袍的青年女子担任司仪。她长得圆脸宽额,剪着短发,有一双明亮俊秀的大眼睛。她首先介绍,担任大会主席的是国民党吴江县党部常务委员柳亚子先生,并由他第一个上台演说。

柳亚子缓步登台。他演说的题目是《报告孙中山历史》。

他时年三十九岁。早在二十多岁时,他就追随孙中山,加入同盟会,宣传三民主义,和共产党人亲密合作。他说:孙中山国民革命的目的,是打倒帝国主义;孙中山一生的历史,就是反抗帝国主义的历史。

第二位上台演说的是国民党江苏省临时省党部的代表侯绍裘。他是国民党松江县党部负责人,也是一名共产党员。他与临时省党部秘书、共产党员姜长林一起,从上海专程赶到黎里,出席此次大会。侯绍裘围绕着功业、道德和人格三个方面,满怀崇敬之情,追溯了孙中山伟大的一生。

最后压轴的演说者,竟是担任大会司仪的年轻女子,她就是柳亚子和侯绍裘都很熟悉的张应春。

此时的张应春,是黎里女子小学的体育教师。一年前,她由侯绍裘介绍,加入了改组后的中国国民党。张应春与柳亚子的四妹柳均权是小学同学。当年,她还是一个蹦蹦跳跳的青涩女孩,就常到柳家玩耍,柳亚子待她如亲妹妹一般。

张应春一改刚才担任司仪时的沉静，态度鲜明、情绪激昂地说：孙中山先生的精神就是革命。孙先生革命之目的，是要打倒帝国主义，打倒军阀，实现三民主义。三民主义，就是民族、民权、民主三大主义，是代表被压迫阶级说话，向压迫阶级宣战的。全中国的被压迫阶级，都要悼念孙中山先生，继承孙先生的革命事业。

张应春的开场白让台下的听众为之一震。特别是柳亚子和侯绍裘，他们从没有看过她如此亮相。她的表现出乎意料，甚至可以说是非常精彩；士别三日，当刮目相看。

张应春接着说：当下中国，经济制度不平等，占人口大多数的工农阶级衣不蔽体，食不果腹，一天天地困苦下去。只有少数的军阀、官僚、买办阶级和土豪，尽情地快活和享乐。他们每天打麻雀、吃大菜、坐汽车，甚至纳妾、嫖妓；他们倚恃着权势，污辱我们女子的人格；他们醉生梦死，不顾国家的存亡，不念及大多数工农阶级的痛苦。这是何等的不平！何等的可恨！同胞们，革命，是为大多数工农群众的利益而革命！我们要唤醒工农群众，组织他们，为了自己的利益起来革命！

最后，张应春饱含深情地说：孙中山是革命的领导者，是主张男女平等、助推女权发展的第一伟人。孙先生的逝世，是全中国工农群众的最大损失。我们悼念他，更要加倍努力，加倍奋斗，完成他的未竟之志！

张应春的演说时而悲伤，时而激昂，仿佛满腔的热血都涌到了喉际，恨不得把一颗心捧给台下的听众，可谓声情并茂，直抵人心，全场为之沉思，为之震撼。

下午，举行声势浩大的悼念游行。黎里镇的三里长街，两千余人的游行队伍缓缓行进，观者人山人海。张应春和另一位女国民党员瞿双成，捧着孙中山的遗像，走在队伍的最前面。当时黎里女子剪发尚未盛行，而她俩却是齐耳短发，便有围观者悄悄地说她们是"盛泽尼姑"。几个小孩听了，就大叫起来，"大家快来看盛泽尼姑！"

柳亚子皱起了眉头。盛泽是吴江的大镇，那里的尼姑大多做暗娼生意。张应春的发型与尼姑相似，这"盛泽尼姑"明显带有侮辱性。听了叫喊，人群中起了一阵阵骚动。但是，众目睽睽之下，张应春镇定自若，满脸肃穆，两眼发出炯炯的光芒，坚定地走在游行队伍前面。

目睹此情此景，柳亚子的眼眶湿润了。这个女子上午的演说让他心潮澎湃，眼前的表现更令他折服。这是个思想健全、意志坚强的奇女子啊！恍惚间，他甚至把她幻化为那英姿飒爽的鉴湖女侠——秋瑾。他在心里认准了她。

同样，侯绍裘也在久久地注视着张应春。他暗暗赞叹，这是一个不可多得的进步女性。人才难觅，人才难得，中国的革命事业需要这样的女性！

二

吴江，地处江浙两省交界，被历代文人称之为"吴根越角"。

这里有个风光秀美的江南小村，叫葫芦兜，毗邻汾湖，水乡特色浓郁。汾湖古称分湖，是春秋战国时期吴越两国的分界湖。汾湖水经过莲荡、木瓜荡，流入村中，形成一个两头圆、中间细的小漾，活脱脱像个巨大的葫芦。

葫芦兜的河岸弯弯曲曲，民居依河而立，杨枝柳叶掩映下的粉墙黛瓦，高低错落。位于兜底东岸的张氏人家，临水一座宽敞的双落水河埠，一溜花岗石驳岸，虽然历经岁月的风化侵蚀有些残损，却不动声色地显示着这户人家曾经有过的辉煌。

1901年（清光绪二十七年）11月11日，这座宅院的主人张农一直没有出门，他时而在"竹松书屋"里焦急地踱步，时而抑制不住内心的期待和喜悦，登上楼台，向远处眺望。那烟波浩渺的汾湖尽收眼底，三三两两的舟楫在莲荡、木瓜荡和葫芦兜的水面上游弋。

他在等待，等待这个家庭第一个小生命的诞生。

张农原名肇甲，字都金，号鼎斋，时年二十四岁，是个饱学诗书的秀才。他家的祖产，有百十亩水田，部分自家耕作，部分租给佃农，尚可维持家用。

张农的妻子金定生，是个端庄秀丽的农家姑娘。她嫁入张家后，孝敬长辈，夫妻恩爱，勤于持家，很得族人和邻里的夸赞。

傍晚时分，随着一声响亮的婴啼，一个小生命在张家呱呱落地。

接生婆赶紧来到书房，向张农报喜："恭喜恭喜，添的是千金，母女平安！"

张农的心里，终于石头落地："平安就好，平安就好！"

他情不自禁地吟诵了一句当地农谚："九月菊花遍地黄，十月芙蓉应小春……今天是十月初一，小阳春啊！"

于是，一锤定音：孩子取名蓉城，字应春。

张农的祖上，在葫芦兜世守耕业，家道渐渐殷实。然而，历史的年轮进入二十世纪初叶，山河破碎，风雨飘摇，覆巢之下，安有完卵？张氏家业逐渐衰落。

这些年，张农由一个埋头耕读的读书人，变成关心时局、忧伤国事、忧虑民生的革命支持者。留存至今的一部手稿《葫芦吟草》，记载了他这一时期的心路历程。辛亥革命爆发，张农欣喜地写道："占我河山三百年，为奴为隶最堪怜；一朝鄂渚风云起，直捣黄龙气撼天。"

张农为人正直忠厚。他体恤食不果腹的农户，嫉恶为富不仁的豪绅，每遇旱涝灾害，都要给耕租他家田地的佃农减租。柳亚子曾称道他："咸能周知民困，且多隐德，抗豪宗，庇农佃，盖其习性然也。"

耕读之余，张农常把小应春带在身边，到田间地头，到湖荡河畔，感受农耕的辛劳，体察贫民的艰难。

有一次，张农带女儿到荷塘边看人采藕。时值隆冬，水面上结着一层薄冰。那些采藕人赤着脚、挽起裤管、拖着小木筏就下到满是枯茎残梗的荷塘里，两腿一上一下有节奏地踩动。待到一支莲藕露出一截胖乎乎的身子，他们便弓着身，双手伸进泥水里，顺着藕节深挖下去，直到把一支长藕完整地挖上来，再码放在小木筏上。

"水里这么冷,这些采藕人不怕冷吗?"小应春对什么都充满好奇。

"都是血肉之躯,当然怕冷。可要是挖藕的怕冷不去挖藕,打鱼的怕冷不去打鱼,我们过新年就吃不上鲜鱼鲜藕了。"

"那我们不吃鱼也不吃藕了,让他们快上来吧,等天暖和了再挖。"小应春着急地说。

"傻囡子,我们吃不吃没关系,可他们不采藕不打鱼,就没有生活来源,拿什么养家糊口?"

"那该怎么办?"小应春若有所思。

父亲对应春的成长影响至深。而在张农的潜意识里,也把长女当作男孩教育培养。

应春的母亲金定生,是汾湖南岸金家湾的农家女。她能嫁到张家,算是进了名门大户。由于门不当户不对,她一直有种自卑心理。

应春的出生,给这位张家新媳妇带来了做母亲的喜悦,丈夫的理解也让她深感庆幸。然而,不幸却接踵而至。金氏的第二胎、第三胎依然是女孩。于是,族人的冷眼看待,村民的背后嘀咕,像是在她心头压上了一块重重的石板。她暗暗流泪,烧香点烛,求神问卜,日夜祈求菩萨保佑,给她一个宝贝儿子。可是,命运似乎与这个善良的女人作对,当第四胎临盆时,她等到的仍是接生婆发出的无声叹息。

童年的小应春很懂事,妈妈忧伤的时候,她总是坐在一边,想办法安慰妈妈。她对妈妈说:"我长大后,要像个男孩子。男孩能做的事,我都能做!"

妈妈搂紧小应春，仿佛有了一个贴心的依靠。

在彷徨和焦虑中，金氏又怀上了第五胎。也许是上苍终究怜悯这位苦难的母亲，这一次她终于生了个男孩。葫芦兜东岸的张家红烛高烧，合族欢欣。金氏苍白的嘴角，绽开了久违的一丝微笑。男孩取名祖望，寄予了张家祖辈的冀望。

后来，金氏的第六个孩子又是个女孩，出天花早夭。第七个还是女孩，家里人商量，准备将她送人。这时候应春站了出来，执意不允，一定要留下这最小的妹妹。小妹留了下来，取名留春。

由于当时生活和医疗条件所限，张农夫妇生育了七个孩子，只有老大应春、老三秀春、老五祖望、老七留春四个长大成人。

应春成年后，有件事让她对父母一直心存感激：父母没有硬逼她从小裹足，她才拥有一双天足，才有机会走进学堂，走出乡村，走向外面的世界。

三

葫芦兜畔的杨枝柳叶，黄了又青，青了又黄。小应春虚龄八岁了，胖乎乎的脸上扑闪着一双活泼的大眼睛，扎着红头绳的两根小辫子一甩一甩，天真烂漫又聪明伶俐。

八岁是上学的年龄。小应春缠着父亲，要去上学。是啊，比她大两岁的小堂叔早就上学了，比她小两岁的堂弟也在兴冲冲地准备上学，她凭什么不能去上学？

父亲张农虽思想开明，还是犯了难。村里的私塾学堂，从没有过女孩上学的先例呀。

"爸爸，你不是讲过午梦堂叶家三个姐姐的故事么，我长大了，要做叶家姐姐那样的才女。"应春摇着父亲的手臂，并不气馁。

的确，张农不止一次地在女儿面前赞叹叶家三姐妹的才情。三百年前，莲荡东岸的午梦堂，堂主叶绍袁及妻子沈宜修，培养了三个风雅绝代的才女叶纨纨、叶小纨、叶小鸾。

"爸爸，你不是最敬佩鉴湖女侠秋瑾么，你说她到过日本求学。你送我去上学，学到了本事，才能像秋瑾那样干大事呀。"

父亲怜爱地看着女儿，为了上学，她真铆上劲了。是啊，上一年血溅绍兴轩亭口的秋瑾，不就曾两渡重洋到日本留学吗？她铿锵有力地说过：女学不兴，种族不强；女权不振，国势必弱。

想到这些，张农的心头涌起一股热流。他对女儿说："爸爸答应你，送你去上学！"

小应春高兴地蹦起来，跑去告诉妈妈，告诉弟弟妹妹："我要上学喽，我要上学喽……"

张农当然不会想到，眼下像小鹿一样快乐跳跃的女儿，以后会步秋瑾的后尘，成为一个时代的巾帼女杰。

葫芦兜村最早的学校是一所私塾，办在於张合祠的十馀斋。这年春天，小应春成了村里这所私塾的第一个女学生。小应春悟性甚好，又很用功，从《三字经》《百家姓》到《千字文》，她学得溜快，过目成诵，成了私塾学堂里进步最快、成绩最好的学生。

后来，张农与堂弟张仲友等人一起，将原来的村私塾改创为葫芦兜初级小学，小应春自然成了这所乡村小学的学生，她背着书包，携着她的弟妹们，手拉着手，一起上学读书。

这时的应春，已经十分懂事。尤其是母亲的苦难，在她小小的心坎上早就划下了一道深深的印痕。在家里，她不声不响多做家务，体贴心力交瘁、过度劳累的母亲。她有一双巧手，母亲教一些女红技巧，比如编结线袋，挑十字红，她一学就会，很是精细。

弟弟祖望年龄小，身体弱，早上喜欢赖床，不想去念书。应春就把古人勤学故事讲给他听。头悬梁锥刺股，匡衡凿壁偷光，祖逖闻鸡起舞……祖望听得津津有味，一骨碌从床上爬起来，缠着姐姐继续讲。应春告诉他，这些故事有的是老师讲的，有的是从书上读到的；书上的故事多着了，你不去上学，不学知识，就会错过天底下许许多多好故事。

初冬的一天傍晚，姐弟几个放学归来，祖望和村邻家的小男孩落在后面，走在河边玩耍，那个小孩一不小心滑到了河里，吓得祖望大声哭叫。应春闻声跑了过去，丝毫没有犹豫，就跳到大半人深冰冷的水里，把小孩拉上了岸。事后，小男孩的家人对应春千恩万谢。她却说，大家一起放学，我是大姐姐，照看好弟弟妹妹是我的责任。

不过从此以后，应春多了份细心和耐心。上下学的路上，她总是细心地照看弟弟妹妹，吩咐他们注意安全。

又一年秋，张农被聘到黎里女子小学（高小部）任教，应春随父亲到黎里就校住读。

四

古镇黎里，在汾湖之西，吴江七大镇之一，苏浙沪之要冲。

黎里自古民风淳厚，"镇上多士夫之家，崇尚学术，入夜诵读声不绝"。镇上出过二十六名进士、六十多名举人。有一位举人周元理，官至清乾隆朝直隶总督、工部尚书。

黎里女子小学，坐落在市河南岸。这所小学的创办者，是倪寿芝与其弟倪迪民、倪与三。办学之初，得到柳亚子等有识之士的支持。

柳亚子1887年出生在距葫芦兜东北十里许的北厍镇大胜村。十年后，柳家迁居黎里，一直租赁周氏"寿恩堂"居住。此时的柳亚子，受孙中山领导的同盟会影响，已与吴江同乡陈去病、金山县的高天梅等人创建南社，以文字鼓吹革命，成为一大批文人志士中的佼佼者、名重江南的诗坛盟主。

张农与柳亚子的交往，得从柳亚子的妹妹们说起。早年，柳亚子敬佩法国启蒙思想家卢梭，自称亚卢，即"亚洲的卢梭"；还以"权"字给四个妹妹取名，给早逝的长妹追取隆权，给二妹、三妹、四妹分别取名平权、公权、均权。三妹公权高小毕业，柳母不赞成她外出求学，就请了位塾师教她专修国文，这位塾师不是别人，正是张农。后来，四妹均权在女子小学就读,张农又成了均权的老师。张农长柳亚子九岁,柳亚子读过他的诗文,敬佩他正直的人品,称他是位"饱学宿儒"。

随父就读的张应春,与小她两岁的柳均权成了同学,而且还是同桌。两人相处融洽,成了亲密无间的好友。

张应春初到黎里女校,班上就有同学窃窃私语,以为她父亲当老师,女儿也许会依仗父势,不守校规,或轻视他人,难与同学和睦相处。然而事实却大大地出乎同学们的意料,应春为人爽直,待人诚恳,且勤奋好学,成绩良好,数学尤佳,很快赢得了同学和老师的好感。

年号,是封建王朝纪年的名号。1915年底,袁世凯黄袍加身,改国号为"中华帝国",改年号为"洪宪",以1916年为"洪宪元年"。

黎里女子小学迫于政治压力,规定学生记载课堂日志时,一律使用"洪宪"年号。这天,轮到张应春和柳均权在班上值日。应春在父亲的影响下,十分关心时事,对复辟倒退的袁世凯早已义愤填膺;均权受到哥哥一系列反袁诗文的激励,亦是同仇敌忾。她俩悄悄商量,在课堂日志上赫然填写了"民国五年"四字,还在同学面前,斥责袁世凯的倒行逆施。黎里女校一片哗然,许多师生暗暗称道,看不出两个平素安静文雅的小女生,在大是大非面前做出惊人之举。

对女儿这种初生牛犊不怕虎的举动,张农其实是赞赏的,然而,他又囿于环境,怕女儿遭到不测,违心地出面干预,劝说她在课堂日志上改写年号。应春却犯起了犟脾气,执意不从。最后校方只好将那页课堂日志销毁了事。

这件事后来传到了柳亚子的耳朵里。有一天，应春到柳家里玩，正碰上柳亚子在家。均权把应春拉到哥哥的书房，介绍道："这就是我同桌张应春。"

柳亚子高兴地站起来："哦，你就是应春啊，小妹早就跟我说起你，说自从认识你，她就多了个姐姐。你父亲鼎斋先生，我们早就熟识，他诗文俱佳，是个好老师啊！"

张应春此前跟均权来过柳家，也看见过柳亚子。柳家是个大家庭，经常客来客往，高朋满座，加之柳亚子比她大十四五岁，所以彼此都没有去注意对方。但柳亚子和蔼的笑容，一下子拉近了他们的距离。她觉得传说中那个才气傲人的诗人，像邻家大哥一样平易近人。于是她大大方方地说："亚子先生，我爸说他是亦耕亦读的农夫，你才是真正的诗人。要说同桌以来，我跟均权学了很多东西，她对我帮助很多。"

柳亚子笑了："你俩倒是配合得好啊，'年号'风波都传到我这里了。小小年纪，能够关心国事，反对复辟，我支持你们。"

柳亚子的话，给张应春注入了一种从未有过的力量。

五

张应春从黎里女子学校高小毕业后，准备继续求学。经过一番慎重考虑，她和父亲的目光都聚焦到了上海，聚焦到了与国人身体健康密切相关的体育教育。

在黎里女校时，张应春爱好体育，注重锻炼身体，很是喜爱女校每周两节的体操和游戏课；她从中感受到体育锻炼的魅力，不仅使平时受压抑的紧张情绪得以释放，身心舒畅，还能培养意志和促进大脑反应能力。她说：我们女子要想与男子平等，就要有个好身体；养在闺房里的金丝鸟，哪能经受大自然的风风雨雨？

他们之所以把目光投向上海，一个原因是家乡与上海离得近，水陆路途加起来也就一百多公里，往来便利，而且上海此时已是中国最大的城市，国际上著名的通商巨埠，各行各业领风气之先；另一个原因，上海的女子体育教育经过十余年的发展，已经具有一定的规模和影响力。1908年创办的中国女子体操学校，后改称中国女子体育学校，是中国第一所女子体育专门学校，当时在江浙沪一带闻名遐迩。

张应春报考的就是上海中国女子体育学校。女子体校的第一任校长徐一冰是浙江吴兴（今湖州市）人，不仅是一位经验丰富的体育家，也是一位具有远见卓识和强烈事业心的教育家。建校之初，他就经常勉励师生："强国之道，重在教育；教育之本，体育为先。"

张应春踏进女子体校的这年秋天，上海刚刚接受过五四运动的洗礼，各种进步社团、进步报刊宛如雨后春笋，各种新的社会思潮纷至沓来。这位女子体校的新生，从穿上白褂、黑裙校服那一刻，就扑闪扑闪瞪大了热切好奇的双眸。是的，急剧转折的历史，为人们敞开了新文化、新思想的大门。满怀求知渴望的张应春，就像一尾活泼的鱼儿，一下子遨游在波翻浪涌的大海中。

张应春写下《辛酉日记》，记录了当年的学习生活：

12月9日，星期五，天晴……下午上了两课图画，是写生画，钱老师教我们透视的方法，很快就明白了。……我今天所绘的物品，已能知道它的绘法，可到了下星期再画别的，恐怕就又不知道了。可见学问是没有穷尽的，这话很有道理，而且在我们学生时代，万不可以存满足的心思。

12月22日，天气半阴半晴……下星期二要考试了。同学们听着后都害怕，我独不怕。为什么呢？并不是我比他人高明，实在是我知道学校之所以要考试的缘故，不过是叫我们温习罢了。

12月27日，星期二……午饭后，到公共体育馆体验身体。我的肺活量、体重、身高都比去年长了些，足见我的身体比去年强壮了。返校后，已三时，上了一节教育课，又到迎接室里弹了一刻钟的琴。

1月8日，天晴……收到两封信，还有一份我的分数单。我急忙取来一看，总平均虽然列入甲等，不过名次列入第三，比上学期退步了。……

从日记中看出，张应春对自己的要求非常严格。在学习上，成绩第三她都认为自己退步了，是对自己放松了要求。抱着这样的态度去学习，当然会取得优异的成绩。

在生活上，张应春也特别注意养成良好的习惯。她不像那些城市绅富人家的女儿，零食罐头塞满了抽屉，枕头边时常留着水果皮核，下课回来就捧着一面镜子……而是把有限的时间用于学习和参加有意义的活动。

她与来自松江的史冰鉴同学等经常切磋技艺，几乎每天早晚都在一起体育锻炼。清晨，她们"闻鸡起舞"，练体操、舞蹈；晚上，她们练棍棒、单杠、哑铃或球艺。有一种刀舞，她与史冰鉴等五人合练，她们身着立领上衣，短袖到肘，束腰挺胸，下穿及膝的灯笼裤和长筒棉袜，舞步飘逸矫健，刀光剑影中更见飒爽英姿。

1921年底，美、英、法、意、日及中国等九国在华盛顿举行会议。会上，关于中国问题的《九国公约》，肯定了美国提出的"各国在华机会均等"和"中国门户开放"的原则，确认帝国主义列强共同统治中国的局面，中华民族再次濒临被瓜分的危险。上海及全国各大城市迅速掀起了如火如荼的抗议运动。

正在女子体校就读的张应春，满怀激愤之情，风风火火地投身抗议浪潮。12月7日下午，她和本校的另一位学生代表一起匆匆前往四川路上的青年会，参加上海各校学生代表会议，讨论翌日下午参加上海各界国民大会的有关事项。第二天上午，她上了两节课后，继续去参加会议。参与其中，她深深感受到了血气方刚的同龄人高昂的爱国热情。

这天午后，暖日当空，上海各界国民大会在南火车站沪军营操场召开。张应春手执小白旗，走在女子体校学生队伍的前列。沪军营操场上人山人海，人头攒动。上海各界代表一一登台讲话，愤怒揭露、抗议帝国主义列强的罪恶阴谋，惊天动地的口号声此起彼落。大会结束后，四万五千余名群众举行了示威游行，浩浩荡荡的游行队伍犹如一条愤怒的巨龙奔腾向前。直到夜色降临，张应春才和同学们回到学校。

深夜，张应春的心情久久不能平静，在日记里写道：那么多挥舞的小白旗，那么多群情激愤的标语，这是我从没有见到了……心里很是矛盾，是凄惨，悲哀，又是振奋，欣慰。为什么？看到成千上万的人面带愁容，挥着白旗，就好像在办丧事，好像亡了国一般，所以我感到悲哀和凄惨；然而，国民们对国家前途如此关切，学生们的爱国激情如此高涨，大家把国家民族的事情担上肩膀，又让我看到了希望。

每逢寒暑假来临，张应春就归心似箭地赶回家乡。她在日记里详细记述了寒假返乡的经过和当时的心境：

> 凌晨四时，我就起了床，洗漱完毕，又整理了一遍行李。六时许，昨天雇好的人力车来了，于是上车赶往火车站。
>
> 一起同行的有四五个同学，想到快要返乡回家，大家的脸上多有欣喜之色。随着一声汽笛长鸣，火车开动了。同学们都没有吃早饭，大家买了些点心，边吃边聊。火车奔驰，发出轰隆隆的声响，我们靠近在

一起说话，心情也渐渐开朗起来。不觉数时过去，嘉善站到了，同学们把我送下车，依依不舍。我的行李多，找了个脚夫挑了行李，赶到码头，有一班小轮船到西塘，正好赶上了。从西塘到陶庄，只好雇一条小舟。天气很冷，有些逆风，船夫摇橹不像风平浪静时那样轻松，船头响着汩汩的水声。

赶到陶庄时，已是傍晚时分，太阳都落下了，离家还有十几里的路途。我心里很急，恨不得能飞到家中。但是，我想起父亲此前的来信，他似乎测算好了时间，叮嘱我到了陶庄后不要赶晚回家，路上不安全，就到镇上的姑母家住一晚上再回。也好，我挺想念姑母和表姐的，正好去她家。

假期中，张应春忙着看望族中的长辈，忙着到黎里母校探访昔日的老师和同学，忙着和弟弟妹妹们做伴。人们惊奇地发现，这个浑身散发着青春气息的姑娘，言行举止越来越开朗豁达，令人刮目相看。

闲暇时间，她也总爱坐在妈妈身边，跟她聊一聊上海和学校的新鲜事。妈妈感慨地说，幸亏当年没有硬逼你裹小脚，要不哪能到外面去看世界呀！妈妈还问她，以前教她的女红忘记没有，十字绣法还会吗？应春自信又俏皮地说，学到手的技艺哪能忘了，不信露一手给你看看！那两天，她果真绣了几个荷包和时新的名片袋，针法严谨，想象力丰富，尤其是金鱼、蝴蝶、花卉等，形象生动，栩栩如生。

张应春还经常顶着凛冽的寒风，一家家串门走户，了解民情民意。乡邻们一年四季日出而作、日落而归，却依然摆脱不了生活的穷困窘迫。春节前的一天，她到一户佃农家串门。这户人家有三个孩子，大的七八岁，小的只有三四岁，个个衣衫褴褛。她带了包点心给孩子们，三个小家伙眼睛放光，高兴坏了，却又小心翼翼地不去动那包点心。孩子的妈妈告诉应春，家里一年忙到头，也没落下钱，外面还欠了些债，这不几天就要过年了，想给孩子们买肉包顿饺子都没有钱。唉！孩子们太馋了，你送的点心得留着，等年三十晚上再分给他们。应春听了这话，拉起孩子们长着冻疮的小手，禁不住流下泪来。第二天，她就买了块肉送到这户穷苦人家。那天她跟父亲说起这事，心情仍然愤慨不已："农民一年到头辛勤劳作，反而不得温饱。这样不合理的制度，一定要把它彻底铲除！"

六

农历四月，布谷声声中，枝繁叶茂的江南孟夏已然到来。二十一岁的张应春从上海中国女子体育学校毕业。她毅然辞别父母弟妹，远赴厦门鼓浪屿的厦岭学校担任体育教师。

张应春远离家乡，远离上海，来到这东南一隅，可以说是举目无亲、倍感孤独。特别让她难以忍受的是，在这个西方列强操控下的公共租界，周遭的环境如同一潭死水，让她非常压抑。她经常碰见国人在大街上横遭外国巡捕阻拦、搜查的情形，又见炎炎烈日下，中国苦力们挽着大石滚碾压道路，外国人却佩着手枪在一旁监视。中国的土地上，竟由外国侵略者作威作福，而中国人却备受欺凌，让她深受刺激，痛感耻辱。

在教学之余，张应春常常走到海边，看蔚蓝色的海水追逐着的浪花，一朵谢了，一朵又开了，周而复始，永不停歇；到了涨潮时，海浪一个连着一个向岸边涌来，像一座座滚动的小山撞到海边的礁石上，溅起好几米高的浪花，发出阵阵轰响……每当此时，她的内心就难以平静。她遥望北方，想念亲人，回味学生时代那激情澎湃的火热生活。

当然，作为一名体育教师，张应春一直尽心尽职地发挥自己的特长，在课堂、在操场上传经授业。她的扎实功夫和灵活技巧，她的青春活力，犹如一股清新之风吹皱一池春水，深受学生们的喜爱，也得到了校方的肯定。然而，就在张应春担任教职的第一个学年即将结束阶段，她的右脚突然染上了"丹毒"，病症来势凶猛，不仅疼痛异常，还很快就难以行走和站立，无法进行体育课的示范和教学工作。因此时已经临近暑假，她只好跟学校告假，提前返乡就医。

张应春拖着病足，辗转千里，疲惫不堪地回到家。父母大吃一惊，他们看到女儿的右足及小腿已经红肿得变了形，伤口渗液感染，禁不住心疼得流下泪水。第二天，他们就将女儿送到离家较近的芦墟医院，让她住院诊治。同时，他们暗暗商定，女儿治好足疾后，也不让她再到那么远的地方去教书了。

张应春在芦墟医院住院近两个月，经过治疗和家人的精心照料，痊愈出院。回到家，父母就跟她谈心，说让她一个女孩子远离家乡，在偏僻的海岛上教书，他们实在不放心。他们宁愿她不去挣钱,也不让她走了。母亲说着说着,就流下眼泪。父亲则态度坚决地说:"你先安心休养,厦门那边的教职就辞了吧,暑假后不要回去了。至于今后,凭你的本事,不愁找不到教书的地方。"

父母的劝阻,让张应春沉思良久。一年来,在鼓浪屿的孤寂生活的确让她难以忍受,但与学生们建立起来的感情以及校方对她的关照,又让她深为留恋。她没有立即答应父母,打算考虑几天再作决定。

住院期间,柳均权专门去探望过她。现在出了院,脚伤好了,张应春便心情急切地赶往黎里,想跟离别多日的好友聚一聚。

在柳家,张应春遇到了几年未曾见面的柳亚子。可以说,这一次见面,是张应春人生之路的新起点。

这些年来,柳亚子一直致力于南社事务,组织南社的多次雅集。1922年,孙中山在广州就任非常大总统,发表对内对外宣言,积极准备北伐。柳亚子精神为之一振,翘首盼望南师北征,早早结束长夜漫漫的军阀混战局面。

这年9月,柳亚子一家移居本镇的五亩园周氏"赐福堂"。柳亚子在院中的藏书楼专辟了一间"磨剑室书斋"。他"置身草芥",却"放眼天涯",会同黎里区教育会等九个团体,成立《新黎里》报社,社址设在本镇庙桥弄县立第四高等小学。由他任总编辑,第四高小校长毛啸岑任副总编辑。

张应春与柳亚子的这次见面就在"磨剑室书斋"。那天,均权把她带到书斋,对正在埋头笔耕的柳亚子说:"哥哥,你看谁来了?"

柳亚子放下笔,转身打量眼前这位端庄健美的女孩,笑了:"这不是你的应春姐姐嘛,稀客稀客!"

张应春说:"我哪是稀客,每次放假我都到府上来的,只是亚子先生太忙,不便过来打扰。"

柳亚子说:"你和均权是好姐妹,到这里就跟家里一样,不必拘泥哟。"

均权告诉哥哥,应春最近足疾刚痊愈,却又遇到了难题,有些拿不定主意,她建议应春跟哥哥聊一聊,或许能有些帮助。

"哦?"柳亚子应了一声,关切地询问应春的足疾康复情况,让应春坐下来聊。他身上有种诗人特有的气质,向来说话爽快又不失风趣幽默。他说女大十八变,应春这几年长高了,更健美了,自己站起来跟她一比,显得还没有她高,这让他"相形见绌",很有些压力。

他这一句话就把应春逗笑了。她感觉还跟当年一样,仍是邻家大哥一般,让她心情放松,不再拘谨。

他们的交谈从应春当下面临的选择开始,是留在家乡,还是去遥远的鼓浪屿?追忆了她在上海女子体校的求学经历,参加国民大会和抗议游行的激情时刻,以及在鼓浪屿的孤单和压抑……

柳亚子则从书桌上的几本《新黎里》,谈到陈独秀创办的《新青年》,从五四运动谈到俄国的十月革命,从领导护法运动的孙中山谈到他推崇的李宁(列宁)和马克思学说……

他们谈到了当下中国社会的黑暗,谈到了对封建军阀及其背后帝国主义列强的憎恨,找到了共同的话题和兴奋点。柳亚子广博而深邃的学识和他追求革命的豪情,把张应春的视野引领到了一片广阔而崭新的天地。

最后,柳亚子说,他倾向于她父亲的意见,建议张应春辞去厦门的教职,留在家乡或到离家乡较近的上海等地,肯定能找到适合她的工作。他说自己最近刚去了一趟松江,受邀参加那里的一所学校——景贤女子中学的暑期演讲会,给师生们作了一场演讲。景贤女中应该需要她这样的体育教师,他可以负责推荐。

张应春非常感激,当即表示,如果有这个机会,她愿意到松江的景贤女中任教。

柳亚子说,景贤女中的两位创办人与他有师生之谊,两人都还年轻,你们都是志同道合的进步青年。到那里,你一定能够有用武之地,能够做一番事业。

临走时,柳亚子还赠送了几期《新黎里》给张应春,欢迎她给这份半月刊撰稿。

七

经柳亚子推荐,新学期开学后,张应春来到江苏松江(今属上海)景贤女子中学任教。

张应春尚未到校,就对景贤女中有了大致的了解。这所女子中学,可谓五四新文化运动中绽开的一朵亮丽的奇葩。

时年二十八岁的侯绍裘,字墨樵,是景贤女子中学的创办人之一。他出生在松江县城的一个绅商家庭,先后在松江华娄高等小学堂和省立第三中学读书,又以第二名的优异成绩考进了著名的南洋公学(上海交通大学的前身),攻读土木工程专业。五四运动爆发后,侯绍裘投入到反帝爱国运动中,组织罢课斗争,成了全校有名的积极分子。南洋公学校方声称侯绍裘"举动激烈,志不在学",勒令他退学。1921年夏,侯绍裘回到松江。此时,松江私立景贤女校在封建势力的重重压迫下,经济枯竭,被迫停办。侯绍裘感到非常惋惜,四处奔走,想方设法挽救景贤女校。这时,曾任教于华娄高等小学堂的朱季恂从南洋爪哇回到家乡,热心办学。侯绍裘便与朱季恂接办这所学校,改校名为景贤女子中学。

朱季恂早年就读于上海健行公学,柳亚子曾在此任教,做过他的老师。受柳亚子等人的影响,他加入了同盟会。健行公学解散后,朱季恂转学南洋公学,后因病辍学,再到华娄高等小学堂担任教职。虽然当时侯绍裘已经从华娄高小毕业,但说起来朱季恂也算是他的老师,更是他南洋公学的学长。他们同心协力,使得景贤女中绝处逢生。

在侯绍裘和朱季恂的主导下,景贤女中发扬"五四"精神,以培养学生具有"健全人格"和"完备的知识"、促进"妇女解放"和"社会改造"为宗旨。

不久,侯绍裘与朱季恂一道,抱着"改良政治"的初衷,加入正在改组的国民党。上海共产党组织对侯绍裘的进步表现非常关注,同时注意到他与邵力子、柳亚子等人的密切联系,几次派人来到景贤女中，与侯绍裘联系接触。随后，经邓中夏、王荷波介绍，侯绍裘加入了中国共产党。

开学不久，张应春就聆听了侯绍裘的一次演讲。侯绍裘演讲的题目是《我们应该做怎样的青年？》。台下不仅坐着景贤女中的师生，还有松江圣经学校同德会的进步青年。侯绍裘说，五四运动霹雳一声，把许多青年"震醒了"，出现了蓬蓬勃勃的气象和勇往直前的行为。多数人能激流勇进，但有的人却堕落下去，成为他们当初所反对的黑暗社会现实的一部分。

张应春边听边思考，情不自禁地与自身的经历进行对照解析，好像惊醒之后擦着眼睛对自己审视一番。是啊，自己这一年多是不是锢蔽得太深了，畏缩得太久了，了解得太少了，历练得太浅了？她觉得自己这些天的迷惘、安于现状的生活虽然不是一种"堕落"，但也并非"激流勇进"、走在社会变革的前列。她庆幸自己在步入社会的关键时期，来到景贤女中，接触到了最先进的思想理念，接触到了堪称楷模的师长。

张应春很快加入了松江救国同志会。该会是侯绍裘、朱季恂在松江醉白池公园内联合各界爱国人士组织成立的，公开提出"打倒军阀，打倒国际帝国主义，铲除官僚政治，提倡社会服务"四项信条，每月在醉白池集会一次。张应春和云集于此的诸多进步青年，一起阅读《新青年》《前锋》《松江评论》等进步报刊，一起讨论社会改造，热烈发表讲演。

舞蹈和表演是张应春的特长。她协助侯绍裘等人，组织学生排练了《李超群的终身大事》和《女性之敌》等新剧，在学校的游艺会上向家长和社会公演，大张旗鼓地宣传妇女解放思想，反击各种歧视、侮辱和压迫妇女的封建恶势力。

绵延数千年的中国封建社会，女子在封建伦理道德的压力之下，除了受着重重精神枷锁的束缚，还留下种种陋习，如缠足、蓄发、束胸等。在葫芦兜村，张应春是第一个拒绝缠足的女孩，领风气之先。辛亥革命后，各地掀起"天足"运动，缠足的陋习才日趋减少。但是，蓄发、束胸之类依然如故。

所谓蓄发，就是女孩子从小就得留起头发，孩子时梳起辫子，成人后盘发髻。所谓束胸，就是用一根长长的布条紧紧束缚着女子青春发育的胸部。

母亲金氏的凄苦遭遇，从小就在张应春心坎里烙下了难以磨灭的印记。此时，她已清楚意识到，千千万万中国妇女的深重苦难，其罪魁祸首就是万恶的封建伦理道德。提倡女子解放，就得以自身的行动向封建伦理道德挑战，向种种陋习开刀！

农历三月的一天，春光明媚，草长莺飞。张应春在景贤女中宿舍前的花园里，面对满园春色，徘徊良久，回到宿舍后，她毅然操起一把雪亮的剪刀，"咔嚓"一声，发髻落地，剩下一头爽灵灵的齐耳短发。上课铃响了，她精神抖擞地走上操场，站在齐刷刷的一排女学生面前。女孩子们个个瞪大了眼睛，甚至交头接耳，啧啧称赞这位女教师莫大的勇气。大家觉得，张老师的齐耳短发配着她的秀眉大眼，她的圆脸润肤，显得特别精神，也特别美丽！

但是，张应春的这一举动，立即遭到社会上一些守旧人士的非议。说女子剪发不美观呀；说习惯已然，女子不该剪发呀；说女子剪了发，男女还有什么分别呀，不男不女，伤风败俗呀……面对汹涌而来的风言风语，张应春泰然自若，置之不理。她没有想到，具有一定民主意识的父亲亦不理解，竟为此大动肝火，写信严加责备。张应春一次次去信，耐心说服，然而父亲依然坚持他的反对态度。最后，她只得写信相告："大人苟终弗儿谅者，儿且远走北国，终身不复宁家矣！"这意味着向父亲下了最后通牒：你若再不原谅，我就永远不回家了！父亲见她态度如此坚决，才不再提及此事。

这年暑假，张应春甩着惹眼的齐耳短发回到村上。顿时，就像朝葫芦兜里扔进一块大石头，水花四溅。人们指指点点，议论纷纷。张应春依然故我，大模大样串门走户。假期中，经她说服，两个胞妹秀春、留春，两个堂妹同春、连春，也都剪了发辫。走在村道上，人家叫她们"尼姑"，她们调皮地回击："做尼姑，给你念经！"

张应春给这偏僻的乡野带来了一股新时代的春风。她还挥笔写下《对于本区女同胞的几句话·剪发问题》一文，发表在柳亚子主编的《新黎里》报，文章以雄辩的阐述，愤怒驳斥了社会上反对女子剪发的种种错误论调。接着，又发表《束胸和社交》一文，呼吁革除女子束胸陋习，提倡男女正常社交。

八

1924年1月，中国国民党第一次全国代表大会在广州召开。大会重新解释了三民主义，确定了"联俄、联共、扶助农工"

的三大政策。不久，国民党上海执行部成立。这是国民党在广东根据地以外最重要的机构，统辖江苏、浙江、安徽、江西、上海等地工作，国民党元老于右任等分任各部部长，毛泽东任组织部秘书兼代秘书处文书科主任，邓中夏、恽代英、向警予、罗章龙等共产党员，也都担负执行部各部门的实际工作。

这期间，张应春由侯绍裘介绍，加入了改组后的中国国民党。

4月初，在侯绍裘的邀请下，共产党人恽代英来到松江，作了《我们现在应该如何努力？》的演讲。

恽代英上一次来松江，张应春因放寒假回乡，没能当面受教，感到十分遗憾。这一次，她带领景贤女中的许多学生，一起聆听了恽代英的演讲。

恽代英在演讲中指出：我们现在努力的对象，不单是知识阶级。光是知识阶级的觉醒，不会做出怎么了不得的成绩来的，所谓"秀才造反，三年不成"，便是这个意思。我们现在要向田间去，走到农民社会里去！农民哪一天觉醒，改造的事业便是哪一天成功。

送走恽代英，侯绍裘与张应春一起交流了聆听演讲的感受。

张应春说，听了恽代英的演讲，她有一种茅塞顿开的感觉。中国的革命，确实应该联系当下的实际，走一条与工农群众相结合的道路，尤其应当接近占人口绝大多数的贫苦农民，去发动农民。

侯绍裘点头赞同。他说，恽代英看得准，看得深，把知识阶级的弱点指出来了；他的演讲十分及时，也切中要点，为松江青年指明了前进的方向。

侯绍裘非常关注张应春的成长，关心她的思想进步、工作和生活。临近暑假，他告诉张应春，柳亚子正在她的家乡吴江负责县党部的筹建工作，她回乡度假期间，要联系亚子先生，协助他做一些工作。张应春欣然答应。

张应春暑假返乡后，很快赶到黎里与柳亚子见面。以往每逢放假回来，她都要到柳家，跟好友均权相聚，闺密二人分别数月，有说不完的知心话。这一次到柳家，不光是姐妹相聚，她身上还肩负着一个任务，就是协助柳亚子先生，做一些力所能及的工作。

张应春没有想到，柳亚子交给她的第一个任务，是把均权发展为国民党员。他说："我这个妹妹从小就被家里娇惯，性格比较内向，跟外界的接触较少，从没有像你这样得到过锻炼。你们是同窗好友，她有什么想法，你比我这个哥哥还要了解，所以把任务交给你最合适，你最能影响她。"

柳亚子对她如此信任，令张应春很是感动。她说："均权的性格确实有些孤傲，但是我知道，她一直受你的影响，爱憎分明，同情穷苦大众。我们在一起也谈过孙先生的三民主义，她是认同的。发展她入党的事交给我，是对我的信任，我一定完成任务。"

果然，当张应春与柳均权谈起入党的话题时，均权的兴趣并不很高。她对孙中山很敬仰，但对"政党"却有不同看法：党是什么？孔子曾说君子群而不党，不入党也照样要求进步嘛。

针对好友思想认识上的偏差，张应春以自己撰写的《入了政党以后》一文中的观点，逐一进行修正和劝说。她说，中国国民党是执行孙先生三民主义的政党，你柳均权的名字就是一个宣言，你应该领悟哥哥给你起这个名字的良苦用心啊！

经过张应春的思想动员，柳均权很快成为一名国民党员。

鉴于国民党吴江县党务工作的需要，当年底，在柳亚子、侯绍裘等人的协商安排下，张应春回到家乡，来到母校黎里女子小学任体育老师，并在柳亚子的领导下开展工作。

父母得知张应春从上海回黎里任教，非常高兴。他们觉得这年月外面兵荒马乱，女儿能回到家乡，离他们越近越好，越近越安全；女儿也不小了，早到了谈婚论嫁的年龄，村里像她这个年龄的闺女，哪还有不出嫁。当然，女儿是在大上海念过书的，是新潮的知识女性，是做教育的，和那些村姑毕竟大不一样，所以父亲并没有在她的婚嫁事情上催促太紧。

九

孙中山逝世后，柳亚子参加了在上海斜桥公共体育场召开的追悼孙中山群众大会，并初晤恽代英与向警予两位共产党人。返回黎里后，柳亚子立即召集张应春、毛啸岑等人，着手筹备吴江民众追悼孙中山大会。

在柳亚子的安排下，已在黎里女子小学任教的张应春积极参与了追悼大会会场的选定、布置工作，并主动请缨，担任大会司仪。柳亚子和县党部其他人员商讨后，认为张应春思想品质优秀，对孙中山的逝世深感悲痛，对三民主义的认识理解较为深刻，而且她一直担任教师，才思敏捷，性格豁达，端庄大方，是大会司仪的合适人选，同时还建议她作为女性代表在大会上演讲。接到任务后，张应春深知责任重大，认真酝酿并撰写了演讲稿。

1925年5月3日，追悼大会上，张应春的演讲令柳亚子、侯绍裘等人暗暗赞许，他们为这样一位知识女性在革命斗争中锻炼成长深感欣慰。不久，经柳亚子提议，张应春被补选为县党部第四区（黎里）分部执行委员。

当人们还深深沉浸在悼念孙中山的巨大悲痛之中，5月30日，英国巡捕在上海南京路开枪镇压示威群众，死伤三十余人，史称五卅惨案。

五卅惨案消息传来，古镇黎里群情震骇。张应春的激愤之情难以言表，她仿佛看到了那些学生、工人在奔走，在呼号，看到他们被抓捕，被监禁，被凌辱，看到罪恶的枪弹射向那些年轻的身躯，看到南京路上的喋血……她的心飞到了上海，她要和那些勇敢的人们在一起！

张应春拍案而起，当即和柳亚子、毛啸岑等人投身于声援上海人民的反帝爱国斗争。他们连夜在黎里业余夜校举行演讲。演说者激昂慷慨，声泪俱下，听讲者无不为之动容。黑压压的人群中，当场有人高喊："外国人岂有此理！"有几个人狠狠地把"大英牌"香烟扔在地下，宣称从今往后拒购帝国主义的物品。

经过充分发动组织，6月30日，黎里全镇罢工、罢市、罢课，公祭上海"五卅"殉难烈士。

张应春上台演说：今天，是全国同胞反抗帝国主义总示威的日子。全国民众万分痛恨开枪打死上海、广州、汉口、长沙等地同胞的英国军警。全国民众要联合一致，抵抗帝国主义，谋求中华民族的解放。这次游行示威，全国一致行动。我们现在虽在这悲痛凄楚的会场，泪滴心窝，但我相信，只要我们爱国运动始终不懈，他日相聚时，便可高唱胜利之歌！

公祭会场上，口号声此起彼伏，许多人大声痛哭，有人晕倒在地。会后，举行数千人的示威游行，"国民救国！""收回租界！""打倒帝国主义！"的口号声像潮水涌起，像火山爆发，传遍了大街小巷。

随即，张应春风风火火返回葫芦兜，率领第五分校二十余名学生组织别动队，在尤家港、张家港等附近乡村，游行示威，演讲宣传。在此期间，他们还进行募捐，救助上海"五卅"死难烈士家属。张应春带头捐大洋一元。全镇二百多个单位和个人，共募捐大洋三百三十八元。

踏着五卅烈士的足迹，在反帝反封建斗争的风暴中跌打滚爬，张应春正迅速走向成熟。

十

又是一个初夏季节，古镇黎里绿水环抱，曲径通幽，风摇叶舞，荷叶绽开，天地间一片湿漉漉的绿意葱茏。但是，张应春却无心欣赏这小桥流水、诗韵绵绵的景致,从开春到现在,她一直在奔忙:协助柳亚子处理县党部事务,筹划追悼孙中山先生大会,声援五卅运动……

当时,尽管提倡女学的呼声已经遍及城乡,女子学校逐年增多,但"重男轻女"现象依然很严重,"女子无才便是德"的古训阴魂不散,社会上年长失学的妇女比比皆是。

在第四区教育会常会上,张应春提出了创办暑期妇女学校的议案,并拟定了具体实施办法。实施办法规定,该校宗旨为补救年长失学的妇女,给她们提供学习知识的机会;学校设国文、算术、常识三个科目,教材以实用而浅近为原则,主要聘请女子小学及本区其他学校的女教师担任教职员。不久,区教育会通过了这一议案。张应春被公推为主任教师,全面负责暑期妇女学校的教务工作。

《新黎里》刊登了《暑期妇女学校开学消息》及《招生简章》,同时发表了张应春的文章《怎样可以补救我们年长失学的女同胞们》。她呼吁:希望我们失学的年长女同胞,不要观望不前,快快觉悟!……时机难得,一去不返,不要错过这机会呀!

实际上,张应春创办暑期妇女学校的设想由来已久,区教育会通过她的议案后,她便开始在黎里镇调查摸底,宣传动员那些失学女同胞参加暑期学习。

一天傍晚,跟她约好的女同事临时有事,张应春便一个人来到镇东的村子。到了一户人家门口,门虚掩着,她刚要敲门,从里面出来个三十来岁的农夫。他一愣怔,瞪了张应春一眼："我家连晚饭都没得吃，你到别处去化缘吧！"原来，天色昏暗，他误以为张应春是上门化缘的尼姑。

张应春没有恼怒，坦然一笑，耐心地跟他解释，自己是黎里女校的老师，是为暑期妇女学校做宣传鼓动而来。

农夫"哼"了一声，说上得起黎里女校的都是富家女儿，金枝玉叶，女校的老师怎么会登咱这穷家小户的门？

此时，农夫的媳妇闻声跑过来。她早就听说镇上有从大上海回来的女老师，剪了短发，引得新潮女子效仿，也听说过举办暑期妇女学校的事，但没想到女老师会亲自到她家上门动员。她赶紧把张应春请进屋里，埋怨自家男人不识好歹。

张应春打量着这个贫困的农家小屋，看到他们连洋油灯都点不起，晚饭也没得吃，一家大人小孩都不识字，愈加觉得补救这些年长失学女同胞的紧迫感和必要性。她告诉农妇，这次暑期学校由区教育会主办，上学的妇女不用掏一文钱，机会实在难得。

听说自家媳妇不用花一文钱，就能坐到女子学堂读书识字，那农夫乐了，当即答应允许自己媳妇到暑期妇女学校念书。

暑期妇女学校正式开学。黎里女校的教室里热闹非凡，从二十来岁的大姑娘小媳妇，到年华已逝的中年农妇，不同年龄段的女子济济一堂，她们忽闪着这样那样的眼神：好奇的、喜悦的、忸怩不安的……上课铃声当当响了起来，似乎比往日格外洪亮，格外悠扬。张应春笑吟吟站到讲台前，眼里满含着希望……

教学期间，张应春经常与这些妇女谈心。她启发女同胞们团结起来，同封建旧礼教、旧制度做斗争，争取妇女真正的自由解放。她说："一只筷子容易断，一把筷子扎在一起，就折不断了。我们女同胞一定要团结一致，争取自己的权利！"

7月14日，国民党吴江县第二次代表大会在黎里县立第四高等小学召开。柳亚子主持大会，张应春等三百余名代表出席会议。中共党员侯绍裘、沈雁冰、杨贤江、王一知、姜长林等被邀赴会。次日晚上，县党部在黎里古镇举行声势浩大的提灯示威活动。张应春组织暑期妇女学校的数十名学员参加，为这一活动助威。

这次灯会的主题与往常的节日气氛大不相同，灯会素有的融融喜庆，变为翻江倒海的同仇敌忾；岸上的彩灯队伍倒映在市河里，宛若两条即将腾空而起的愤怒火龙。

紧接着，历时五天的吴江夏令讲习会在黎里市民公所举行。张应春既要参加夏令讲习会的组织和学习，又要负责暑期妇女学校的教务和教学工作，她白天黑夜连轴转，井井有条地安排好各项事务。

十一

这一年的暑期，天气异常酷热。张应春整天不分昼夜地忙碌，从放假以来，根本顾不上在葫芦兜的家里歇一歇。由于太过劳累，加上天气燥热的影响，她的免疫力下降，脚部丹毒再次来袭，伤情突发，很是严重，走不得站不得。8月中旬，她不得不离开妇女学校的课堂，离开那些渴求学习知识的姐妹，到芦墟医院住院治疗，但未见明显好转，后又转往苏州省立医院诊治。

就在张应春住院期间，国民党江苏省党部在上海举行成立典礼。由于柳亚子等人的全力推荐，张应春担任了国共合作的国民党江苏省党部执行委员兼妇女部长。

早在8月上旬，侯绍裘和姜长林专程从上海赶到黎里，请柳亚子在吴江物色一位省党部妇女部长的人选。柳亚子立即想到了张应春。他将自己认识张应春以来对她的了解和看法，向侯、姜二人作了介绍。

柳亚子说："张应春从上海回来这大半年，我对她有了全新的认识，她变得成熟了许多，她对革命事业的热情和乐观精神令我等自愧弗如。"

侯绍裘是张应春加入国民党的介绍人，在松江景贤女中时，就对她有较全面的了解，并着力进行培养。于是，他和柳亚子一拍即合，都认为张应春具有坚定的革命志向和坚强豁达的性格，是妇女部长的合适人选。

8月23日，国民党江苏省党部在上海闸北景贤女中分校举行成立典礼。柳亚子、侯绍裘、朱季恂当选执行委员会常务委员，张应春、董亦湘、刘重民等九人当选执行委员，张曙时、姜长林、杨明暄等五人为候补执行委员，另有监察委员、候补监察委员各三人。省党部设立秘书处，姜长林兼任秘书长，地址仍在法租界望志路（今兴业路）永吉里三十四号。

国民党江苏省党部成立之际，参加会议人员专门前往闸北宋园凭吊革命先行者宋教仁。就在省党部举行第一次执监委全体会议时，突然传来国民党元勋、左派领袖廖仲恺在广州被刺牺牲的消息。这一噩耗犹如晴天霹雳，全场为之震惊。柳亚子当即提议，立刻中止会议，全体起立默哀。沉重的阴云，笼罩着整个会场。

廖仲恺被刺事件，标志着国民党内部分化的加剧。柳亚子、侯绍裘、张应春等人的痛惜之情久久难以平复。面对右派势力的猖狂进攻，柳亚子等人投入紧张的战斗，他穿梭奔波于上海、黎里两地，兼管江苏、吴江党务，侯绍裘则经常奔波于苏州、上海之间，秘密进行革命活动。

张应春躺在病床上欲动不能，但她一直关注着时局的变化和革命斗争的发展，心急如焚。9月30日，她写信给赴沪开会的柳亚子："这次常会我不能出席，您能够赴会也是我的幸事。因为您可以代我声明，而且返黎里，或可详细地告诉议决的事情和指教我。不过我现在舍下，足病仍旧未愈，走动就感苦痛，多坐亦不见适，唯卧床则觉舒服——奈何！"

她还写道："我意国庆日就近了，我们借这个机会，可以增多些工作和活动力，所以议决的事情须急急执行，您道如何？但是我久病未愈，屡次缺席，问心何安呢？闷极！恨极！"

10月中旬，张应春不顾家人的劝说，毅然出院，也不管沪宁线上奉直军阀正激烈交战，扶病间关赴沪就职。

大革命的暴风骤雨，正以排山倒海之势奔涌呼啸而来。张应春由此奔向了辉煌而艰险的新的革命征途。

上海，这座被称作"冒险家乐园"的东方大都市，张应春离开不到一年，又回来了。

当时，国共合作的国民党江苏省党部二十名执监委中，有中共党员十二名，共青团员一名，其余都是国民党左派，堪称国民党人和共产党人亲密合作的典范。在这里，柳亚子与朱季恂有师生之谊，侯绍裘又是朱季恂的高足，而住在这里上学兼养病的范志超则是朱季恂、侯绍裘两人在松江景贤女中的学生。因而，柳、朱、侯、范被戏称为"四世同堂"。

对于张应春来说，柳亚子是她的兄长、老师，甚至可以说是父辈，一直对她给予关怀；侯绍裘、朱季恂是她在松江的同事，早就十分熟悉，特别是侯绍裘，是她走上革命道路的引路人；妇女部副部长杨明暄是吴江盛泽人，与她年龄相仿，成了她的得力助手；妇女部秘书史冰鉴是省党部监委、共产党员高尔松的夫人，她和张应春是在女子体育学校上学时的同窗好友。其余各位，亦很快熟识起来。由于工作关系，她还很快结识了杨之华，在杨之华的指导下开展妇运工作。

杨之华，与张应春同龄，浙江萧山人。她与张应春有着相似的童年和少年，后来到上海，考入上海大学社会学系，加入了中国共产党。在上海大学学习和参加各种社会活动的经历，培养和坚定了杨之华的红色政治信仰，而且她找到了真正的爱情归宿，成为中共早期领导人瞿秋白的"生命伴侣"。此时，她是中共上海区委的妇女部部长，同时担负国民党上海执行部妇女部的工作。

这时，军阀孙传芳在南京任五省联军总司令，残酷镇压革命群众。国民党右派气焰嚣张，时时视机告密。江苏省党部内外，侦骑日夕往来，百无一宁。在这险象环生之际，省党部经费拮据，生活清苦，而且工作繁忙。张应春等人推心置腹，患难与共，工作配合默契，感情十分融洽。

张应春虽然足疾并未痊愈，但她精力充沛，兢兢业业忘我工作。她一边到苏州、南京等地调查研究，妥善安排全省妇运工作，一边积极协助组织部审查新党员，做好发证等事务。她常和柳亚子、侯绍裘等人彻夜深谈，次日黎明即起，却毫无倦容。

与此同时，张应春继续关心、指导着家乡的党务。抵沪半个多月，她写信给黎里区分部诸同志："在这半月里头，想来你们对于党务都是十分努力的。……尤其是我们四区，人家视我们为眼中钉，说我们是赤化了……但我们决不能忘却我们的主义而不去抵抗，决不能放弃我们的责任而不去奋斗！"

她嘱咐道："离开了妇女们，是成就不来革命事业的……然而我们四区的女同志，在数量上是何等缺乏啊。我希望大家行动起来，努力去宣传！"

接着，她给家乡的一位女党员写信："我们为谋大多数民众的利益，只能牺牲自己！……应该打破种种困难，领导一般民众，一齐为革命去工作，并以谋求全民众的独立自由平等为目的。"

经历了斗争实践的考验，1925年深秋，张应春加入了中国共产党。

那天傍晚，侯绍裘把张应春叫到省党部常务委员合用的办公室，姜长林也坐在屋里等候，两个平常表情严肃的男子汉都露出温暖如春的神色，仿佛遇到了什么喜事。侯绍裘笑着说："应春，今天是你的好日子，祝贺你！"

张应春听了，一时摸不着头脑。侯绍裘郑重通知她，中共上海区委经过慎重研究，已批准她为中国共产党正式党员。他和姜长林是她的入党介绍人。

张应春非常激动，紧紧握住侯绍裘和姜长林的手，三个共产党人的心此时此刻紧紧地联系在一起。随后，张应春举起握紧的拳头，庄严地立下誓言："我一定遵守党章，服从党的纪律，保守党的秘密，不惜流血牺牲，为共产主义奋斗终生！"

年底，张应春写信给在黎里的柳亚子，说："我以为入了党，当然以此前提了，一切都可以牺牲的。至于使命呢？我们恐怕无异吧——革命——孙先生遗给我们的使命吧。"

张应春抵沪就职期间，国共统一战线内部的斗争日益尖锐起来。上海和南京，是共产党人、国民党左派与国民党右派短兵相接的激战之地。在复杂的局面中，张应春始终立场坚定，旗帜鲜明，注意团结国民党左派，坚持三大政策，同国民党右派作毫不妥协的斗争。

其间，有人跑到省党部进行反共游说。他们见张应春新来乍到，便当着她的面指责省党部搞"赤化"宣传。张应春十分警觉，当即予以反击。她说，国民党右派自己怕革命，怕牺牲，在革命危急关头逃之夭夭，等形势有些好转，又想坐享其成。所谓"赤化"，只是共产党员努力工作的代名词罢了。三大政策是孙中山先生亲自制定的，你说它错误，难道你比孙先生还高明？

十二

在上海执行部的女同志会议上，张应春被推选为国民党二大江苏女代表。她积极吸收各方面的意见，准备了拟向大会报告的三个问题：一、经费问题；二、妇女部独立，不要由男子任部长；三、注重劳动妇女工作。

张应春写信给在黎里的柳亚子，通报情况并征求意见。

此时，"西山会议派"活动猖獗，进步人士连遭暗杀，连葫芦兜这样的偏僻乡间也受到波及，谣传四起。一天，张应春接到父亲的来信，一定要她回家。父亲认为当前时局凶险，生怕女儿遭到意外。

那天，窗外的冷雨凄凄，寒风从窗缝中吹进来，让人陡感彻骨的寒意。举目望去，一片烟雾迷蒙，整个上海仿佛沉沦于灰白色的死寂的空气中。透过那薄薄的信纸，张应春似乎看到父母那忧心忡忡的焦虑神情，心里涌起一阵涟漪。是的，他们是那样的疼爱自己，他们的担忧不是没有缘由。她不想责怪他们添乱，但回去一趟，跟他们作一些沟通和解释，给他们一些安慰是必要的。

恰巧，这时江苏丹阳妇女界邀请张应春前往讲演。她准备先作丹阳之行，回上海时顺路返家一趟，做做家庭工作。但是，由于上海执行部妇女运动委员会被解散引发了激烈斗争，她的丹阳之行只好一再延期，回家一趟的打算也就迟迟未能见实。

直到12月21日,张应春于丹阳之行前,从上海直接回到葫芦兜家里。

父亲竭力反对她的广州之行。张应春和他发生了争执。

父亲说:"那南粤之地,极不太平!他们连廖先生都敢暗杀,你非要去那里折腾什么?"

应春说:"爸,你当年可不是这样啊。记得你跟我说过,广东是辛亥革命的摇篮,也是孙中山的革命发源地,其实那里现在是最革命最平安的地方。"

父亲"哼"了一声,说:"这世道,还有什么平安的地方?闺女,你就别再折腾了,老实在家待着吧,要么还是回黎里教书。爸不是为难你,你也老大不小了,在家歇一歇,也该考虑自己的个人大事了。"

应春急了,说:"爸,你烦我了不是,这么急着想把我嫁出去吗?这个家我可没待够,我还没想考虑这个事。"

父亲的态度坚决:"你回家来,我不催你嫁人。可广州你不能去,上海我看你也别再去了!"

母亲从来没见过这父女俩如此对峙,不依不饶。她赶紧过来打圆场,说:"应春,听说你要回家,你爸特意让人送了些大闸蟹过来,这时节蟹子透肥,我已经煮好了,这就给你端来,趁热吃。"

这时,弟弟祖望小妹留春都围了过来。两个月了,他们才见到大姐一面。他们知道大姐在外边做大事,心里很是羡慕,也深为姐姐感到自豪,但父母的焦虑和外界的谣言传导给他们,让他们也时时为姐姐的安全担忧。

应春让弟弟妹妹一起吃蟹，谁知他俩都连连摆手。留春说："姐，我们在家常吃的，我都吃腻了。"

应春笑了："小馋猫，我还不知道你，还吃腻了，快一起吃吧！"

一时间，张应春被家的温馨包围着，她的心里又一次荡起涟漪。但是，她知道，家的安详平和只是暂时的，军阀混战，小小葫芦兜照样被卷进战祸的漩涡，颠沛流离的日子也不是没有过；父亲刚刚还在叹息，这世道哪里还有平安的地方！她现在所投身的事业，到广州去，不就是为了这个国家，为普天下的民众争取民主自由争取幸福生活的权利吗？

她相信，父亲总有一天会理解她的。

张应春在家只住了一天，23日就匆匆回到上海。本来，她定于24日和侯绍裘、朱季恂、刘重民等五人一起出发前往广州，但考虑到这一去将要一个多月的时间，丹阳之行不能再拖那么久了，于是，她不得不独自推迟了行期，于24日前往丹阳，为丹阳妇女界作了《妇女与革命的关系》的讲演。

丹阳女同胞听了张应春的演说，既感到新鲜、钦佩，又懂得了"国家兴亡，女子有责"的道理，认识到推进国民革命是妇女解放的先决条件。

告辞丹阳的姐妹们，张应春风尘仆仆地赶往广州。

1926年元旦，中国国民党第二次代表大会在广州召开。

张应春聆听了中央代理宣传部部长毛泽东所做的宣传报告，邓颖超代中央妇女部长何香凝所做的妇女运动报告，以及何香凝在公祭廖仲恺、公祭沙基惨案死难烈士大会上的演说。她认真撰写并递交了江苏妇女运动书面汇报，提出了关于妇女运动的两项议案：一、中央各省党部组织妇女运动讲习所函授班案；二、中央各省各县党部附设平民妇女学校案。

会议上，张应春及侯绍裘、朱季恂等多次发言，揭露"西山会议派"控制的伪中央执行部的种种劣迹，提案严惩"西山会议派"等右派分子。

张应春见到了她一向钦佩的孙夫人宋庆龄。她是那样的端庄美丽，温文而严肃，充满革命的热忱，坚守孙中山先生的理想和主张，和中国共产党真诚合作。张应春怀着激动的心情，走到宋庆龄面前，向她问好致意。宋庆龄见她这么年轻而精明能干，且是参加大会的江苏省唯一女代表，深感欣慰并给予了充分肯定。

张应春还结识了广东妇女运动的领导人邓颖超。她是国民党广东省党部妇女部秘书，也是中共广东区委委员兼妇女部长。广东是国民革命的策源地，在何香凝、邓颖超的领导下，妇女运动和妇女团体都较其他省份活跃。张应春通过与邓颖超真诚交流，学习经验，受益匪浅。

张应春和侯绍裘、朱季恂、刘重民等人出席了江苏旅粤同志欢迎会，并合影留念。她特地买了一只精美的漆盒，作为参加这次大会的纪念。

置身于云飞浪卷的大革命中心，张应春深深感到自己还很稚嫩。她萌生了进入上海大学社会科学系学习的念头，想多学些革命理论，以更好地领导全省妇女运动。

1月7日深夜,她在灯下给柳亚子写信:"在此,我觉得我的能力实在薄弱,学问实在不够,明年想进上海大学新社会学系求学。不知做得到么?你以同志的角度来切实地评论一句好吗?我之所以要读书,原因如下:一、想得些知识上的进步而领导妇女们做革命工作;二、我的脚至今未愈,教员当然不能做了;三、我现在住在上海,省部方面党政由(姜)长林发或由省部交给我,妇女部事情仍旧可以顾到。你看如何?"

张应春特地向大会发刊处登记,要求给没有参加大会的柳亚子直接寄二百份大会日刊。

在这次大会上,柳亚子当选为国民党第二届中央监察委员,朱季恂当选为中央执行委员。两人仍兼江苏省党部常务委员,负责江苏党务。

十三

国民党二大结束,已经临近春节。张应春回家与亲人团聚。父母见女儿归来,并没有遇到传说中的风险,又听女儿讲述广州大会的盛况,也就暂且不提阻拦她外出的事。张应春稍事休息,正月初五,即与柳亚子、毛啸岑转道嘉兴,前往上海,召集在景贤女中分校举办的江苏省各市县党部联席会议,会期三天。

接着,江苏省党部举办全省干部寒假训练班,历时旬余。参加这次训练班的有各县、市党部的左派党员四十多人,主要讨论阶级斗争与国民革命、三民主义与马克思主义、联俄与联共等问题。训练班组织了一系列报告,都由共产党人和国民党左派主讲。南京市代表、共青团南京地委妇女委员陈君起,来自吴江的中共党员陈咪芝、共青团员瞿双成等一起与会。杨之华不仅授课,还帮助省党部协调其他工作。

联席会议和寒假训练班期间,事务繁杂,工作非常紧张,常常夜以继日,通宵达旦。这时的张应春,圆脸宽额,一头短发,戴一顶肉红色的西式女呢帽,穿一件灰色线呢棉旗袍,走路和动作总是那么利落,跟人一见面就爽朗地问候:"啊!我早已知道你的名字了。幸会幸会!"她的脸庞总是带着微笑,真诚热情的性格让人如沐春风,谁都乐意和她接近。

课余,张应春忙着跟各市县党部妇女干部交谈,全面部署全省妇女运动。她在工作中始终保持着青春的激情,洋溢着革命者乐观豁达的态度,浑身的劲像使不尽似的。

此后不久,由省党部出具公函介绍,张应春如愿以偿,做了上海大学社会科学系的旁听生。上海大学是当时名闻遐迩的"红色学府",是中共培养干部的学校,共产党人瞿秋白、邓中夏、恽代英、张太雷、蔡和森、萧楚女、任弼时等都是这所学校的教员。张应春听得最多的,是瞿秋白、恽代英等共产党人的讲课。她如饥似渴,一边投身革命实践,一边学习革命理论。

在上海大学的学习,让张应春更多地接触到了中国共产党的早期革命家,系统地学习了革命理论,拓宽了眼界,开阔了视野。

在斗争实践中,张应春深深地认识到革命舆论的重要性。

她认为,省党部应办一份大型日报,妇女部也需办一份月刊或半月刊。在同志们的支持下,张应春写了一份创办《吴江妇女》月刊的计划,交给中共党团组织讨论,转请中共上海区委批准,并打算在取得经验后,扩大创办《江苏妇女》。柳亚子提议,该刊于3月8日国际妇女节创刊,创刊号以介绍国际妇女节为中心内容。当时省党部的办公和宣传经费,被盘踞于上海执行部的右派克扣,分文无着。该刊的印刷费用,由省党部的一些同志分担。

1926年3月8日,由张应春担任主编的《吴江妇女》创刊号正式出版。《发刊话》没有署名,其实出自柳亚子的手笔,开宗明义地指出:该刊宗旨为打倒帝国主义和军阀,推翻旧礼教,要求妇女和全人类的自由平等。

张应春发表了《国际妇女纪念日与吴江妇女》一文,以纪念宣传国际妇女节。

文章分析说,吴江地方虽小,但它是全中国的一个缩影。那些地主资产阶级的子女,有许多外出求学的,但相当一部分人求学的目的,不过是拿来做招婚广告罢了。她们的婚嫁并不能由自己做主,而是由封建家庭包办,经济上也不能独立,其实何尝有自由可言?而普通劳动妇女,更让人感到酸楚同情,她们一天到晚地做工劳作,还是吃不饱、穿不暖,还要抚育子女、烹调缝缀,做种种琐碎之事,竟还要受丈夫及封建家长的无端责骂⋯⋯

文章驳斥了阻挠妇女解放运动的种种反动论调,一针见血地指出:"他们要自己隐去自己的罪恶,而进行压迫的手段,就不得不创出许多口号来离间我们,来消灭我们,并且联络军阀,以武力来威吓我们,要我们不声不响地做他们的被剥削被压迫者。"

文章最后大声疾呼:

姐妹们,大家醒!醒!醒!醒醒吧!

我们吴江的妇女没有死尽,就要来为自己的自由,为自己的经济独立,为社会上法律上教育上求种种的平等,而在这国际纪念日来联络全世界的战线奋斗,向压迫阶级进攻!进!进!进!努力!努力!

《吴江妇女》创刊伊始,就像成束的榴弹,密集的排炮,显示了它一往无前的革命朝气和战斗威力。

当时的上海白色恐怖弥漫,革命刊物的发行从来都是租界巡捕房和军阀特务监视的对象,此刻尤险。《吴江妇女》在闸北某印刷厂排印,为了安全,每期都由同志们轮流去印刷厂校对。该刊的发行工作,由张应春亲自承担。为了广泛联系读者,她勇于承担风险,特在每期刊物封面注明了通信处:上海望志路永吉里四十一号张应春转。

为了编印《吴江妇女》,张应春呕心沥血,每天工作达十六七个小时,常常深夜不眠。她亲自撰稿、约稿、编辑、筹划经费。为该刊撰稿者,还有柳亚子、杨之华、高尔松、姜长林、瞿双成等。

《吴江妇女》月刊共编辑五期,付印发行四期。这份刊物,当时受到上海和江苏许多妇女读者的热烈欢迎,今天已成为妇女运动史的一份弥足珍贵的资料。

十四

1926年3月12日,是孙中山逝世一周年纪念日。依照孙中山遗愿,国民党二大决议,在南京紫金山南麓筹建中山陵。

前一天,张应春和柳亚子、侯绍裘、朱季恂等江苏省党部代表乘车前往南京。火车到达下关车站之前,南京、上海两地的一批国民党右派打手,已手执木棍、手杖,虎视眈眈守候在那里。火车进站,已是万家灯火。代表们走下车来,侯绍裘先到报到处签名。不料,右派打手突然高呼:"打倒左派!"举起棍棒蜂拥而上。幸好站上人多,被群众及时制止,柳亚子在张应春等人的护卫下幸未受伤,而侯绍裘受了轻伤。

国民党右派的暴力举动,使不少人忧心忡忡,也使第二天的奠基典礼活动能否顺利举行蒙上了阴影。

12日上午,春寒料峭,细雨霏霏。江苏省党部在南京夫子庙贡院召开孙中山逝世一周年纪念会。张应春以省党部妇女部长的身份登台讲演。她阐述了国民革命与妇女解放的关系,猛烈抨击了段祺瑞执政府的卖国政策,号召妇女起来为国民革命和妇女解放努力奋斗。

当天下午,依然细雨淅沥,阴云笼罩。在紫金山南麓的中山陵墓址,奠基典礼的主席台前,摆着刻有"浩气长存"四个金字的中山陵模型。参加典礼的有孙中山家属宋庆龄、孙科,有国民党中央代表邓泽如、吴玉章和各地方党部的代表,有苏联驻上海总领事,英、日、美等国家驻南京领事等。

不料,奠基典礼刚刚结束,右派队伍中突然吹起警笛,高喊"打倒左派""打倒跨党分子"等口号。张应春等人立即予以回击,振臂高呼:"打倒'西山会议派'!"原来,张应春等江苏省党部代表的队伍到达时,右派雇佣的打手二百多人装成学生模样,已混在纠察和服务人员中间。这时,那群早有准备的打手,抡着棍棒、旗杆蜂拥着打将上来,群众队伍顿时大乱,许多来宾纷纷逃散。

鉴于右派势力猖獗,来南京前,中共上海(江浙)区委书记罗亦农曾再三叮嘱,要绝对保证柳亚子的安全。危急之中,练过武术的张应春挺身而出,立即护卫着柳亚子。她的身上被右派打手的棍棒和乱掷的石子击中,但她咬紧牙关,忍着疼痛,与陈君起、唐蕴玉等女同志一起,匆匆保驾着柳亚子下山。

侯绍裘一边上前进行说理斗争,一边掩护同志们撤退,被右派打手棍棒和拳脚相加,当场昏倒在地。幸亏同志相救,将他抬下山来。

深夜,江苏省党部的代表们聚在一起,分析这次事件发生的原因,严厉谴责右派分子光天化日之下的暴行。柳亚子对张应春等人在关键时刻挺身奋力护卫深表感激。柳亚子说:"从目前的局势看,'西山会议派'并不甘心他们在国民党二大上受到的惩处,他们做出的任何疯狂举动都并不奇怪。所以说,我们今后所处的环境会更恶劣,斗争会变得更激烈。"

张应春愤怒地说:"这些人到底想干什么?他们打着'孙文主义学会'的旗号,实际上做的是违背孙先生遗愿的勾当。"

柳亚子告诫大家:"他们已经肆无忌惮,所以同志们一定要倍加小心。尤其是你们这些'跨党'同志,已经成了某些人的眼中钉肉中刺,看来更大的风暴还在后面。"

张应春说:"孙先生提出的三大政策,他们竟然公开违背。这种情况下,我们当然不能退缩,当然要针锋相对跟他们做斗争!"

柳亚子用赞赏的目光看着她,说:"应春,你的勇气值得我们大家学习,也让我想起女中豪杰秋瑾。你曾经跟我提过,让我给你取个雅号,你看'秋石'二字如何?秋,意在景仰秋瑾;石,意为坚如磐石。"

"秋石,好!谢谢亚子先生送我这么好的雅号。我当然不敢自比秋瑾,但我会以秋瑾为榜样,为国民革命义无反顾,勇往直前!"

十五

3月14日,张应春、柳亚子一行自南京返回上海。

他们回到上海第五天,段祺瑞执政府在北京制造了震惊全国的"三·一八"惨案,当场打死手无寸铁的爱国群众四十七人,伤二百余人。死难烈士中,有北京女子师范大学学生会主席刘和珍和她的同学杨德群。主持集会的中共北方区委领导人李大钊和陈乔年也负伤。这一天后来被鲁迅先生称作"民国以来最黑暗的一天"。

消息传来，沪上群情激愤。张应春、柳亚子等人全身心地投入如火如荼的抗议浪潮。

张应春认为，在中国革命史上，很少流女子的血。鉴湖女侠秋瑾，牺牲在往昔的反清革命时代，她的流血是单独的，而"三·一八"惨案中刘和珍等女烈士的流血却是群体的。张应春十分钦佩这些女烈士的奋斗勇气和革命精神，连日开会演讲，组织游行示威。

柳亚子于这年年初结束了吴江、上海的两地奔波，留沪主持省党部工作。他一介书生，平时不善料理日常生活，张应春在生活上给予照料，柳亚子则在工作上给予张应春指点和协助。此时斗争紧张激烈，柳亚子竭尽全力帮助妇女部工作，许多檄文出自他的手笔。因而，侯绍裘戏称柳亚子为"妇女部秘书"。

3月21日，江苏省党部妇女部发出了《为段祺瑞惨杀北京市民宣言》。宣言写道：

革命的事业，没有流血，是不会成功的，但是只流男子的血，不流女子的血，还是不够。我们从各国革命史上的成例观察起来，一定要有女子出来奋斗而流血，那革命才得成功……亲爱的女同胞，大家起来奋斗吧！踏着女烈士鲜明的血迹，猛勇地前进。我们誓死要从红色的血泊里，找着光明的途路，建设起光华灿烂的社会来。

深夜，在外演讲、示威、奔波一天的张应春仍然不能入眠，想到"三·一八"喋血北京街头的姐妹们，她的泪水长流，心在滴血。她坐在案前，奋笔写道：

烈士们！姐妹们！你们是爱国者，你们是革命者，你们为国民革命而努力，你们为民族解放而奋斗，你们是要打倒帝国主义和军阀的，你们是要唤醒民众的，却何辜遭此惨杀！何罪遭此惨祸！

哀痛呀！可恶的伪执政府，丧心病狂，竟敢残杀游行示威和请愿的群众，竟敢嗾使卫队开放排枪轰杀我们的爱国同胞！

烈士们！姐妹们！你们的肉体，已经被国贼惨杀了；你们的血，已全都流尽了；你们的灵魂，已经和自己和骨肉分散了。这是何等的凄惨！哀！哀！哀极了！

但是，你们的血不会白流，你们的事迹将流传到不朽，你们的革命精神必将传遍全球！

这篇滴血檄文后来发表在4月8日出版的《吴江妇女》第二期。这期杂志集中发表了悼念北京"三·一八"惨案女烈士的文章。

在《悼北京为爱国惨死的女烈士》一文中，张应春还写道：

烈士们！姐妹们！你们并没有死！……你们在九泉下等待吧！等我们来报仇，等我们来雪恨呀！

你们的精神不死！你们站在前路上看呀！看我们来扫除这叛贼，打倒帝国主义，打倒一切的反动军阀和反革命派呀！

在这反对北洋军阀、反对帝国主义的血与火的斗争高潮中，作为江苏妇女运动领袖的张应春，犹如一往无前的英勇的海燕，在怒涛滚滚的大海上，翱翔着，呼号着，前进着……

十六

大约在张应春等人同里之行前后，《新同里》报第九期刊载了一位张女士所撰写的《男女平权的我见》。这篇文章，以维护人格为借口，反对一个女子的离婚行为，从而谈到男女平权应从人格和学识两方面着手，却绝口不谈其他种种方面的解放。这种改良主义的论调，显然是妇女解放运动中的噪音，立即引起了张应春的警觉。她提笔撰写了《读〈男女平权的我见〉以后》一文，旗帜鲜明地写道：

我们要打破不平等，先要打破一切野蛮的礼教、野蛮的社会制度，而改进出"男女一样的人"的社会来。现在张女士要想在旧礼教旧社会内修改修改，充其量不过做到"女博士式"的新女子罢了,哪里能够达到真正的平等!

这篇文章以笔名"YC"发表在5月8日出版的《吴江妇女》第三期。

同期还刊载了张应春的另一篇文章《邵飘萍夫人之死》。这篇短文从著名报人邵飘萍被奉军枪杀以后,他的夫人吞金死于医院的残酷事实谈起,指出这"都是受帝国主义和军阀之赐"。进而指出,处于帝国主义和军阀统治重重压迫下的中国妇女"再不要图虚假的、骗人的什么'安分',而非得要从奋斗里寻出一条出路来不可"。

1926年是国共统一战线的"多事之秋",以蒋介石为首的国民党新右派掀起一波又一波的反共逆流,成为国民党内反对孙中山三大革命政策的主角。

5月15日,国民党二届二中全会开幕。蒋介石主持会议,提出了"整理党务案"。

对于这一限制共产党活动的提案,出席这次全会的中共党团内部争论激烈。毛泽东主张坚决顶住,但张国焘作为中共中央代表,按照事前同陈独秀商定的让步方针,强迫大家接受。

柳亚子及何香凝、彭泽民等当场奋起抗议。柳亚子公开骂蒋介石是"新军阀",不等大会闭幕,便愤然拂袖北返。

回到黎里后,柳亚子情绪低落,闭门不出。自云:"知天下事未可为,始浩然有退志。"

然而，大革命的风风雨雨日夜叩震着磨剑室的窗扉，又怎能不令他梦萦魂绕？他自此不到省党部任事，但依然密切注视着变幻的时局，关心着省党部的工作。

此时，朱季恂被留广州，任国民政府参事，侯绍裘亦留在中央党部，国民党江苏省党部群龙无首，一时处于风雨飘摇的困境。

在这严峻的考验面前，张应春屹然不动。她和刘重民、张曙时、姜长林等坚守阵地，继续战斗。他们还向广州国民党中央提出，请侯绍裘返沪主持省党部工作。

在此期间，张应春受中共上海（江浙）区委指示，赴南京、徐州、苏州指导党的工作。《吴江妇女》第四期则于6月8日正常出版。在革命斗争的惊涛骇浪中，张应春以此为阵地，坚持为妇女解放奋力呐喊。这一期，集中纪念五卅惨案。首篇，就是张应春的《我们应该怎样纪念"五卅"》。她写道：

> 我们今年纪念"五卅"，非特追悼已死的诸烈士，同时要唤醒全国的民众，来打倒卖国残民的军阀；并且要联合各阶级，向帝国主义进攻！
>
> 姐妹们！快快来纪念"五卅"，参加这革命的阵线，才不负已死的诸烈士。姐妹们！起来！团结起来！来来来！大家来纪念革命的"五卅"啊！

7月，北伐战争在"打倒列强、除军阀"的雄壮口号中开始。

侯绍裘受命返回上海，担任国民党江苏省党部中共党团书记，并主持省党部工作。张应春与他一起，在这黎明前最黑暗的时刻，以顽强的战斗迎接北伐胜利的曙光。

在共产党领导下，上海工人阶级先后举行三次武装起义，把大革命推向了巅峰。侯绍裘、张应春在党的统战工作岗位上，积极配合和参加了武装起义斗争，并投入创建新政的组织工作。

此时，江苏乃至全国的妇女运动蓬勃发展。张应春一面领导更为激烈的实际斗争，一面坚持主编《吴江妇女》。该刊第五期大约于7月初编出，刊载了省党部妇女部《反对军阀摧残女权宣言》等，与胜利进展的北伐战争作鼓桴之应。

9月上旬，柳亚子为送儿子无忌上清华学堂就学，偕夫人郑佩宜从黎里来到上海，住福州路上的振华旅馆。他惦记省党部诸同志，曾前往看望张应春和同志们。

一天，张应春在南京路参加示威游行，被军警追捕。危急之际，她灵机一动，匆忙跑到福州路，避入柳亚子夫妇的旅馆居室。她饿得发慌，找到一些饭菜便大口大口吃了起来，尔后又到浴室间洗了个澡作为休息，重又精神抖擞地出门奔波。

第二天，风大雨稠，柳亚子夫妇自沪经嘉兴重归故里。张应春顶风冒雨前往沪杭路南站送行，她话语絮絮勿尽。直到列车开动，柳亚子还远远地望见她头戴男帽，身穿碧色雨衣，在滂沱大雨中频频挥动着扬起的手绢。

10月，柳亚子因孙传芳指名查捕，重到上海，化名唐隐芝，匿居法租界贝勒路（今黄陂路）恒庆里，全力从事苏曼殊全集的编纂工作。此时，柳亚子因决心引退，未曾告知张应春和省党部的其他同志。谁知，张应春四处寻访踪迹，直至揭诸报端。柳亚子始终保持沉默，但时时从旁人处探询、关心着张应春的情况。

至次年春天，江苏各地先后建立了南京、南通、丹阳、吴江、无锡等二十三个国民党市、县党部妇女部，成立了南京、苏州、丹阳等市、县各界妇女联合会，南通、无锡、镇江、宜兴、常熟等地成立了妇女解放协会。张应春被推选为中共江浙区委妇女运动委员会委员、济难会委员。由于她的奋发推动，江苏省妇女运动走向了一个蓬蓬勃勃的新高潮。

十七

国民革命军浩浩荡荡沿长江东下，所向披靡。1927年2月17日占领杭州，次日占领嘉兴。28日，由浙江抵达黎里，驻扎镇西宁绍会馆。

岁暮时节，张应春因长时间繁重的工作，积劳成疾，被迫回家治疗休养，暂留家乡从事革命工作。国民革命军进驻黎里后，镇上举行了盛大的军民联欢会。张应春在会上慷慨演说，欢迎北伐军的到来，欢呼北伐战争的胜利，并要求清除混入革命队伍的不良分子。

3月23日，国民革命军进驻上海市区。消息传来，张应春格外欢欣鼓舞。

然而，就在北伐战争节节胜利之际，位居国民革命军总司令的蒋介石，叛迹日渐昭著。他指使其党羽镇压革命群众，逮捕并枪杀共产党人，举起了血淋淋的屠刀一路杀来。

形势极为严酷。根据党的指示，侯绍裘率领江苏省党部部分人员迁往南京，4月2日全部抵达，和国民党南京市党部在安徽公学一起办公。

在这前后，张应春在黎里家中接连收到侯绍裘三封急电，要她速往南京赴职。张应春意识到一场革命派与反革命派争夺全省革命阵地的决战已经到来，哪怕赴汤蹈火也要投入战斗。她不顾身体尚未完全康复，毅然决定前往。

4月7日，张应春打点行李，恋恋不舍地告别家人，准备先到上海，再转赴南京。临行，父母把她送到街边，年仅十一二岁的小妹留春一直把她送到码头船埠，小手拉着姐姐的手久久不愿松开。留春知道南京比上海离家还要远，便问大姐去南京做什么，什么时候回来。她笑着答道："小妹，大姐就会回来的。"

国民革命军占领吴江后，避居上海的柳亚子思乡心切。他急欲一睹家乡情状，于4月中旬转道杭州返回黎里，才知张应春刚刚远赴南京。这时，蒋介石在上海发动了"四·一二"政变，大肆捕杀革命志士，白色恐怖弥漫东南各省。对于张应春的境遇，柳亚子心急如焚，正想飞书促归，他自己于5月8日深夜被蒋介石派往黎里的军警入室搜捕，藏身复壁方才脱险，一周后匆匆亡命东渡日本。

张应春凶吉未卜，柳亚子在日本时时悬念。

南京，这座六朝古都，此时阴云密布，杀机四伏。

3月24日，北伐军江右军（国民革命军第二军、第六军）从安徽东进，占领南京。次日，蒋介石委派总司令部特务处处长杨虎为江苏特派员，副处长温建刚为南京市公安局局长。杨、温一到南京，就搜罗"西山会议派"分子及"青红帮"打手，公开组织伪南京党部、伪劳工总会，同国民党南京市党部、市总工会对抗。

当月底，蒋介石加紧了反革命的步伐。他首先调嫡系部队第一军进驻南京。接着，策划把南京的左派军队第二军和第六军调走。

4月9日下午，蒋介石的心腹杨虎、温建刚指派陈葆元等率领流氓一二百人，打着"劳工总会"的旗号，手持铁棒、木棍、手枪和绳索，闯入省、市党部。正在办公室的省、市党部各部门负责人黄竞西、戴盆天、高尔柏等，以及工作人员三十余人，都被暴徒用绳索捆绑起来，押解关进南京市公安局的院子里。在夫子庙的南京市总工会也被捣毁。

次日上午，江苏省党部召开了"南京市民肃清反革命派大会"，到会群众约十万人。侯绍裘代表省党部愤怒谴责蒋介石唆使流氓打手捣毁省、市党部，拘捕两个党部负责人的反革命罪行，强烈要求惩办肇事者，保护集会自由，保护工人运动，恢复省、市党部，保证今后不再发生类似事件。

蒋介石终于撕下伪善的面目。下午五时左右，温建刚等人带着早已准备好的数百名流氓打手，持武器从西辕门冲进群众队伍乱打，当即打死请愿者数十人，伤者无数，血肉横飞，惨不忍睹。

当晚十一时，江苏省党部、南京市党部、市总工会等各革命团体的共产党主要负责干部，在大纱帽巷十号召开党内紧急会议，商量应变措施及反蒋宣传等问题。不幸，会议为南京市公安局侦缉队获悉。凌晨二时，会议正在进行中，突遭五十多名侦缉队便衣武装包围，除刘少猷一人越墙脱险外，侯绍裘、刘重民、谢文锦（中共南京地委书记）等同志均遭秘密逮捕，被押走关入南京市公安局看守所。

这就是后来震惊全国的南京"四·一〇"反革命事件。

十八

4月11日清晨，张应春从上海风尘仆仆地抵达南京。她先找到陈君起的家。

陈君起此时任中共南京市委委员兼妇委书记，亦是国民党南京市党部执行委员兼妇女部长。她出生在嘉定县南翔镇一个封建官僚家庭，曾求学于上海务本女塾师范科；1924年春加入改组后的国民党，当年底加入中国共产党。她参加过江苏省党部在上海举办的各市县党部联席会议与全省干部寒假训练班，又与张应春一起参加过中山陵奠基典礼。她曾遭反动军阀逮捕，被冠以"革命党"罪名，关在军阀当局的警察厅，后被中共党组织营救出狱。

作为战友，张应春与她多有交往。虽然两人的年纪相差十六岁，但是却有着类似的人生经历：两人从小进私塾读书，拥有一定的文化基础。青少年时期进入女校接受现代教育，受到民主革命思想的熏陶，有着进步的价值取向。她们性格独立刚强，有着鲜明的女性自我意识，同时对广大社会各阶层的妇女报以同情，对于妇女解放运动有着热忱的关注与积极地参与。后期，在周围进步人士的影响下，开始接触马克思主义，最终确立共产主义信仰，并将之视为妇女解放的思想指引。

同时，作为妇女解放运动共同的实践者，张应春和陈君起有着共同的理想抱负和社会责任感，她们也在工作交流中互相鼓励和帮助。南京居安里二十号，陈君起的家，实际上是中共党员经常聚会活动的场所。张应春到南京调查研究工作时，都住在她家中。她们互称"同志"，以示对彼此的尊敬和赞赏。她们一起探讨社会问题，探讨中国的未来，探讨党组织的发展，探讨中国妇女的未来出路，在工作交流中加深对于彼此的认知，也切磋出更多的思想共鸣。

但是，陈君起并不知道当天凌晨的情况突变。张应春到她家后，来不及休息，两人便一起前往大纱帽巷十号联络。潜伏在那里的侦缉队特务，当场将她俩逮捕。

张应春、陈君起、侯绍裘等十余人，都被秘密关押在南京市公安局看守所。

南京"四·一〇"事件发生后，中共上海（江浙）区委领导十分焦急，紧急派人到南京济难会，嘱咐尽一切办法打听失踪人员的下落，千方百计进行营救。

在狱中，敌人软硬兼施，威逼利诱。张应春等同志坚贞不屈，坚持斗争。张应春被吊打了一天一夜，昏死过去，又被冷水泼醒，可是除了"我是共产党员"一句话外，敌人一无所得。她威武不屈，视死如归，表现了一个共产党员崇高的革命气节。

侯绍裘面对蒋介石以江苏省政府主席的职位收买，严词拒绝，没有丝毫动摇。陈君起在严刑前，公开承认自己是共产党员，信仰共产主义，当敌人问到其他同志情况时，她斩钉截铁地说"不知道"。刘重民大骂蒋介石背叛革命，屠杀人民，被残酷地割去了舌头。

大约在张应春等人被捕后三四天的一个黑夜，敌人下了毁尸灭迹的毒手。公安局局长温建刚、特务头子陈葆元奉蒋介石密令，亲自指挥侦缉队进行残杀。赵笏臣等刽子手用刀把张应春活活戳死，装入麻袋。黑夜中，偷偷用汽车运到南京通济门外九龙桥，投入秦淮河，毁尸灭迹。烈士的鲜血染红了秦淮河水。与张应春一起被害的，还有与她一同被捕的共产党员陈君起及侯绍裘、刘重民、谢文锦、许金元等十余位同志。

殉难南京，张应春年仅二十六岁。

"革命的事业，没有流血是不会成功的，但是只流男子的血，不流女子的血还是不够的……我们誓死要从红色的血泊里，找着光明的途路，建设起光华灿烂的社会来。"

张应春的英勇牺牲，实践了她的铮铮誓言！

十九

张应春遇害的噩耗辗转传到家乡,一家人惊惶不已,疑信参半,痛苦万分。父亲张农悲恸欲绝,寝食俱废,两度亲赴南京,到处探询女儿的消息,却终究得不到确切音讯。他过度伤心,忧忿成疾,数月后便呕血而逝,终年五十岁。

弟弟祖望因姐姐的惨死与父亲的亡故,深受刺激,神志失常,只几年后亦英年早逝。

妹妹留春一直想着大姐临去南京时那句话,"大姐就会回来的",总觉得她还活在人间,二十余年,朝思暮念,盼她回来。直到1950年4月,读到纪念张应春、侯绍裘烈士的特刊,才相信大姐应春确在二十三年前英勇牺牲。

除了家人外,无论是同乡交际,还是革命交往,柳亚子绝对是最为悲痛的人。

张应春牺牲时,柳亚子正逃亡日本。但他的心却留在了国内,时刻关注着国内的形势,牵挂着张应春的安危。

得知张应春不幸牺牲的消息后,柳亚子挥泪吟就一绝:

血花红染好胭脂,英绝眉痕入梦时。
挥手人天成永诀,可怜南八是男儿。

1928年,柳亚子结束了在日本的流亡生活,以中央监察委员的身份来到南京出席国民党二届五中全会。在南京期间,他不惧白色恐怖，四处探寻张应春的遗骸，终无结果。

1930年5月，柳亚子写成《秋石女士传》，长歌当哭：

> 顾君委身党国，余实劝驾。君勇猛精进，弗顾夷险，终戕厥身，而余退缩苟全，不获与君同殉。律以春秋之诛，则余实杀君，复何辞哉！余其终负君九原矣，悲夫！

> 秋石殉义三年，苌弘之血早化，而一传未成，实低徊不忍下笔也。十九年五月一日晨，卧病沪西寓楼，枕畔梦回，如潮影事，都上心头，披衣握管，急就成此。是泪是墨，非所敢知已！写初稿竟后附记。

次年，柳亚子在致姜长林的信中写道："应春照片已翻印，奉上一纸，乞收。原照最好能割爱送弟，否则暂留弟处，他日有便奉还，好否？"从信中不难看出柳亚子对张应春异乎寻常的革命感情。

因为寻不到张应春的遗骸，柳亚子与其挚友沈昌眉及张氏亲属，在家乡为张应春营建衣冠墓，并请国民党元老于右任先生题写碑文："呜呼，秋石女士纪念之碑！"这一年冬，墓筑成。入葬时，以梳妆盒代首，还有帽子、衣裤、鞋袜等遗物一起入葬。墓茔位于汾湖之畔的葫芦兜村北莲荡滩，与明末才女叶小鸾墓一水相望，坐南朝北，以示向着张应春牺牲之地——南京。

柳亚子与张应春从相识到相知，肝胆相照，结下了深厚的友情。1950年,年过花甲的柳亚子从"思旧庐"的书橱里拿出一张珍贵的照片,让人去王府井的照相馆洗印。这是张应春的照片,他要将洗出的照片赠送给邓颖超。柳亚子说,张应春与邓颖超都是中国妇女运动的先驱,都是第一次国共合作期间的跨党党员,也都是国民党第二次全国代表大会的代表,都曾去广州开会,共商妇女运动的大计,她们俩有着深厚的同志情谊。

1950年4月,《解放日报》《新民晚报》特辟专栏,发表陆定一等人的文章,纪念张应春、侯绍裘等烈士殉难二十三周年。1955年1月,中央人民政府主席毛泽东向张应春烈士的家属颁发了《革命牺牲军人家属光荣纪念证》。

此后,张应春烈士墓得到各级党委、政府的重视,屡有修葺。1986年,烈士墓西侧新建张应春纪念室。1992年,纪念室改为纪念馆,由陆定一题写"张应春烈士纪念馆"匾额。纪念馆庭院内尊立了张应春烈士汉白玉半身像,像座正面的花岗石上,镌刻张爱萍将军的题字:"张应春烈士永垂不朽。"2013年,张应春烈士陵园经过全面改扩建,更名为吴江烈士陵园。陵园的中轴线是吴江烈士纪念碑、英烈墙、张应春烈士墓,中轴线南侧是吴江烈士纪念馆和张应春烈士纪念馆,北侧建造了石桥、游廊和凉亭景观。

张应春,这位从二十世纪初走来的女性,一生凭借着自身顽强的意志和毅力,拨开层层纷扰,挣脱社会桎梏,奋而跃身时代浪潮,勾勒出一幅浓墨重彩的人生画图。

历史无言,河水无声,然而岁月不曾遗忘。以张应春为代表的革命女性，在国家、民族沉重危难的时刻，挺身而出，迎难而上，用顽强博弈展现出一个时代女性的刚毅属性和精神魅力。她们对于理想和信仰的奋力呼唤，依旧贯彻新世纪的天壤，震慑人心。